1

„Hier musst du dich rechts halten, dann noch etwa zwei Meilen und wir sind da“, vernahm Kate die Stimme ihrer Mutter Lauren, die auf dem Beifahrersitz neben ihr saß. Kate nickte nur und lenkte den alten Toyota in die von ihrer Mutter angegebene Richtung.

Sie konnte ein Gähnen nicht unterdrücken. Die Fahrt von Boston nach Maybury, einer Kleinstadt mitten in Connecticut, hatte zwar nur gut zwei Stunden gedauert, aber die Anstrengung der letzten Tage steckte Kate in den Knochen. Alle Sachen für ihren Umzug einzupacken, die alte Wohnung zu streichen und sich nebenbei um ihre dreieinhalbjährige Tochter Aurelia zu kümmern, hatte sie geschlaucht.

Kates Blick fiel auf die Straße und die idyllische Landschaft vor ihr. Die Aussicht auf grüne Hügel und üppigen Wald, der in der strahlenden Spätsommersonne vor ihr lag, entschädigte sie etwas für die Mühen der vergangenen Stunden. Gemeinsam mit den Leuten des Umzugsunternehmens hatten Lauren und Kate all ihre Habseligkeiten in den Transporter geräumt und in der ehemaligen Wohnung soweit geputzt, dass sie sie guten Gewissens verlassen konnten. Zum Glück hatte die Übergabe problemlos und ohne Beanstandungen ihres zuweilen etwas pingeligen Vermieters geklappt. Kate seufzte auf, teils aus Erleichterung, teils aus Erschöpfung. Und teils wegen einer Sache, die sie seit drei Tagen beschäftigte und von der sie ihrer Mom noch nichts erzählt hatte.

Im Augenwinkel bemerkte Kate, dass sie damit die Aufmerksamkeit ihrer Mutter auf sich gezogen hatte. Lauren sah sie prompt besorgt an und fragte: „Was ist los, Süße?" Sie musterte Kate aufmerksam. „Du siehst müde aus. Warum hast du nichts gesagt? Ich hätte doch auch fahren können! Oder bedrückt dich etwas anderes?"

Kate warf ihrer Mom einen kurzen, beschwichtigenden Seitenblick zu, bevor sie ihre Augen wieder auf die Straße richtete. Dass sie sich auf den Verkehr konzentrieren musste, hatte den positiven Nebeneffekt, dass sie ihrer Mom bei diesem Gespräch nicht ins Gesicht sehen konnte. Sonst hätte diese bestimmt sofort gemerkt, dass Kate nicht ganz die Wahrheit sagte, als sie antwortete: „Alles in Ordnung, Mom, mir geht es gut. Die letzten Tage waren einfach anstrengend."

Kate spürte den prüfenden Blick ihrer Mutter immer noch auf sich, daher versuchte sie, sie mit einem Themenwechsel abzulenken. „Meinst du, der Möbeltransporter ist schon da? Ob die Mitarbeiter wohl schon unsere Sachen ausgeladen haben?"

Lauren schien kurz zu zögern, ob sie ihrer Tochter diese ausweichende Antwort durchgehen lassen sollte. Schließlich gab sie nach und meinte mit einem Blick auf ihre Armbanduhr: „Ja, ich denke schon. Laut Plan müssten sie bereits eine Stunde da und vermutlich beinahe fertig mit dem Auspacken und Aufbauen der Möbel sein. Ich hoffe, dass beim Transport nichts kaputt gegangen ist."

„Bestimmt ist alles gut gegangen. Mach dir keine

Sorgen, Mom!“, erwiderte Kate aufmunternd. „Und bei manchen Sachen wäre es ja vielleicht auch gar nicht so schlimm, wenn sie kaputt gingen…“, schob sie mit einem Grinsen nach. Kate wusste ohne hinzusehen, dass ihre Mom die Augen verdrehte.

„Jaja, ich weiß, dass du meine Vasen und das alte Porzellan deiner Großmutter nicht besonders schön findest, trotzdem brauchst du ihnen nicht den grausamen Umzugskarton-Tod zu wünschen!“ Lauren versuchte, einen empörten Tonfall hinzubekommen, was ihr nicht besonders gut gelang. Denn sie fand das geblümte Teeservice von Granny Cordelia selbst recht scheußlich und behielt es nur aus Gründen des Anstands.

Kate kicherte leise, während sie in die Oak Street abbog, in der ihr zukünftiges Zuhause lag. Es war ihr nicht schwer gefallen, ihre Zelte in Boston abzubrechen, obwohl sie seit über zwanzig Jahren fast ununterbrochen dort gelebt hatte. Kate hoffte, dass es ihrer Mutter ähnlich ging, denn Lauren hatte ihren Job und ihr gewohntes Umfeld aufgegeben, um sie und Auri nach Maybury begleiten zu können. Nur dadurch war es Kate möglich, in ein paar Tagen an die Uni zurückzukehren und ihr Doktorandenstudium wiederaufzunehmen. Lauren hatte ohne zu zögern zugestimmt, als Kate sie gefragt hatte, aber es hatte ein komischer Zug auf ihrem Gesicht gelegen, den Kate nicht hatte deuten können. Wie sich ihre Mom wirklich fühlte, wusste sie nicht.

Kate warf einen kurzen Blick in den Rückspiegel und vergewisserte sich, dass Aurelia noch in ihrem Kindersitz schlief. Dann bog sie um eine weitere Kurve und plötzlich lag das Haus vor ihr. Kate erinnerte sich noch genau daran, obwohl sie das letzte Mal im Alter von fünf Jahren hier gewesen war. Sie lenkte den Wagen auf die Auffahrt hinter den Möbeltransporter des Umzugsunternehmens und stellte den Motor aus. Erleichtert, dass sie die Fahrt ohne

Verzögerungen hinter sich gebracht hatten, ließ Kate den Blick über die hellblau gestrichene Fassade und die großzügige Veranda, die an der Front und der linken Seite des Hauses entlanglief, gleiten. Sie lächelte, als sie daran dachte, wie sie als Kind auf der Veranda oder in dem großen Garten gespielt hatte. Kate hatte zwar nicht viele Erinnerungen an die Zeit in Maybury, aber die, die sie hatte, waren schöne.

Als Kate sich ihrer Mom zuwandte, bemerkte sie, dass Lauren ebenfalls das Haus betrachtete. Wieder konnte Kate den Gesichtsausdruck ihrer Mutter nicht deuten, die nun kurz den Kopf schüttelte, als müsste sie sich sammeln. Bevor Kate ihre Mom fragen konnte, was los war, hatte Lauren schon die Fahrertür geöffnet und war ausgestiegen. Sie begann sofort, ihr Gepäck von der Rückbank und aus dem Kofferraum zu holen. Kate folgte ihr aus dem Auto und schloss die Fahrertür möglichst leise, um Auri noch nicht zu wecken. Die Kleine schlief offensichtlich wie ein Stein und rührte sich bis auf einen kurzen Schnarcher nicht. Von den Leuten des Umzugsunternehmens war niemand zu sehen. Vermutlich waren sie alle im Haus mit dem Aufstellen der Möbel beschäftigt.

Kate lief um das Auto herum, um ihrer Mom zu helfen. Sie griff ihre Reisetasche und eine große Tüte mit Spielsachen ihrer Tochter, während Lauren einige verstreute Bücher und Kuscheltiere einsammelte.

„Wann bist du eigentlich das letzte Mal hier gewesen, Mom?“, fragte Kate und reichte Lauren die Tüte, damit sie die Stofftiere zu den übrigen Spielsachen hineinpacken konnte.

Lauren hielt kurz inne und runzelte nachdenklich die Stirn. „Das müsste am Tag unseres Auszugs vor über zwanzig Jahren gewesen sein. Wenn ich mich recht erinnere, bin ich danach nie wieder hergekommen.“

„Auch nicht, als ihr es an die Millers vermietet habt?"

„Darum hat sich damals eine Maklerfirma gekümmert, die dein Vater beauftragt hatte. Er meinte, dass ich in meiner Gefühlsduselei, wie er es nannte, nicht in der Lage gewesen wäre, alles vernünftig über die Bühne zu bringen." Lauren schnaubte abfällig.

„Das ist so typisch für ihn! Nur weil du das Haus behalten und er es verkaufen wollte, als wir nach Boston umgezogen sind, wirft er dir vor, nicht zurechnungsfähig zu sein. Unmöglich!" Auch wenn Kate sich geschworen hatte, sich nicht mehr über ihren Vater aufzuregen, merkte sie, dass Wut in ihr aufkeimte. Ärgerlich unterdrückte sie dieses Gefühl, denn ihr Erzeuger hatte nicht verdient, dass sie auch nur einen Gedanken an ihn verschwendete.

Er hatte damals kurz nach dem Umzug nach Boston ein Verhältnis mit einer Arbeitskollegin angefangen und Kate und Lauren von einem auf den anderen Tag verlassen. Anfangs hatte er sich zu ihrem Geburtstag oder an Weihnachten gemeldet, aber seine Anrufe waren schnell weniger geworden. Seit sie acht war, hatte sie nichts mehr von ihrem Vater gehört. Natürlich war Kate als Kind darüber traurig gewesen, vor allem als sie erfahren hatte, dass er eine neue Familie gegründet und zwei weitere Töchter bekommen hatte. Ihre Halbschwestern hatte sie nie kennengelernt und mittlerweile war Kate sich sicher, dass sie und ihre Mom ohne ihn bei weitem besser dran waren.

Lauren zuckte resignierend mit den Schultern. „Tja, was soll ich sagen? Es gab den einen oder anderen Grund für unsere Scheidung."

Kate schnaufte zustimmend und hievte eine weitere schwere Tasche aus dem Kofferraum, während Lauren die Spielzeugtüte schulterte und neben Kate trat.

„Aber lass uns nicht weiter an Mitchell denken. Wir sollten uns besser freuen, dass ich damals darauf bestanden habe, das Haus zu behalten, denn heute ist es perfekt für deine Arbeit in Yale! New Haven ist nur eine halbe Stunde mit dem Auto entfernt." Lauren sah Kate ermutigend an, die ihr Lächeln erwiderte. Kate war wirklich froh über die glücklichen Fügungen des Schicksals. Denn neben Laurens Bereitschaft, sie zu begleiten und sich um Auri zu kümmern, waren die Millers vor ein paar Wochen ausgezogen und hatten damit die ideale Wohnung für Kates kleine Familie freigegeben. Außerdem hatte sich ihr Professor dafür eingesetzt, dass sie ein Stipendium bekam, so dass Kate sich nicht mal um den finanziellen Aspekt sorgen musste.

„Du hast recht, es ist wirklich perfekt hier!", bestätigte Kate. Sie sah noch einmal zum Haus hinüber und wandte sich dann Lauren zu. „Mom, danke, dass du mit mir kommst und mich so unterstützt! Ohne dich wäre das alles nicht möglich!" Sie umarmte ihre Mutter fest.

„Ich freue mich, wenn ich helfen kann, meine Süße!" Lauren erwiderte die Umarmung und sah ihre Tochter danach direkt an. Kate konnte den Schalk in ihren Augen aufblitzen sehen, als sie fortfuhr: „Außerdem beschert es mir eine gewisse Genugtuung, dass es eben doch eine gute Idee war, das Haus zu behalten!"

Laurens zuckende Mundwinkel führten dazu, dass Kate ihre Mom ebenfalls angrinste: „Freut mich, dass meine Doktorarbeit auch außerhalb der Uni zu etwas nutze ist."

„Das hätte man bei deinem Thema auch wirklich kaum für möglich gehalten!", nahm Lauren Kate aufs Korn.

Gespielt entsetzt erwiderte sie: „Wie bitte? Willst du damit etwa sagen, dass die römische Geschichte und die antike Münzkunde keinen Mehrwert für die Allgemeinheit haben?" Kate wusste, dass ihre Studienwahl mehr als außergewöhnlich war. Sie hatte bereits in der Schule Geschichte und Latein geliebt und sich nicht daran gestört, dass sie dadurch den Ruf als Nerd weghatte. Am College waren noch Kurse in Altgriechisch, Archäologie und Numismatik, Münzkunde, dazugekommen. Dass sie ihren Interessen treu blieb und jetzt sogar ihre Doktorarbeit in diesem Fachgebiet in Yale schreiben durfte, erfüllte sie mit Freude und Stolz. Dennoch verstand sie, dass ihre Begeisterung bei anderen Menschen auf Verwunderung und Überraschung stieß. Sie scherzte oft selbst darüber und so war das Eis schnell gebrochen. Ihre Mom stand ihr da in nichts nach. Denn auch wenn Lauren selbst Kunstgeschichte studiert hatte, machte sie sich gerne über Kates Interesse an den alten Römern und Griechen lustig. Natürlich war sie im Grunde wahnsinnig stolz auf ihre kluge Tochter, wie Kate wusste, aber ein bisschen Spaß musste sein.

In diesem Sinne machte Lauren große Augen und deutete mit einer Handbewegung an, dass die Antwort auf Kates Frage doch wohl offensichtlich war: Kein Normalsterblicher interessierte sich für die antike Geschichte und alte Münzen. Daraufhin lachte sie augenzwinkernd und schnappte sich noch eine Tasche. Bevor Lauren sich auf den Weg zur Haustür machte, sagte sie: „Ich verschaffe mir drinnen einen Überblick. Kommst du gleich mit Auri nach?"

Kate nickte und begann, ihre Tochter sanft zu wecken. Auri machte für gewöhnlich keinen Mittagsschlaf mehr und würde heute Abend bestimmt nicht ins Bett wollen, wenn sie noch länger schlief.

„Wach auf, Süße, wir sind da", flüsterte Kate in Auris Ohr und schnallte sie ab. Ihre Tochter gähnte und streckte sich, bis sie schließlich die Augen aufschlug. Als sie verstand, dass sie in ihrem neuen Zuhause angekommen waren, war die Kleine schlagartig hellwach und kletterte aus ihrem Sitz. Sie hüpfte aus dem Auto und lief auf das Haus zu.

„Mommy, das Haus sieht so schön aus! Wie ein Schloss!" Voller Tatendrang sprang Auri die vier Stufen zur Veranda hoch und rannte zur alten Hollywoodschaukel, die auf der linken Seite stand. Sie krabbelte geschickt hinauf und rief ihrer Mom erwartungsvoll zu: „Anschwung!"

Mit einem Lächeln folgte Kate ihrer Tochter auf die Veranda und begann, die Hollywoodschaukel in Bewegung zu versetzen. Auri kreischte vor Vergnügen und Kate stellte mit Erleichterung fest, dass es ihrer Tochter hier offenbar gut gefiel.

„Kate, hast du irgendwo noch welche von diesen langen Schrauben gesehen? Vier Stück davon fehlen an Auris Bett!" Lauren kam mit suchendem Blick in die Küche, in der Kate und Auri das Geschirr in die Schränke räumten, und hielt eine Schraube in die Höhe. Seit ihrer Ankunft vor ein paar Stunden versuchten sie, Ordnung in das Umzugschaos zu bringen. Die Helfer waren bereits wieder verschwunden, nachdem sie alle Möbel aufgebaut und an den richtigen Ort gestellt hatten. Alle Möbel bis auf Auris Bett offensichtlich.

Kate sah sich die Schraube in Laurens Hand an und zuckte mit den Schultern. „Leider nein. Haben wir vielleicht so ähnliche, die als Ersatz herhalten können?"

Lauren schüttelte den Kopf. „Ich fürchte nicht. Aber ich kann unseren Werkzeugkoffer auch gerade noch nicht finden. Was für ein Durcheinander!" Sie lächelte zwar, aber es wirkte erschöpft.

„Ich habe ihn auch noch nicht gesehen, aber er wird bestimmt irgendwo auftauchen." Kate drehte sich zu Auri. „Süße, wir können leider dein Bett nicht aufbauen, weil ein paar Schrauben fehlen. Was hältst du davon, wenn du heute auf der Matratze auf dem Boden schläfst? Das wird ein richtiges Abenteuer! Und gleich morgen Früh fahren wir in den

Baumarkt und holen neue Schrauben!“ Enthusiastisch sah Kate ihre Tochter an, befürchtete aber schon, dass Aurelia nicht damit einverstanden sein würde.

„Aber Mommy, dann kommen die Monster und fressen mich auf!“ Mit beinahe panischem Blick sah die Dreieinhalbjährige ihre Mutter an. Beruhigend strich Kate ihr über den Kopf und erwiderte: „Okay, willst du dann vielleicht bei Granny oder bei mir im Bett schlafen?“

„Nein, ich will mein Bett! Du hast es versprochen!“ Auris Unterlippe begann, gefährlich zu zittern.

„Da hast du recht, das habe ich.“ Kate seufzte. „Dann werden wir mal überlegen, wie wir das hinbekommen.“

Kate ging den Flur entlang, um die noch nicht ausgepackten Kartons im Wohnzimmer nach dem Werkzeugkoffer durchzusehen. Lauren hatte dieselbe Idee gehabt und wühlte bereits in einem Umzugskarton.

„Ich glaube, es wäre einfacher, wenn eine von uns noch schnell zum Baumarkt fährt und Schrauben besorgt“, meinte Lauren und schloss den Karton nach erfolgloser Suche wieder.

„Gibt es denn in Maybury einen? Oder müssen wir nach Hartford?“, fragte Kate.

„Es gibt einen Baumarkt in Maybury, keine fünf Minuten entfernt.“ Lauren hielt kurz inne. „Also, jedenfalls gab es vor zwanzig Jahren einen, aber der ist sicherlich noch da.“

Kate zückte ihr Handy, um im Internet nachzusehen, ob es den Baumarkt immer noch gab. Einige Sekunden später hatte sie ihn gefunden und hielt ihrer Mom das Display entgegen. „Meinst du ‚*Hamlin & Son*‘? Die haben nicht nur Eisenwaren, sondern auch Anglerbedarf, Pflanzen, Tierfutter und Auto-Ersatzteile. Das Geschäft ist heute noch eine Dreiviertelstunde geöffnet.“

Kate sah, wie ihre Mutter den Bildschirm inspizierte

und kurz durch die Fotos scrollte, die den Laden und den Inhaber, einen gewissen Christopher Hamlin, zeigten. Dann drückte sie Kate abrupt das Handy wieder in die Hand und meinte mit geröteten Wangen: „Ich denke, es wäre besser, wenn du hinfährst, dann kannst du dir direkt einen Eindruck von unserer neuen Heimat machen."

Kate runzelte irritiert die Stirn und wollte gerade etwas erwidern, als Auris Stimme aus der Küche drang: „Granny? Granny? Komm! Ich will Bäckerei spielen!"

Entschuldigend zuckte Lauren mit den Achseln und machte sich auf den Weg in die Küche. Nach ein paar Schritten drehte sie sich noch einmal kurz zu Kate um: „Wenn du schon unterwegs bist, dann bring uns doch eine Pizza mit! Die von Pete war früher immer super!"

Keine zehn Minuten später fand Kate sich auf dem Parkplatz von *Hamlin & Son* wieder. Als sie den Baumarkt betrat, stellte sie fest, dass das Mobiliar zwar einen etwas in die Jahre gekommenen Eindruck machte, der Laden aber insgesamt gut sortiert wirkte. Ein junger Mitarbeiter begrüßte sie freundlich. Er hätte Kate sicherlich seine Hilfe angeboten, wenn ihn nicht gerade eine ältere Dame in Beschlag genommen und ihm ausschweifend von ihrer Arthritis und ihren Knieschmerzen erzählt hätte. Daher warf er Kate nur einen entschuldigenden und etwas hilflosen Blick zu. Sie erkannte sofort seine missliche Lage und gab ihm mit einem aufmunternden Blick zu verstehen, dass sie schon alleine zurechtkommen würde.

Schmunzelnd schritt Kate durch die Gänge. Maybury war wirklich eine Kleinstadt, wie sie im Buche stand. Hier wusste vermutlich jeder über jeden Bescheid und man kümmerte sich umeinander. Der Gedanke gefiel Kate und ließ sie sich gleich wohler fühlen.

Nachdem Kate die Schrauben gefunden und bezahlt hatte, machte sie sich auf den Weg zu Petes Pizzeria. Das kleine Ristorante wirkte mit der leisen italienischen Hintergrundmusik und den vielen fröhlichen Gästen sehr gemütlich. Sie trat an den Tresen und begrüßte den rundlichen Mann dahinter: „Guten Abend, ich hatte vorhin angerufen und drei Pizzen zum Abholen bestellt."

Der ältere Mann, der gerade noch Bier gezapft hatte, richtete seinen Blick auf Kate. „*Buona Sera, Signorina,* willkommen in meinem Ristorante! Ich bin Pete." Er wollte ihr die Hand reichen, bemerkte dann, dass sie ganz nass war und hob sie schließlich stattdessen zum Gruß. „Ah ja, zweimal Salami und eine *Quattro Stagioni*, richtig?", fuhr Pete fort und musterte Kate eingehend.

„Genau die", erwiderte sie lächelnd. Sie überlegte kurz, ob sie sich Pete ebenfalls vorstellen und ihre Mom erwähnen sollte. Da er sich vermutlich nicht an die Grangers erinnern würde, ließ sie es bleiben. Kate wollte den freundlichen Italiener nicht in Verlegenheit bringen.

„Die sind sofort fertig. Möchten Sie vielleicht einen Ramazotti trinken, solange Sie warten? Ich lade Sie ein!", meinte Pete fröhlich.

„Das ist wirklich sehr nett, aber nein, danke. Ich bin mit dem Auto hier und trinke keinen Alkohol, wenn ich fahre." Sie zuckte entschuldigend mit den Schultern.

„In Ordnung, sehr vernünftig..." Pete wandte sich wieder seinen Bieren zu und zapfte sie zu Ende. Kurz darauf trat ein Kellner an den Tresen und holte die Gläser ab, um sie zu den Gästen zu bringen. Pete drehte sich nochmals zu Kate um.

„Verzeihen Sie, dass ich so direkt bin, aber kann es sein, dass wir uns irgendwoher kennen? Sie kommen mir so bekannt vor!" Interessiert lächelnd sah Pete Kate an, die seinen Blick überrascht erwiderte.

„Das liegt vielleicht daran, dass ich meiner Mutter

Lauren sehr ähnlich sehe. Wir haben vor über 20 Jahren schon mal in Maybury gewohnt. Ich bin Kate."

Pete überlegte noch ein, zwei Sekunden, bis sein Gesicht aufleuchtete. „Ja, na klar, warum bin ich nicht gleich drauf gekommen! Kate - das ist ja eine Überraschung! Was machst du hier? Ist Lauren auch da?" Er kam um den Tresen herum und schloss Kate in seine Arme.

Als sie sich wieder voneinander lösten, meinte Kate: „Wir sind heute wieder hergezogen. Meine Mom ist mit meiner kleinen Tochter Zuhause."

„Das sind tolle Neuigkeiten!", erwiderte Pete begeistert, als einer seiner Mitarbeiter mit drei Pizzakartons aus der Küche kam und sie vor Kate abstellte. „Richte Lauren von mir aus, dass sie so schnell wie möglich vorbei kommen soll! Ich freue mich, sie wiederzusehen!"

Kate nickte. „Das mache ich gerne." Sie holte ihr Portemonnaie aus ihrer Tasche, um die Pizzen zu bezahlen.

„Die gehen heute aufs Haus, meine Liebe!", beschloss Pete und lächelte Kate freudestrahlend an.

„Vielen Dank! Wir werden ab sofort bestimmt öfter vorbeikommen. Es duftet einfach köstlich!" Sie zwinkerte ihm zu und verließ mit einem Winken das Restaurant.

Beschwingt ging sie zu ihrem Auto. Trotz des anstrengenden Umzugstages brachte ihr kleiner Ausflug nach Maybury Kate zum Lächeln. Alle waren so freundlich zu ihr gewesen, dass sie sich keinen Reim darauf machen konnte, warum Lauren nicht selbst hatte losfahren und alte Bekannte wiedertreffen wollen.

Als abends Ruhe im Hause Granger einkehrte, begann Kate, ihre Bücher aus den Kartons zu räumen und im Wohnzimmer in einem Regal zu platzieren.

Sie hatte bereits drei Kisten mit Romanen geleert und

wandte sich jetzt der vierten zu, in der sich ein Teil ihrer wissenschaftlichen Literatur befand. Als sie den Karton öffnete, strahlte ihr ihr eigenes Konterfei entgegen. Das Bild von Kate, aufgenommen an ihrem ersten Tag in Yale vor der Statue des ehemaligen Uni-Präsidenten Theodore Dwight Woolsey, hatte in ihrem Bücherregal gestanden und war daher mit in der Kiste gelandet. Sie nahm es heraus und strich gedankenverloren über das Glas des Bilderrahmens.

Lächelnd erinnerte sie sich daran, wie aufgeregt sie an diesem Tag gewesen war. Wie alle anderen Neuankömmlinge hatte sie die Statue von Woolsey auf dem Old Campus besucht, um seinen großen Zeh zu reiben, was Glück bringen sollte. Sie hatte sich schon als Schülerin der High School gewünscht, in Yale zu studieren. Zunächst war sie in Boston aufs College gegangen und hatte sich bereits in ihrem Bachelor auf antike Geschichte spezialisiert. Als sie für das anschließende Doktorandenstudium die Zusage von Yale, einer der renommiertesten Universitäten der Welt, bekommen hatte, war für Kate ein Traum in Erfüllung gegangen. Voller Freude hatte sie damals an der Graduate School begonnen und die Universität mit ihren altehrwürdigen Gebäuden, den bestens ausgestatteten Bibliotheken und dem geschichtsträchtigen Flair vom ersten Tag an geliebt.

Yale war auch der Ort gewesen, an dem Kate Aurelias Vater, einen anderen Doktoranden, kennengelernt hatte. Bei dem Gedanken an Benjamin Richards wurde ihr mulmig zumute und ihr Lächeln erstarb. Es hatte seine Gründe, warum sie heute nicht mehr mit Ben, der seine Doktorarbeit kurz vor Aurelias Geburt abgeschlossen hatte, zusammen war und keinen Kontakt mehr zu ihm hatte.

Eigentlich hatte Kate sich auf die Rückkehr an die Universität nach beinahe vier Jahren Baby-Pause gefreut. Sie war wild entschlossen gewesen, sich die Vorfreude nicht von der Erinnerung an ihren unzuverlässigen Ex vermiesen zu lassen. Und dann hatte Professor Donovan, ihr Doktorvater, ihr diese eine, kleine Mail geschrieben, die alles verändert hatte. Ein Satz hatte sich in ihr Gedächtnis eingebrannt:

Dr. Benjamin Richards wird in wenigen Wochen nach Yale zurückkehren.

Die Worte wiederholten sich seit drei Tagen in Dauerschleife in Kates Gehirn. Professor Donovan hatte Kate vorwarnen wollen, damit sie nicht so überrumpelt wäre, wenn die Einstellung von Dr. Richards bald offiziell bekannt gegeben werden würde.

Kates erste Reaktion war Wut gewesen, die sich unheilvoll in ihrem Bauch zusammengebraut hatte. Sollte Ben doch nach Yale kommen – sie ließe sich sicherlich nicht wieder von ihm einschüchtern! Außerdem könnte sie ihm dann endlich mal gehörig die Meinung zu seinem miesen Verhalten sagen!

Doch dann war Kate ins Grübeln gekommen: Was wollte Ben in Yale? Was würden seine Aufgaben sein? Würde sie mit ihm zu tun haben oder würde sie ihm notfalls aus dem Weg gehen können? Der Nachteil eines so kleinen Fachbereichs wie ihrem war, dass das nur schwer möglich war und man sich zwangsläufig begegnete. Sie hatte das beängstigende Gefühl, dass das dicke Ende noch auf sie wartete. Und da sie selbst noch nicht richtig wusste, was auf sie zukam, hatte Kate es für eine gute Idee gehalten, ihrer Mom vorerst nichts von Bens Rückkehr zu erzählen. Lauren würde ausflippen, wenn sie davon erfuhr und sich unnötig Sorgen machen.

Seufzend blickte Kate auf das gerahmte Foto in ihrer Hand. Wie glücklich und unbedarft sie gewesen war! Kate versuchte das Gefühl von damals heraufzubeschwören und so die trüben Gedanken zu verjagen.

Sie stellte das Bild neben ihre Bücher ins Regal, als

plötzlich ihr Handy piepste und eine Nachricht von ihrer besten Freundin Barry anzeigte. Kate öffnete den Messenger und startete die Sprachnachricht: „Hallo, meine Süße, wenn mich nicht alles täuscht und die Zeitverschiebung mir keinen Strich durch die Rechnung macht, müsstet ihr vor ein paar Stunden in Maybury angekommen sein!" Im Hintergrund waren Stimmengewirr und eine Lautsprecherdurchsage zu hören. „Sorry, dass es so laut ist, ich bin gerade am Bahnhof in Neapel und hier ist die Hölle los! Aber egal, ich wollte nur hören, ob bei dir alles in Ordnung ist und ihr gut angekommen –" Sie brach mitten im Satz ab und rief plötzlich wütend einige Worte auf Italienisch. Auch wenn Kate den Wortlaut nicht genau verstand, war ihr sofort klar, dass ihre Freundin wie ein Kesselflicker fluchte. Die chaotische Nachricht, die so typisch für Barry war, schaffte es, Kate zum Grinsen zu bringen. Sie hielt ihr Handy etwas von ihrem Ohr weg, da ihre Freundin immer lauter wurde. „So ein Idiot! Rempelt der mich einfach mit seinen dreiundzwanzig Koffern an! Ich sage es dir, Kate, vor einem langen Wochenende spielen hier alle verrückt! Aber nun endlich zurück zu dem, was ich dir eigentlich sagen wollte: Ich habe heute endlich die Zusage für meine Stelle in dem Forschungsprojekt bekommen! Das heißt, wir werden noch mindestens zwei weitere Jahre zusammen Yale unsicher machen! Ich freu mich so!" Kate konnte sich bildlich vorstellen, wie Barry auf dem trubeligen Bahnsteig mitten in Neapel vor Freude auf und ab hüpfte und übers ganze Gesicht strahlte. „Also, fühl dich gedrückt und bis ganz bald!", beendete ihre Freundin die Sprachnachricht.

Kate stand mit einem Lächeln auf dem Gesicht im Wohnzimmer und antwortete Barry sofort. Da sie ihre Mom und ihre Tochter nicht wecken wollte, schickte sie statt einer Sprachnachricht einen kurzen Text: *Beste Nachricht des Tages! Ich freu mich auf dich!* mit drei Herz-Emojis.

Kate merkte, wie die Müdigkeit in ihre Glieder kroch. Langsam stieg sie die Treppe hinauf, um ins Bett zu gehen. Ihre innere Unruhe ließ ein wenig nach, wenn sie daran dachte, dass Barry in Yale an ihrer Seite sein würde. Kate konnte eine Verbündete gut gebrauchen!

2

Nach einer unruhigen Nacht erwachte Lauren am nächsten Morgen früh. Sie fühlte sich wie gerädert, als sie sich ihren Bademantel überwarf. Da Kate und Auri noch schliefen, ging sie leise nach unten in die Küche. Sie kochte sich einen Kaffee und lief mit der dampfenden Tasse in der Hand ins Wohnzimmer.

Lauren war froh, dass sie nach all dem Umzugstrubel einen Moment für sich alleine hatte. Sie blickte sich in dem lichtdurchfluteten Raum um und sah in ihrem Kopf bereits ihren Lesesessel in dem kleinen Erker am Fenster stehen. Sie trat an die Stelle und schaute gedankenverloren nach draußen.

Es hatte Zeiten gegeben, da hatte sie Maybury mit seinem Kleinstadtcharme, der idyllischen Umgebung und vor allem mit ihrem Traumhaus über alles geliebt. Mit Anfang zwanzig war es ihr größter Wunsch gewesen, dieses Haus am See zu kaufen und bis ans Ende ihrer Tage hier zu leben. Doch dann war einiges passiert, so dass sie in den letzten Tagen mit einem unguten Gefühl an ihre Rückkehr nach Maybury gedacht hatte. Lauren versuchte, sich das vor

Kate nicht anmerken zu lassen. Sie wusste genau, dass es ihrer Tochter nicht leichtfiel, hierher zu kommen. Da konnte Kate noch so ausgiebig gute Miene zum bösen Spiel machen, Lauren hatte sie längst durchschaut. Deswegen wollte Lauren Kate nicht auch noch dadurch beunruhigen, dass sie sich schwerer tat, nach Maybury zurückzukehren, als sie vorgab.

Seit Lauren damals weggezogen war, hatte sie keinen Kontakt mehr zu irgendjemandem in der Kleinstadt gehabt. Sie war sich nicht sicher, wie manche Freunde und Bekannte von früher nun auf sie reagieren würden und sie wusste nicht, wie sie sich verhalten sollte. Vor allem einer bestimmten Person gegenüber, die sie eigentlich nie wieder hatte sehen wollen. Damals waren sie im Streit auseinander gegangen und Lauren spürte immer noch Wut in sich aufkeimen, wenn sie daran dachte.

Unwillkürlich fiel ihr Blick auf das Nachbarhaus, das ihrer Freundin Alison gehört hatte. Ob sie dort noch wohnte? Was sie wohl machte?

Sie wusste nicht einmal, wie es ihrer ehemals besten Freundin aus Kindheitstagen ging, und diese Tatsache machte Lauren für einen kurzen Moment traurig. Sie versuchte, die Gedanken an Alison weit von sich zu schieben, denn sie wollte sich den Neustart in Maybury nicht noch schwerer machen als er sowieso schon war.

Lauren versuchte sich auf das Positive zu konzentrieren: Endlich konnte Kate ihren Traum von der Doktorarbeit in Yale verwirklichen. Es hatte Lauren damals beinahe das Herz gebrochen, mitanzusehen, wie dieser Ben sie behandelt hatte. Nicht nur, dass er sie hochschwanger sitzengelassen hatte, nein, er hatte ihrer Tochter auch die Freude an der Uni und der wissenschaftlichen Arbeit genommen. Er hatte die Frechheit besessen, ihre Forschung kleinzureden, und hatte Kate damit jedes Selbstbewusstsein genommen. Ein Glück, dass dieser Unmensch mittlerweile an einer anderen Universität war und Kate die Motivation wiedergefunden hatte, nach Yale zurückzukehren!

Ein Geräusch aus dem oberen Stockwerk ließ Lauren aufblicken und beendete ihre Grübeleien. Kurz darauf kamen Kate und Auri die Treppe heruntergelaufen. Die beiden wirkten ausgeschlafen und voller Tatendrang. Auri bestätigte ihren Eindruck, indem sie rief: „Granny, ich will Farbe haben für mein Zimmer! Wir malen die Wände an!" Die Kleine lief direkt zur Garderobe und wollte ihre Jacke und ihre Schuhe anziehen, als Kate einwandte: „Süße, wir werden jetzt erst mal frühstücken und dann können wir meinetwegen direkt in den Baumarkt fahren und Farben aussuchen." Widerwillig stimmte Aurelia zu und ging in die Küche.

Eine gute Stunde später fand Lauren sich mit Auri und Kate auf dem Parkplatz vor *Hamlin & Son* wieder. Hätte sie nicht selbst noch ein paar Topfpflanzen kaufen wollen, wäre sie Zuhause geblieben. Sie war nicht sonderlich versessen darauf, möglicherweise auf Chris Hamlin zu treffen, der anscheinend das Geschäft von seinem Vater übernommen hatte. So hatte es jedenfalls gestern auf den Bildern im Internet gewirkt.

Während Kate Auri hinterherlief, die einen Hund streicheln wollte, der gerade auf der anderen Straßenseite Gassi geführt wurde, nahm Lauren all ihren Mut zusammen und betrat den Laden. Falls sie wirklich Chris begegnen sollte, dann war es vermutlich besser, wenn Kate nichts davon mitbekam.

In dem Baumarkt roch es noch genau wie damals, als sie

zum letzten Mal hier gewesen war. Sie erkannte die langen Regalreihen wieder, die sich über den Großteil der Ladenfläche erstreckten. Direkt neben dem Eingangsbereich befand sich die Kasse und eine Tür, die zu einem rückwärtig gelegenen Büro führte. Sie schaute sich um, konnte aber weder Chris noch irgendjemand anderes sehen. Lauren bog in den Gang ein, in dem sie die Pflanzen erkennen konnte, und betrachtete interessiert das Angebot. Sie überlegte gerade, ob sie lieber eine kleine Yucca-Palme oder einen Ficus nehmen sollte, als sie eine bekannte Stimme aus dem Kassenbereich hörte. Zum Glück konnte man sie von dort aus nicht sehen! Chris war offensichtlich doch hier und unterhielt sich mit einem Kunden, der gerade reingekommen sein musste: „Hallo, Fin, wie geht's dir? Brauchst du noch etwas anderes außer der Blumenerde, die ich für dich bestellt habe?"

Während Lauren gespannt lauschte und hinter den Regalen versuchte, unauffällig einen Blick auf Chris zu erhaschen, antwortete der junge Mann: „Danke, Chris, heute brauche ich nur die Blumenerde."

Lauren beobachtete mit angehaltenem Atem, wie Chris auf der elektronischen Kasse herumtippte und dann das Geld von seinem Kunden entgegennahm. Sein Gesicht wirkte immer noch so sympathisch wie damals, mit vielen kleinen Lachfältchen um seine grünblauen Augen. Sein ehemals dunkelbraunes Haar war mittlerweile von grauen Strähnen durchzogen – gerade so viel, dass es nicht alt, sondern sexy aussah. Und seine schlanke Figur mit dem kräftigen Oberkörper hatte sich auch nicht verändert. Er sah einfach fantastisch aus, wie Lauren mit glühenden Wangen bemerkte.

„Und wie läuft es mit eurem Großprojekt auf Appletree Manor? Kommt ihr gut voran?", fragte Chris nun Fin, dessen Antwort Lauren gar nicht mehr richtig mitbekam.

Sie stand mit großen Augen und einem Ficus auf dem Arm in der Pflanzenabteilung und musste sich daran erinnern, nicht zu auffällig zur Kasse und zu Chris herüber zu starren. Zum Glück hatten die beiden Männer sie nicht entdeckt, denn dann hätte sie nur schwer erklären können, warum sie sich mit hochrotem Kopf zwischen den Regalen versteckte.

Als Chris Fin nach draußen begleitete, nutzte Lauren die Gelegenheit, um unbemerkt und ohne Pflanze aus dem Laden zu schlüpfen und nach Kate und Auri Ausschau zu halten. Sie entdeckte die beiden auf der anderen Straßenseite, wo sie sich gerade von dem Hund und seiner Besitzerin verabschiedeten. Glücklicherweise war von Chris keine Spur zu sehen und Lauren winkte ihre Tochter und ihre Enkelin zu sich herüber.

„Kommt, wir wollen endlich die Farben aussuchen!“, rief sie ihnen entgegen. Sie konnte ihre Ungeduld nicht verbergen.

„Du wirkst, als hättest du es eilig, Mom, aber wir haben doch alle Zeit der Welt“, meinte Kate, als sie und Auri nach einer gefühlten Ewigkeit die Straße überquert und bei Lauren vor der Ladentür angelangt waren.

„Naja, wir haben schließlich noch einiges zu tun. Trödeln sollten wir nicht…“, war Laurens ausweichende Antwort. Erneut betrat sie das Geschäft und sah sich suchend um, diesmal nach der Farbabteilung. Kate trat neben sie und wirkte ebenfalls planlos.

„Vielleicht sollten wir einen Mitarbeiter fragen, ob er uns behilflich sein kann“, schlug ihre Tochter vor.

Bevor Lauren ihr zustimmen konnte, öffnete sich die Tür hinter ihnen. Chris betrat das Geschäft und blieb wie angewurzelt stehen, als er seine neue Kundschaft vor sich sah. Dann erhellte ein strahlendes Lächeln sein Gesicht.

„Lauren? Bist du es wirklich? Wahnsinn! Es muss Jahre,

nein, Jahrzehnte her sein, dass wir uns zuletzt gesehen haben!"

Lauren fühlte, wie ihr schlagartig die Hitze ins Gesicht schoss, und erntete dafür einen fragenden Blick von Kate, die nun interessiert zwischen ihr und Chris hin und her sah. Lauren versuchte, eine unbeeindruckte Miene aufzusetzen, was ihr vermutlich nur mittelmäßig gelang.

Atem- und einfallslos antwortete sie schließlich: „Chris, das ist aber wirklich eine Überraschung!" Sie strich sich nervös durchs Haar und bemühte sich, irgendetwas Sinnvolles zu sagen. „Ich hätte nicht gedacht, dass du wirklich das Geschäft deines Vaters übernimmst! Das ist übrigens meine Tochter Kate, du kennst sie bestimmt noch von früher. Sie war damals fünf, als wir wegzogen. Und die Kleine ist meine Enkelin Aurelia, Kates Tochter. Mädels, das ist Chris Hamlin."

Chris reichte ihr und Kate die Hand und begrüßte sie überschwänglich. „Es freut mich sehr, euch beide wiederzusehen...", sagte er und an Aurelia gewandt: „...und dich kennenzulernen!" Aurelia strahlte Chris an und fühlte sich ganz wichtig und erwachsen, als er auch ihre Hand schüttelte.

„Was verschlägt euch nach Maybury? Seid ihr zu Besuch da? Ihr wollt bestimmt Alison treffen, oder?", fragte Chris Lauren freudig, die bei der Erwähnung ihrer alten Freundin unwillkürlich zusammenzuckte.

„Tatsächlich sind wir gestern wieder hierhergezogen. Du hast sicherlich mitbekommen, dass die Millers, die unser Haus in der Oak Street gemietet hatten, ausgezogen sind. Kate wird bald ihr Studium in Yale fortsetzen, daher sind wir nach Maybury zurückgekehrt", entgegnete Lauren, ohne auf seine Frage nach Alison einzugehen.

„Wie schön! Alison wird sich bestimmt wahnsinnig freuen, dich wieder so dicht bei sich zu haben. Ihr wart doch immer schon unzertrennlich! Wie schade, dass ihr euch erst in ein paar Tagen sehen werdet – Alison ist noch eine Woche im Sommerurlaub, aber das weißt du bestimmt besser als ich.“ Chris zwinkerte Lauren zu und wandte sich an Kate: „Das war damals vielleicht eine Aufregung, als die beiden, deine Mom und Alison, hier in unserem verschlafenen Städtchen auftauchten! Zwei junge, hübsche Frauen aus New York, gerade mit dem College fertig, die haben hier für frischen Wind gesorgt!“

Lauren errötete zum zweiten Mal, während Kate wissend und grinsend neben ihr stand. Es wunderte sie, dass Chris die ganze Zeit von Alison sprach, als wüsste er nicht, dass sie nicht mehr befreundet wären. Sie hatte gedacht, dass sich das damals schnell herumgesprochen hätte, aber anscheinend war die Neuigkeit nicht bis zu Chris durchgedrungen.

„Nur zu schade, dass deine Mom ihren Ehemann gleich mitgebracht hatte!“, beklagte sich Chris mit einem leidenden Blick, der beinahe bühnenreif war.

Lauren wollte am liebsten auf der Stelle im Boden versinken, aber Kate schien sich köstlich über dieses spontane Treffen mit Chris und wie unangenehm es Lauren war, zu amüsieren. Kate konnte sich nicht zurückhalten und fragte provokativ: „Wie schön, dass wir direkt einen alten Freund von früher wiedertreffen, nicht wahr, Mom? Und dann auch noch so einen netten!“

Lauren blieb nichts anderes übrig, als ihr zuzustimmen. „Da hast du Recht, *Kate*, wirklich eine Freude.“ Die komische Betonung ihres Namens entging Kate natürlich nicht, Chris allerdings schon. Er fragte munter weiter: „Wie geht es denn Mitch überhaupt? Arbeitet er immer noch so viel?“

Kurz und knapp erklärte Lauren: „Ich kann es dir nicht sagen. Wir sind schon seit Jahren geschieden. Deswegen auch nicht mehr Lauren Smith, sondern wieder Lauren Granger."

„Na, das sind ja mal gute Neuigkeiten..." Chris' Lächeln wurde bei dieser Nachricht noch strahlender, auch wenn Lauren sich nicht erklären konnte, warum. Ihr war die Situation einfach nur peinlich.

Er wollte noch etwas erwidern, als sich Aurelia in das Gespräch einmischte: „Chris, hast du Farbe? Wir malen mein Zimmer an!" Sie sah ihn erwartungsvoll aus ihren großen blauen Augen an.

Chris bedachte Lauren mit einem warmen Blick, bevor er sich Aurelia zuwandte: „Natürlich haben wir schöne Farben, kommt mit, dann zeige ich sie euch."

Lauren atmete erleichtert auf, als sie endlich nicht mehr im Mittelpunkt des Gesprächs stand. Sie folgte Kate, Aurelia und Chris, die ihr vorweg durch die Regalreihen gingen. Chris sprach die ganze Zeit über liebevoll mit der kleinen Aurelia und zeigte ihr alles.

Als sie in der Malerabteilung angekommen waren, nahm Auri Chris immer noch voll und ganz in Beschlag. Lauren spürte Kates forschenden Blick auf sich. So dass Chris es nicht hören konnte, flüsterte ihre Tochter neckend: „So verlegen habe ich dich ja schon lange nicht mehr gesehen, Mom, was ist denn da los?" Kate grinste vielsagend.

„Ach, nichts weiter, ich kenne Chris nur von früher", winkte Lauren ab und hoffte, dass das Thema damit erledigt war.

Weit gefehlt.

„Du scheinst jedenfalls ganz schön Eindruck auf ihn gemacht zu haben, wenn er sich heute noch daran erinnert, wie du und Alison damals hergezogen seid." Wissend wackelte Kate mit den Augenbrauen.

„Also wirklich, Kate, da ist nichts. Wir sind nur alte

Bekannte!", entgegnete Lauren, der die Fragerei ihrer Tochter unangenehm war.

„Mom, ich mache doch nur Spaß. Dieser Chris scheint sehr nett zu sein. Außerdem hat er ja nichts Falsches gesagt", meinte Kate versöhnlich.

„Jaja, du hast ja recht...", stimmte Lauren nun zu.

„Nur seine Fragen nach Alison verstehe ich nicht – seit wir nach Boston gezogen sind, hattet ihr doch überhaupt keinen Kontakt mehr, oder? Anscheinend wohnt sie immer noch hier! Wie schön, dann könnt ihr eure alte Freundschaft wiederaufleben lassen!", stellte Kate freudig fest.

Lauren schluckte schwer und selbst in ihren eigenen Ohren klang ihre Antwort mehr als holprig: „Das wäre wirklich schön. Ich wusste gar nicht, dass sie immer noch hier lebt."

Da Lauren nichts weiter sagte, wandte Kate sich Chris und Aurelia zu, die sich immer noch mit den Farben beschäftigten. Sie hatten bereits ein helles Grün ausgewählt, nun fehlte nur noch ein Rosa. Chris blätterte in einem Farbenkatalog und zeigte Auri die Auswahl. Als sie sich etwas ausgesucht hatte, sagte Chris: „Das ist wirklich ein schöner Farbton! Leider habe ich ihn nicht vorrätig, den müsste ich bestellen. Aber wenn ich jetzt noch bei meinem Großhändler anrufe, kommt er direkt am Montag mit der nächsten Lieferung. Was sagt ihr, Kate und Lauren?"

„Klar, mach das. Wir legen dann einfach schon mal mit dem Grün los!", antwortete Kate.

„Oh ja! Los, anfangen!", strahlte Aurelia übers ganze Gesicht.

„Okay, dann bestelle ich das Rosa und liefere euch die Farbe am Montag nach Hause – als kleine Wiedergutmachung für die Wartezeit", erwiderte Chris mit einem freundlichen Lächeln. Er drehte sich zu Lauren: „Vielleicht haben wir dann ja auch Gelegenheit, über alte Zeiten zu plaudern?"

„Ja, bestimmt, äh, sicherlich..." stammelte Lauren und wandte den Blick ab. Angelegentlich griff sie nach dem Farbeimer und machte sich auf den Weg zur Kasse. „Los, los, ihr beiden, wir haben noch viel vor! Die Wände streichen sich nicht von selbst!", rief sie über die Schulter.

„Wir freuen uns sehr, dass du am Montag vorbeikommst und die Farbe lieferst!", antwortete Kate freundlich, um Laurens übereilten Abgang weniger harsch erscheinen zu lassen. Sie lächelte Chris dankbar an, aber der schien ihre Worte nur am Rande wahrzunehmen, denn er blickte mit verklärtem Gesichtsausdruck Lauren hinterher.

Die ersten zwei Tage in Maybury vergingen wie im Flug und die Umzugskartons waren mittlerweile weitgehend ausgepackt. Das Wetter war so schön, dass Lauren nach ihrem Besuch im Baumarkt begonnen hatte, den großen Garten ihres Hauses von Unkraut zu befreien. Diese Aufgabe hatte ihr früher wenig Freude bereitet, aber nun gefiel es ihr, draußen zu sein, sich durch die Beete zu wühlen und nach getaner Arbeit zu sehen, was sie geschafft hatte. Sie hatte sich sogar einige Bücher zur Gartenpflege bestellt und das Gärtnern war auf dem besten Weg, ihr neues Hobby zu werden.

Da Kate heute Morgen ihre Unterlagen für ihre Doktorarbeit hervorgeholt hatte, um sich für ihre Rückkehr an die Uni vorzubereiten, hatte Lauren Aurelia mit nach draußen in den Garten genommen. Die Kleine schaukelte erst auf Kates alter Schaukel und pflückte dann ein paar Blumen für ihre Mom. Als Lauren ein Beet im Vorgarten jäten wollte, das sie am gestrigen Sonntag nicht mehr geschafft hatte, kam Aurelia mit und spielte auf der Veranda mit ihren Stofftieren.

Die Sonne schien nach wie vor kraftvoll, auch wenn es bereits September war und es abends schon sehr kühl werden konnte. In Gedanken plante Lauren, welche Arbeiten in den nächsten Wochen im Garten erledigt werden müssten, wie sie die Beete winterfest machen und was sie im nächsten Frühjahr umgestalten würde.

Plötzlich hörte sie Aurelia hinter sich quietschen. Erschrocken, dass etwas passiert sein könnte, drehte Lauren sich um. Mit Erleichterung sah sie, wie ihre Enkelin freudestrahlend von der Veranda heruntersprang und zur Einfahrt lief, wo Chris gerade sein Auto parkte und ausstieg. Er begrüßte Aurelia herzlich und winkte Lauren zu.

Sie hatte völlig vergessen, dass Chris heute mit der Farblieferung vorbeikommen wollte und sah rasch an sich herunter: Ihre Hose war vom Knien in den Beeten voll mit Erde und ihre Hände schmutzig. Ihre Frisur bestand heute sowieso nur aus einem eilig gebundenen Pferdeschwanz, aus dem sich schon einige Strähnen ihres dunkelblonden Haars gelöst hatten, und sie fühlte, dass ihr Gesicht rot und verschwitzt aussehen musste. Das war ja ein guter Zeitpunkt, um auf den frisch und munter wirkenden Chris zu treffen!

Nach einem kurzen Seufzer setzte sie ein Lächeln auf und ging zu ihm herüber.

„Hallo, Chris, wie geht's? Ich sehe, du hältst Wort, was die Lieferung der Farben angeht!“ In ihrer Verunsicherung klangen die Worte schroff und nicht scherzhaft, wie sie es eigentlich beabsichtigt hatte. Entsprechend irritiert wirkte Chris, der nun mit gerunzelten Augenbrauen vor ihr stand.

„Hallo, Lauren, ja, natürlich tue ich das. Hast du mich jemals unzuverlässig erlebt?“

Das hatte sie tatsächlich nicht, deswegen erwiderte sie

schnell: „Nein, natürlich nicht, so war das nicht gemeint. Entschuldige bitte! Was ich eigentlich sagen wollte: Ich freue mich, dass du die Farbe vorbeibringst, das hilft uns sehr. Kann ich dir etwas zu trinken anbieten?“

Chris‘ Miene hellte sich wieder auf. „Sehr gerne, danke.“ Er lächelte Lauren mit strahlenden Augen an und sie kam nicht umhin, die kleinen Lachfältchen zu bemerken, die seinem Gesicht einen verschmitzten Zug verliehen.

„Wir bringen die Farbe in mein Zimmer! Los, Chris!“, meinte Aurelia eifrig und bestimmt.

„Süße, es war schon sehr nett von Chris, dass er uns die Farbe geliefert hat, er soll sie nicht auch noch hochtragen müssen – das machen wir spä-…“

Bevor Lauren das Wort beenden konnte, hakte Chris ein: „Natürlich können wir den Eimer schon in dein Zimmer bringen, das mache ich doch gerne!“

Er schnappte sich sofort den Farbeimer von der Ladefläche seines Trucks, während Lauren sich bei ihm bedankte und Aurelia bereits die Stufen der Veranda hinauflief.

„Danke, Chris, aber das musst du nicht tun!“

„Ist schon in Ordnung, Lauren. Ich helfe dir… äh, euch wirklich gern!“ Wieder lächelte er sie an und war schon im Haus verschwunden.

Lauren ging ebenfalls hinein und wollte Kate von der Farblieferung berichten. Das hatte ihre Enkelin allerdings schon übernommen, denn Lauren hörte Kate bereits oben mit Aurelia und Chris über das Anstreichen fachsimpeln.

Also lief sie direkt in die Küche, um Getränke zu holen und fand dort ein heilloses Chaos auf dem Küchentisch vor: Kate hatte ihre Ordner, Zettel und Bücher über den ganzen Tisch und teilweise auf dem Boden verteilt. Mittendrin standen ihr Laptop und eine Teetasse, auf der sie aus Platzmangel ein lateinisches Lexikon abgelegt hatte, das bei der kleinsten Berührung mitsamt der Tasse umfallen würde. Lauren konnte nur hoffen, dass die Tasse bereits leer war, aber so wie sie ihre Tochter kannte, war sie vermutlich noch halbvoll mit mittlerweile kaltem Tee. Vorsichtig legte sie das dicke Lexikon beiseite und räumte die Tasse samt Beutel in die Spüle. Ihr Blick fiel auf das kleine Etikett, das am Teebeutel befestigt war und einen weisen Spruch trug: *Akzeptiere, was ist. Lass los, was war. Habe Vertrauen in das, was kommt*. Lauren hatte diesen esoterischen Quatsch noch nie verstanden und schüttelte auch jetzt kritisch den Kopf. Auf solche billigen Teebeutel-Weisheiten konnte sie getrost verzichten.

„Scheint ziemlich spannend zu sein, was du da in der Hand hältst!", erklang auf einmal Chris' Stimme von der Küchentür. Lauren zuckte zusammen, als er sie aus ihren Gedanken riss.

„Oh, ich habe dich gar nicht kommen gehört." Sie atmete einmal tief ein und aus, um sich zu sammeln.

Chris trat neben sie und wies auf das Etikett. „Ah, die schlauen Teesprüche, die sind immer gut. Welchen hast du?", fragte er interessiert.

Erstaunt, dass Chris die Spruchetiketten kannte und offenbar sogar Gefallen an diesem Schnickschnack fand, hielt Lauren ihm wortlos das Zettelchen hin. Er nickte andächtig mit dem Kopf: „Tja, weise Worte, dem habe ich nichts hinzuzufügen." Er grinste Lauren unverändert fröhlich an und fragte dann: „Kann ich dir mit den Getränken helfen?"

Mit einem letzten verwunderten Blick auf Chris und das Etikett warf Lauren es in den Mülleimer. „Du kannst die Gläser nehmen, danke", meinte sie und zeigte auf das Regal. Sie selbst öffnete den Kühlschrank und griff nach einer Kanne mit Eistee.

Chris schaute Lauren erwartungsvoll an: „Setzen wir

uns nach draußen auf die Veranda? Die Sonne scheint so schön!"

Lauren nickte und versuchte sich zu entspannen. Seine Anwesenheit bewirkte, dass ihr Puls etwas schneller als normal ging.

Sie folgte ihm nach draußen, setzte sich in einen Stuhl und füllte die Gläser mit Eistee, während Chris es sich auf der Hollywoodschaukel bequem machte.

„Lauren, ich habe mich wirklich gefreut, dich hier nach all den Jahren wiederzusehen. Damit hatte ich überhaupt nicht gerechnet, als es hieß, die Millers ziehen aus und jemand anderes zieht ein. Hat es überhaupt jemand in Maybury gewusst?"

„Ich dachte, über den Buschfunk würde sich die Neuigkeit sowieso verbreiten, da wollte ich es nicht an die große Glocke hängen. Außerdem ist es schon so viele Jahre her, dass wir hier gelebt haben, dass uns bestimmt kaum noch jemand kennt", erwiderte Lauren achselzuckend.

„Nicht so bescheiden! Viele Leute erinnern sich an dich und Kate. Vorgestern habe ich mit Marilyn aus dem Supermarkt gesprochen und sie freut sich schon sehr, dich bald zu sehen. Und Pete aus der Pizzeria auch, schließlich wart ihr doch mal gut befreundet, wenn ich mich richtig entsinne?" Chris lächelte Lauren offen an, der bei der Erwähnung von Pete das Herz in die Hose rutschte. Noch so eine Freundschaft, die in die Brüche gegangen war. Sie hatte sich nach ihrem Umzug ziemlich unrühmlich verhalten und sich einfach nicht mehr gemeldet. Hoffentlich würde Pete ihr verzeihen.

„Ja, da hast du recht, wir haben uns damals gut verstanden", erwiderte Lauren ausweichend. „Auf Marilyn freue ich mich auch, sie hat Kate früher immer ein paar Gummibärchen geschenkt. Wie schön, dass sie ihr Geschäft noch hat!" Auch wenn Lauren in Bezug auf Pete ein furchtbar schlechtes Gewissen hatte, stimmte der Gedanke an die stets freundliche Marilyn sie positiv. Nun doch etwas neugierig, fragte Lauren: „Und wer ist sonst noch da?“

„Eric mit seinem Buchladen zum Beispiel. Du hast doch damals dort zusammen mit Sarah gearbeitet, oder?“

„Ja, genau, das war eine schöne Zeit! Sarah und ich standen uns recht nahe. Leider ist der Kontakt irgendwann abgebrochen, nachdem wir weggezogen sind…“, antwortete Lauren nachdenklich, aber Chris war schon einen Schritt weiter: „Und Alison ist natürlich noch da, aber das weißt du ja sicherlich. Komisch, dass ich dir nie begegnet bin, als du sie hier besucht hast.“

Lauren wollte nicht offenbaren, dass sie ihre ehemals beste Freundin nie wieder besucht hatte, deswegen entgegnete sie ausweichend: „Tja, es hat wohl nicht sollen sein.“

„Zu schade, aber jetzt bist du ja wieder da und wir werden uns unausweichlich sehen! Maybury ist ein kleiner Ort und ständig gibt es irgendwelche Feste und andere Gelegenheiten, bei denen man sich trifft.“

Langsam bemerkte auch Lauren, dass Chris sich sehr über ihre Rückkehr freute und sein Interesse schmeichelte ihr. Unwillkürlich tauchte die Frage in ihrem Kopf auf, ob er eigentlich in einer Beziehung oder verheiratet war. Natürlich würde sie ihn das nicht direkt fragen, aber wissen würde sie es schon gerne…

Chris beugte sich vor, um Lauren Eistee nachzuschenken, als seine Hand plötzlich sanft ihren Unterarm streifte. Die zufällige Berührung fühlte sich warm und vertraut an. Überrascht sah Lauren zu ihm auf. Er lächelte ihr zu und schien diesen kleinen Funken, der sich gerade zwischen ihnen entzündet hatte, auch gespürt zu haben.

Lauren brauchte eine Sekunde länger als Chris, um sich wieder zu fangen. Er ergriff als erster das Wort: „Keine Panik, das klang jetzt vielleicht überfallartiger, als es gemeint war!“ Er lachte, etwas nervöser als noch zuvor, und rieb sich mit der Hand den Nacken. „Ich möchte dir deinen Neustart hier in Maybury einfach angenehm machen und vielleicht hast du ja Lust, mal mit mir auszugehen, Kino oder Essen oder so. Als Freunde, versteht sich natürlich!“

Der eben entzündete Funke erlosch. Lauren hoffte, dass man ihr das Bedauern, das sie zu ihrer eigenen Überraschung empfand, nicht anhörte, als sie erwiderte: „Ich nehme deine Einladung gerne an.“

3

Je näher der erste Tag in Yale rückte, desto aufgeregter wurde Kate. Morgen würde es endlich so weit sein! Sie freute sich schon darauf, sich wieder in die Bibliothek zu setzen, sich stundenlang in alte, staubige Bücher zu vertiefen und an ihrem Projekt weiterzuarbeiten. Das hatte sie schon gemerkt, als sie vor ein paar Tagen in der Küche gesessen und sich einen Überblick über ihre Unterlagen und ihren Arbeitsstand von vor vier Jahren verschafft hatte. Nur der Gedanke an Bens baldige Anwesenheit überschattete ihre gute Laune etwas. Aber davon ließ Kate sich nicht herunterziehen.

Bevor sie sich wieder ganz auf ihre Doktorarbeit konzentrieren konnte, musste sie sich noch um einen Kindergartenplatz für Aurelia kümmern. Heute Morgen hatte sie endlich einen Termin bekommen, bei dem sie sich die Räumlichkeiten ansehen und die Erzieherinnen kennen lernen konnte. Zum Glück war das Gespräch gut verlaufen und Aurelia wurde in die Gänseblümchengruppe aufgenommen. Ihre Mom würde die Kleine hinbringen und abholen, während sie selbst in der Uni war.

Damit Aurelia möglichst schnell Kinder in ihrem Alter

kennen lernen und neue Freunde finden konnte, hatten Lauren und Kate ihr vorgeschlagen, an einem Kindertanzkurs in Mayburys Tanzschule teilzunehmen. Auri war sofort Feuer und Flamme gewesen, denn sie liebte es, zu tanzen. Kate versuchte seitdem, jemanden in der Tanzschule zu erreichen, um ihre Tochter anzumelden. Leider meldete sich am Telefon nur der Anrufbeantworter.

Als sie nun aus dem kleinen Kindergarten trat, fiel ihr Blick auf das flache Gebäude der Tanzschule am anderen Ende der gepflegten Grünfläche, die den Mittelpunkt von Maybury bildete. In den Fenstern des hellrosa gestrichenen Hauses brannte Licht – also war doch jemand dort! Kate lief zu der einladend wirkenden Tanzschule hinüber. „*Dancing Queens*“ stand dort in geschwungenen Buchstaben auf einem Schild neben der Tür, das dem Aussehen nach schon über 50 Jahre hier hing. Kate schmunzelte, als sie den handschriftlich hinzugefügten Zusatz „*& Kings*“ sah.

Durch die bodentiefen Fenster warf sie einen Blick ins Innere des Studios und konnte einen großen Saal mit Holzboden und verspiegelten Wänden entdecken. Es gab sogar eine kleine Bühne für die Aufführungen der Tänzer und Tänzerinnen. In einer Ecke stand ein Klavier neben einer großen Musikanlage und in der anderen war eine gemütliche Sitzecke eingerichtet. Vermutlich saßen dort die stolzen Mütter, die ihren Kindern beim Tanzunterricht zusahen, dachte Kate bei sich, als plötzlich ein Mann den Raum betrat.

Er trug eine Leiter und einen Werkzeugkoffer und bemerkte Kate am Fenster nicht. Interessiert verfolgte sie, wie der große Mann mit dem dunklen, etwas zu langen Haar, das ihm ständig ins Gesicht fiel, die Leiter und das Werkzeug abstellte und zur Musikanlage ging. Sogar auf die Entfernung konnte sie erkennen, dass er leuchtend blaue Augen und einen Dreitagebart hatte. Zusammen mit seinen kantigen Gesichtszügen und der sportlichen Statur sah er sehr attraktiv aus, wie Kate zugeben musste.

Beim Einschalten der Musik runzelte er erst die Stirn, lächelte dann aber und kleine Grübchen bildeten sich auf seinen Wangen. Kate hielt unwillkürlich den Atem an. Als sie das Lied erkannte – *Hot Stuff* von Donna Summer – musste sie grinsen, denn das hatte sie nun wirklich nicht erwartet. Noch interessanter wurde das Ganze, als der gutaussehende Mann anfing, sich zur Musik zu bewegen. Mit wiegendem Schritt ging er zu seiner Leiter zurück, klemmte sie sich mit einem gekonnten Hüftschwung unter den Arm und schunkelte zu einem der deckenhohen Spiegel hinüber. Mit einer Drehung um die eigene Achse lief er zum Werkzeugkoffer zurück.

Keine Frage, er konnte sich wirklich gut bewegen. Er fühlte sich offensichtlich völlig unbeobachtet, denn er begann nun seinen Pullover auszuziehen, ihn wie bei einem Striptease über den Kopf zu schwingen und in eine imaginäre Menge kreischender Frauen zu schleudern. Kate wurde heiß, als er passend zum Refrain *I need some hot stuff!* eindeutige Hüftbewegungen vollführte und dabei sein T-Shirt anhob, so dass sie seinen muskulösen Bauch erkennen konnte.

Sie konnte sich gar nicht mehr erinnern, warum sie eigentlich hergekommen war, als der Mann sie auf einmal bemerkte. Er stockte in der Bewegung und wirkte zunächst peinlich berührt, bis seine Gesichtszüge sich entspannten. Er lachte und fuhr sich durch die Haare, während er auf Kate zukam und das Fenster öffnete.

„Da hast du mich aber in einer prekären Situation erwischt – ich hoffe, es gibt kein Video davon, denn dann könntest du mich ohne Zweifel erpressen", lachte er und sah Kate mit offenem Blick an.

„Mist, warum bin ich nicht eher auf die Idee gekommen!?", sagte Kate und zwinkerte dem Mann zu, der knapp einen Kopf größer war als sie. „Aber so schlecht war deine Darbietung nun wirklich nicht, das muss dir nicht peinlich sein!"

Kate wunderte sich selbst, woher sie diese frechen Sprüche nahm. Sie war zwar auch sonst nicht auf den Mund gefallen, aber die Gegenwart von attraktiven Männern verschlug ihr meist die Sprache.

Im Brustton der Überzeugung und mit dem Schalk im Nacken entgegnete der Mann: „Ich bin auch nicht besorgt, dass ich mies getanzt habe – ganz im Gegenteil. Ich bin so gut, dass ich mich vor Frauen kaum noch retten könnte, wenn das die Runde machen würde!" Er zwinkerte ihr zu, deutete eine kleine Verbeugung an und fuhr fort: „Da du mich jetzt schon in diesem äußerst intimen Moment gesehen hast, stelle ich mich am besten kurz vor: Ich bin Fin. Meiner Mutter gehört das Tanzstudio." Er reichte ihr seine Hand durch das Fenster entgegen, die Kate ohne zu zögern ergriff. Eine angenehme Wärme ging von ihm und seinem kräftigen Händedruck aus, dem sie sich am liebsten gar nicht wieder entziehen wollte.

„Ich bin Kate, hallo!", erwiderte sie, „Leider kann ich nicht annähernd so gut tanzen wie du, aber vielleicht kann ich es ja noch lernen?" Kate genoss den kleinen Flirt, der ihr überraschend leicht von den Lippen ging.

„Überhaupt kein Problem, schließlich ist das hier eine Tanzschule!" Mit den Armen machte er eine ausladende Bewegung.

„Bist du der Grund für die kleine Namenserweiterung des Tanzstudios?", fragte Kate belustigt.

„Ja, in der Tat. Schließlich hat meine Mutter darauf bestanden, dass ich tanze. Also habe ich darauf bestanden, dass das auch offiziell berücksichtigt wird! Jaja, Sturheit liegt in unserer Familie." Er zuckte entschuldigend mit den

Schultern und grinste Kate an. „Kate, ich habe dich hier noch nie gesehen, bist du neu in Maybury?"

„Ja, das kann man so sagen. Ich bin vor einigen Tagen mit meiner Mutter und meiner Tochter hierhergezogen." Endlich erinnerte sie sich auch, warum sie ursprünglich zu *Dancing Queens (& Kings)* gegangen war. „Ich wollte meine Tochter gerne für einen Kurs anmelden, deswegen bin ich hergekommen, als ich hier Licht brennen sah."

„Und ich dachte schon, du wärst meinetwegen hier... zu schade!" Fin hörte nicht auf, Kate anzugrinsen und genoss das Geplänkel zwischen ihnen offensichtlich genauso wie sie.

Sie verdrehte gespielt genervt die Augen und entgegnete: „Nun bild' dir mal nicht zu viel auf deine Tanzkünste ein, so atemberaubend war das nun auch wieder nicht. Ein bisschen mit der Hüfte wackeln kann schließlich jeder."

„Hört, hört, das klingt, als würdest du gerne dein Tanztalent unter Beweis stellen! Bitte komm rein und tu dir keinen Zwang an!" Er trat demonstrativ zur Seite, um ihr Platz zu machen.

„Ich komme gerne rein, aber nur um Aurelia für den Kurs anzumelden," wich Kate aus.

„Du traust dich also nicht, Kate! Tanzt du wirklich so schlecht?"

„Nein, aber ich wüsste nicht, warum ich dir das beweisen sollte!", entgegnete Kate und streckte ihm vorwitzig die Zunge raus.

„Na gut, irgendwann wird sich sicherlich mal eine Gelegenheit ergeben, bei der ich mir ein Bild von deinem Hüftschwung machen kann. Ich bin geduldig!", erwiderte Fin selbstsicher und nicht im Mindesten beleidigt. „Die Tür ist übrigens offen. Komm rein, dann setzen wir deine Tochter auf die Liste."

Nachdem in der Tanzschule alles geklärt war, fuhr Kate

beschwingt nach Hause. Der kleine Flirt hatte ihr gut getan. Sie war immer noch überrascht, wie locker und ungezwungen sie mit Fin hatte reden können. Kate war zwar nie schüchtern im Umgang mit Männern gewesen, aber seit der großen Enttäuschung mit Aurelias Vater war sie doch etwas zurückhaltender geworden und hatte keinen Vertreter des anderen Geschlechts an sich herangelassen. Und obwohl sie sich selbst nicht unattraktiv fand, musste sie sich nicht einmal besonders gegen die Angebote der Männer wehren – Frauen mit Kindern schienen für die allermeisten nicht ins Beuteschema zu passen. Aber das kam ihr momentan auch ganz gelegen: Neben ihrer Familie und der Uni hatte Kate keine Zeit für einen Mann. Und auch kein Interesse daran, wieder verletzt zu werden. Also war es die bessere Option, allein zu bleiben.

An ihrem ersten Tag an der Uni war Kate so aufgeregt und voller Vorfreude, dass sie sich wie ein Kind fühlte, das gerade eingeschult wurde. Das könnte allerdings auch an der kleinen Schultüte liegen, die Aurelia und Lauren für sie gebastelt und mit ihren Lieblingssüßigkeiten befüllt hatten.

Mit dem Auto fuhr sie die 30 Minuten nach New Haven und sang gut gelaunt die Lieder im Radio mit. Als sich die ersten historischen Gemäuer von Yale vor ihr auftaten, konnte sie ihr Glück kaum fassen, endlich wieder an diesen faszinierenden Ort zurückzukehren. Fröhlich bog sie auf den Parkplatz ein und stellte ihr Auto ab. Es war ein schöner Septembermorgen, noch etwas kühl, aber sonnig. Kate strahlte mit der Sonne um die Wette, als sie durch steinerne Torbögen und kleine Grünanlagen zu ihrer Fakultät ging. Als sie das altehrwürdige Gebäude betrat, durchströmte sie pure Begeisterung.

Sie schritt durch die Flure mit den hohen Decken und

das Treppenhaus mit den leicht ausgetretenen Marmorstufen. Kate war extra etwas früher hergekommen, damit sie in Ruhe durch die vertrauten Gänge streifen konnte. Sie kam gerade an einer der Bibliotheken ihres Fachbereichs vorbei, als unwillkürlich eine Szene von vor viereinhalb Jahren in ihr Gedächtnis schoss: Genau hier war es gewesen, wo sie zum ersten Mal mit Benjamin Richards gesprochen hatte. Der große junge Mann war ihr schon vorher in einem der Seminare aufgefallen und sie hatte sich auf den ersten Blick in ihn verknallt.

Das alles hätten wunderschöne Erinnerungen an ihr erstes Jahr in Yale sein können, wenn das Ganze nicht so ein furchtbares Ende genommen hätte. Kates fröhliche Stimmung war auf einmal wie weggeblasen. Und jetzt sollte Ben auch noch zurückkehren!

Sie straffte die Schultern und setzte ihren Gang durch die geschichtsträchtigen Flure fort. Jetzt musste sie sich doch etwas beeilen, um nicht zu spät zu ihrem Treffen mit Professor Donovan zu kommen. Sie freute sich, ihren Doktorvater wiederzusehen, der sie immer unterstützt hatte, nicht nur bei ihren Forschungen, sondern auch, als es um ihre Rückkehr nach Yale gegangen war.

Sie klopfte an die schwere Holztür, nachdem sie sich kurz vergewissert hatte, dass sie pünktlich kam. Denn auch wenn Professor Donovan der netteste Mensch der Welt war, Unpünktlichkeit kam für ihn einer Todsünde gleich. Wer einmal erlebt hatte, wie er zu spät gekommene Studenten zurechtwies oder jemanden, der die Abgabe einer Hausarbeit verschlafen hatte, erlaubte sich so einen Fauxpas nie wieder. Auch wenn seine Wutausbrüche eine gewisse Komik hatten, da der Professor immer ein wenig schielte, wollte Kate ungern das Opfer eines solchen werden – zumal sie den größten Respekt vor ihm hatte. Glücklicherweise hatte sie es noch rechtzeitig geschafft, so dass sie jetzt entspannt über die Eigenheiten ihres Professors lächeln konnte.

„Kate, wie schön, Sie endlich wiederzusehen!", ertönte da auch schon die tiefe, freundliche Stimme ihres Professors, als sie die Tür öffnete. „Kommen Sie herein und setzen Sie sich!"

„Professor Donovan, ich freue mich sehr, wieder hier zu sein! Ich kann Ihnen gar nicht genug dafür danken, dass Sie sich so für mich eingesetzt haben!" Kate betrat das Büro und nahm auf einem der Besucherstühle vor dem wuchtigen Schreibtisch Platz.

„Aber das ist doch selbstverständlich. Heutzutage gibt es nicht mehr viele junge Leute, die sich überhaupt für die antike Geschichte interessieren. Und Ihre bisherige Arbeit spricht für sich – natürlich möchte ich, dass Sie Ihre Doktorarbeit beenden", erwiderte Professor Donovan mit offenem Blick.

„Sie schmeicheln mir wirklich sehr. Ich hoffe, ich werde Ihren Erwartungen gerecht." Bei so viel Lob wurde Kate ganz warm.

„Bevor Sie gleich an die Arbeit gehen, wollte ich mich noch erkundigen, wie es Ihrer kleinen Tochter geht?" Kate überraschte diese persönliche Frage nicht, schließlich hatte sie ein recht vertrautes Verhältnis zu Professor Donovan, der damals – wie vermutlich das ganze Institut – mitbekommen hatte, was zwischen ihr und Ben passiert war.

„Danke der Nachfrage, es geht ihr gut. Sie ist jetzt dreieinhalb Jahre alt und wird bald in den Kindergarten gehen", antwortete sie daher unbefangen.

„Das freut mich zu hören, Kate. Es ist sicherlich nicht leicht, sich allein um ein Kind zu kümmern und nun wieder die Arbeit an Ihrer Dissertation aufzunehmen. Lassen Sie mich wissen, wenn Sie zusätzliche Unterstützung brauchen."

Kate freute sich über die Hilfsbereitschaft ihres Doktorvaters, wollte aber auch keinen Zweifel an ihrer Professionalität aufkommen lassen. „Vielen Dank, Professor Donovan! Ich versichere Ihnen, dass ich mich voll und ganz auf meine Forschung konzentrieren kann. Meine Mutter hilft mir mit meiner Tochter und durch das Stipendium brauche ich keinen Nebenjob anzunehmen. Machen Sie sich keine Sorgen."

„Davon bin ich überzeugt, Kate", sagte Professor Donovan, schien es aber nicht ganz zu sein. Brannte ihm noch etwas anderes auf der Seele? Wollte er vielleicht mit ihr über Ben reden? Kate hatte sich bisher nicht getraut, dieses Thema anzusprechen. Donovan sah sie ungewöhnlich durchdringend an.

„Danke für Ihr Vertrauen. Falls mein Engagement für die Doktorarbeit einmal nicht zu Ihrer Zufriedenheit sein sollte, sagen Sie es mir bitte. Oder auch, wenn sonst etwas ist. Ich würde vorschlagen, dass ich jetzt sofort anfange, wenn Sie nichts dagegen haben?", versuchte Kate, das Gespräch zu beenden, das gerade eine merkwürdige Wendung zu nehmen drohte.

Sie machte Anstalten, sich von ihrem Stuhl zu erheben, aber Professor Donovan hielt sie zurück: „Da wäre doch noch eine Sache, die ich gerne mit Ihnen besprechen möchte, Kate. Ich hatte Sie bereits über Dr. Richards' Rückkehr nach Yale informiert und heute Nachmittag wird seine Einstellung offiziell bekannt gegeben. Professor Fitch, der Dekan, hat ihn unter einigen Bewerbern ausgewählt, damit er uns bei den Seminaren für die Doktoranden unterstützt. Richards wird in zwei Wochen hier sein und das Kolloquium leiten."

Kate fühlte sich plötzlich, als würde ein Felsbrocken auf ihre Brust fallen und ihr die Luft zum Atmen nehmen. Ben sollte bald die Veranstaltungen durchführen, zu denen sie gehen musste? Mit großen Augen sah sie Professor Donovan an, unfähig, etwas zu dieser ungeheuerlichen Neuigkeit zu sagen.

Donovan schien ihren Schock zu bemerken und tätschelte kurz ihre Hand, bevor er fortfuhr: „Ich war ehrlich gesagt nicht besonders erfreut über diesen Umstand, da ich um sein rücksichtsloses Verhalten Ihnen gegenüber weiß und menschlich maßlos von ihm enttäuscht bin. Leider konnte ich den Dekan nicht davon abbringen, ihn einzustellen, da für Professor Fitch nur die professionelle Seite zählt. Und in dieser Hinsicht muss auch ich zugeben, dass Richards' Forschung beachtlich ist und einigen Anklang in der Fachwelt gefunden hat. Es tut mir leid, Kate."

So viel also dazu, Ben einfach aus dem Weg zu gehen. *Das würde ja großartig klappen*, dachte Kate sarkastisch bei sich. Sie seufzte auf, woraufhin der Professor sie besorgt anschaute.

„Das sind ja gute Nachrichten zum Start, Professor Donovan", versuchte Kate mit einem schiefen Lächeln und Ironie die schlechte Neuigkeit zu verdauen.

„Wie gesagt, Kate, Sie können sich auf meine Unterstützung verlassen." Der Professor zögerte kurz. „Ich hoffe, es ist nicht zu anmaßend, wenn ich Ihnen noch einen Rat mit auf den Weg gebe?"

Kate schüttelte matt den Kopf.

„Grundsätzlich bin ich ein Verfechter davon, sich stets gegen Ungerechtigkeiten zu wehren und immer für sich selbst einzustehen. Niemand hat das Recht, andere schlecht zu behandeln, weder auf privater noch auf professioneller Ebene." Eindringlich sah er Kate an. „Ich bin überzeugt, dass Sie dazu in der Lage sind, Privates von Wissenschaftlichem zu trennen – und diese Fähigkeit wird in den kommenden Wochen und Monaten dringend benötigt. Ich weiß nicht, wie Dr. Richards und Sie zueinander stehen, aber wir können es uns nicht erlauben, ihn gegen uns aufzubringen. Der Dekan, der letztendlich auch Ihre Doktorarbeit bewerten wird, schätzt ihn sehr. Außerdem hält Professor Fitch, wie gesagt, rein gar nichts davon, dass persönliche Animositäten die wissenschaftliche Arbeit beeinträchtigen. Halten Sie sich bedeckt, Kate, auch wenn es nicht leicht ist." Professor Donovan schien selbst nicht besonders glücklich über diesen niederschmetternden Rat zu sein.

Kate fiel dazu nicht mehr als ein kleines Nicken ein, mit dem sie sich gleichzeitig von ihrem Doktorvater verabschiedete.

4

„Granny, wann ist endlich mein Tanzkurs? Wie lange noch?", fragte Aurelia zum ungefähr hundertsten Mal. Die Kleine konnte es kaum erwarten, endlich mit dem Tanzen zu beginnen.

Lauren strich über die sonnenblonden Locken ihrer Enkelin und antwortete: „Nicht mehr lange, meine Süße, wir machen uns gleich auf den Weg. Pack schon mal deine Leggins und etwas zu trinken ein!" Kaum hatte sie das gesagt, war Auri auch schon eifrig die Treppe hochgedüst, um ihre Sachen zusammenzusuchen.

Zu schade, dass Kate nicht bei Aurelias erster Tanzstunde dabei sein kann, dachte Lauren. Sie hatte ihre Tochter gestern Abend gar nicht mehr gesehen, so lange hatte Kate noch in der Bibliothek von Yale gesessen und gearbeitet. Und heute Morgen hatte sie nur kurz mit ihnen gefrühstückt, bevor sie wieder losmusste. Sie hatten noch keine Zeit gefunden, um in Ruhe über die ersten Tage an der Uni zu sprechen. Kate hatte bisher ganz zufrieden gewirkt. Etwas erledigt zwar, aber zufrieden. Lauren nahm sich vor, heute Abend endlich richtig mit Kate zu reden.

„Auri, kommst du? Wir müssen los!", rief Lauren nach

oben. Das ließ ihre Enkelin sich nicht zweimal sagen, sprang die Treppe herunter und lief wie ein Wirbelwind an ihr vorbei nach draußen zum Auto. Lauren grinste über die überschäumende Energie und Begeisterung der Kleinen, die sie selbst schon lange nicht mehr verspürt hatte. *Schade eigentlich*, dachte Lauren während der Autofahrt. Denn sie erinnerte sich nur zu gut daran, dass sie sich selbst mal so gefühlt hatte, besonders beim Tanzen. Vielleicht sollte sie selbst wieder damit anfangen? Mal sehen, was das für ein Tanzstudio war, möglicherweise würde sie sich auch zu einem Kurs anmelden. Eventuell könnte sie sogar Chris fragen, ob er gemeinsam mit ihr tanzen würde? Lauren errötete leicht bei dem Gedanken und musste über sich selber grinsen. Irgendwas hatte dieses Maybury immer noch an sich, das sie verzauberte.

Ungeduldig sprang Auri aus dem Auto, als sie auf dem Parkplatz vor *Dancing Queens (& Kings)* hielten. Lauren kam kaum hinterher und ließ ihre Enkelin vorlaufen. Bevor sie eintrat, betrachtete sie die Fassade des niedrigen Hauses, die rosa gestrichen war und freundlich wirkte.

Aurelia stand schon mit drei weiteren Mädchen im Eingangsbereich der Tanzschule und unterhielt sich mit ihnen. Sie hatte keine Berührungsängste, das musste man ihr lassen. Lauren trat an den Empfangstresen, der im hinteren Bereich des Raumes lag. Eine junge Frau begrüßte sie: „Hallo, herzlich Willkommen bei uns! Sie müssen Miss Granger mit Aurelia sein, richtig? Die anderen Kinder kenne ich ja schon – Maybury ist einfach klein! Ich bin übrigens Abby." Sie zwinkerte Lauren zu und holte ein Papier aus einer Schublade hervor.

„Hallo, Abby, ich bin Lauren, Aurelias Granny. Wir sind froh, dass sie noch so kurzfristig an dem Kurs teilnehmen kann."

„Das ist doch gar kein Problem, wir freuen uns immer

über neue Gesichter. Hier, bitte füllen Sie noch dieses Formular aus und dann geht es auch schon los. Sie können gerne hier bleiben und bei der Stunde zusehen. Ich bringe die Mädels schon mal nach nebenan in den Tanzsaal, Alison wird gleich da sein." Schon lief Abby los und trommelte die Kinder zusammen.

Sie bemerkte nicht, dass Lauren bei ihren letzten Worten erstarrt war. Konnte es wirklich sein, dass ihre ehemals beste Freundin Alison Aurelias Tanzlehrerin sein würde? Oder war das nur eine zufällige Namensgleichheit? Lauren befürchtete, dass dem nicht so war, denn Alison hatte bereits vor über zwanzig Jahren, als Lauren noch in Maybury gelebt hatte, die Eröffnung eines Tanzstudios geplant.

Sie würde also gleich völlig unvorbereitet auf Alison treffen. Nun ja, sie hatte natürlich bereits von Chris erfahren, dass Alison immer noch in Maybury lebte. Es war also eigentlich nur eine Frage der Zeit gewesen, wann sie sich begegnen würden, vor allem da sie Nachbarinnen waren. Trotzdem überforderte Lauren die Situation. Sie hatte gehofft, ihr so lange wie möglich aus dem Weg gehen zu können und jetzt war sie direkt zu ihr gegangen, ohne es zu wissen.

Man sollte meinen, dass das Wiedersehen alter Freundinnen nach so vielen Jahren ein tolles Ereignis sei, aber das war es für Lauren ganz sicher nicht. Dafür war in der Vergangenheit einfach zu viel zwischen ihnen geschehen.

„Granny, kommst du? Wir fangen jetzt an!" Aurelia steckte den Kopf durch die Tür und sah ihre Oma erwartungsvoll an. Lauren blieb also nichts anderes übrig, als ihrer Enkelin in die Höhle der Löwin zu folgen.

Sie versuchte ganz unauffällig den Raum zu betreten und sich unbemerkt zur Sitzecke zu schleichen, wo schon mehrere andere Mütter saßen.

Dieser Plan funktionierte genau drei Sekunden, bis sie mit einer lebensgroßen Pappfigur von Olivia Newton-John zusammenstieß, vor Schreck ins Straucheln kam und schließlich mit einem unterdrückten Aufschrei hinfiel. Olivia wackelte noch kurz, um dann umzukippen und Lauren unter sich zu begraben. Und als wäre das noch nicht genug Slapstick gewesen, hatte nun auch der dazugehörige Papp-John Travolta Gleichgewichtsprobleme und fiel in Zeitlupentempo wenig galant auf die beiden am Boden liegenden Damen.

Spätestens jetzt war es Lauren glasklar: Das Studio konnte nur ihrer Alison, dem größten Grease-Fan und John-Travolta-Verehrer der Welt, gehören.

Lauren stöhnte und versuchte sich aufzurappeln, als ihr eine Hand entgegengestreckt wurde. Sie blickte auf und sah direkt in Alisons braune, mit lila Mascara geschminkten Augen. Ihre ehemalige Freundin brauchte nur einen Wimpernschlag, bis sie sie erkannte. „Lauren, was für eine Überraschung! Geht es dir gut? Hast du dich verletzt?" Besorgt sah Alison zu Lauren hinunter, die leicht den Kopf schüttelte. Auf Alisons Gesicht breitete sich daraufhin ein strahlendes Lächeln aus. „Du bist also wirklich zurück! Ich habe es nicht für möglich gehalten, als Marilyn mir vorhin im Supermarkt davon erzählt hat. Steh auf und lass dich drücken, ich freue mich so, dich wiederzusehen!"

Wie betäubt ließ Lauren sich aufhelfen und von Alison in eine feste Umarmung ziehen. Sie war so baff, dass sie kaum ein Wort herausbrachte: „Alison, hallo... lange ist es her..."

Sie überlegte noch, was sie sagen sollte, als Alison schon weiterredete: „Ich muss jetzt leider mit dem Kurs beginnen, die Mädels warten schon. Aber wir sehen uns doch bestimmt nachher, oder? Bitte stell Olivia und Johnny-Boy wieder auf – du weißt ja, wie sehr ich sie vergöttere!" Sie strahlte Lauren noch einmal an und lief dann zu der Gruppe aufgeregt plappernder Mädchen zurück.

Wie in Trance richtete Lauren die Pappfiguren auf, ging dann zur Sitzecke und ließ sich auf ein gemütliches Sofa fallen. Die anderen Mütter fragten sofort, ob es ihr gut gehe, und verwickelten sie in ein Gespräch. Der Smalltalk lenkte Lauren ein bisschen ab, allerdings hörte sie nur mit einem Ohr zu. Ihre Gedanken kreisten um das Wiedersehen mit Alison, deren Verhalten in Laurens Augen nicht merkwürdiger hätte sein können. Allerdings, wenn sie genauer darüber nachdachte, konnte sie auch nicht sagen, welche Reaktion sie eigentlich von Alison erwartet hätte.

Trotz ihrer Grübeleien verging die Stunde wie im Fluge und schon kam Aurelia mit rotem Kopf freudestrahlend auf sie zugelaufen: „Granny, hast du gesehen, wie ich getanzt habe? Ich war wie eine Primaballerina!“

„Du hast das super gemacht, Süße! Nun verabschiede dich von den anderen, wir müssen los.“ Aurelia lief zu den anderen Tänzerinnen zurück, um Bye zu sagen.

Lauren beobachtete, wie eine der Mütter mit Alison sprach. Sie wollte gerade wieder weggucken, als Alison ihren Blick einfing und ihr ein Zeichen machte, dass sie herüberkommen sollte. Als Antwort deutete Lauren kurz auf ihr Handgelenk und zuckte entschuldigend mit den Schultern, um zu zeigen, dass sie keine Zeit mehr hatte. Alison wirkte enttäuscht, winkte dann aber fröhlich Lauren und Aurelia zu, als die beiden sich umdrehten und gingen.

Als sie das Tanzstudio verlassen hatten und Lauren den Motor des Autos startete, atmete sie auf. Sie fühlte sich, als hätte sie die vergangene Stunde über die Luft angehalten und könnte nun endlich wieder frei atmen. Die Flucht vor einem Gespräch mit Alison war nicht besonders mutig gewesen, das war Lauren auch klar, allerdings war sie noch nicht bereit dazu. Sie wollte sich erst einmal darüber klar werden, ob sie überhaupt wieder Kontakt zu Alison wollte und wenn ja, würde sie den Zeitpunkt selbst bestimmen. In Laurens Kopf überschlugen sich die Gedanken, während Aurelia selig in ihrem Kindersitz saß und vor sich hin sang.

Als Kate abends aus New Haven zurückkam, hatte Lauren Aurelia bereits ins Bett gebracht. Die Kleine war nach der aufregenden Tanzstunde völlig erledigt gewesen und früher als gewöhnlich eingeschlafen. Lauren und Kate setzten sich in die Küche, um gemeinsam zu Abend zu essen.

„Wie war es denn heute in der Tanzschule? Hat es Aurelia Spaß gemacht?", wollte Kate wissen.

„Ja, auf jeden Falll! Sie hat sich sofort mit den anderen Mädchen angefreundet und die ganze Zeit gestrahlt wie ein Honigkuchenpferd."

„Das klingt super! Ich habe auch nichts anderes erwartet – die Liebe zum Tanzen scheint bei uns genetisch veranlagt zu sein!" Kates Augen leuchteten auf, als sie eine Idee hatte: „Mom, wie wäre es, wenn du auch wieder anfängst zu tanzen? Nimm doch an einem Kurs teil! Der junge Mann, der dort war, als ich Aurelia angemeldet habe, sagte, dass es für alle Altersstufen Angebote gebe. Du könntest ja vielleicht Chris fragen, ob er mit dir gemeinsam zu einem Standardtanzkurs geht! Er würde bestimmt Ja sagen, so wie er dich im Baumarkt angesehen hat!" Kate wackelte vielsagend mit den Augenbrauen.

„Er hat mich überhaupt nicht auf so eine Art und Weise angesehen, wie du ihm unterstellst! Wir sind einfach alte Bekannte..."

„...alte Bekannte, die sich letzte Woche ganz schön lange unterhalten und sich zu einem Date verabredet haben!"

„Kate, jetzt verdrehst du aber wirklich die Tatsachen! Wir wollen nur was essen gehen, ganz freundschaftlich!

Und was das Tanzen angeht: Ich habe auch schon daran gedacht, wieder damit anzufangen. Aber momentan fehlt mir die Zeit und im Geld schwimmen wir auch nicht. Ich werde mir noch diese Woche einen Nebenjob suchen."

Laurens Worte klangen eine Spur vorwurfsvoll. Geknickt antwortete Kate: „Mom, ich weiß, ich verlange viel von dir und du gibst alles, damit ich an die Uni zurück kann. Ich wollte doch nur, dass du auch ein bisschen Spaß hast und dich wieder so wohl in Maybury fühlst wie früher."

„Süße, es tut mir leid, es war nicht so gemeint. Ich weiß, dass du möchtest, dass ich mich gut fühle. Ich werde mir das mit dem Tanzkurs noch mal durch den Kopf gehen lassen." Lauren schien kurz ihren Gedanken nachzuhängen, bevor sie weitersprach: „Aber jetzt erzähl mir doch erstmal von deinem Neustart in Yale! Wir hatten noch gar keine Zeit, darüber zu sprechen!"

Der plötzliche Themenwechsel überraschte Kate und sie schluckte. „Ach, es war sehr schön! Ich habe viele bekannte Gesichter wiedergesehen und Professor Donovan ist immer noch so hilfsbereit wie früher!"

„Professor Donovan? Das ist doch der, der immer schielt, oder? Als ich ihn bei deiner letzten Instituts-Weihnachtsfeier kennen gelernt habe, wusste ich überhaupt nicht, wo ich hinsehen sollte!"

Kate musste unwillkürlich lachen und hätte sich fast an ihrem Tee verschluckt, den sie gerade trank. „Mom, Professor Donovan ist eine Koryphäe auf dem Gebiet der antiken Münzkunde und der Geschichte der Römischen Kaiserzeit! Wir sehen gnädig darüber hinweg, dass er nicht richtig geradeaus gucken kann!"

Lauren hob entschuldigend die Arme: „Ich kann ja nichts dafür..." Sie grinste ebenso wie Kate. „Aber jetzt sag mal: Wie war es wirklich für dich, wieder dort zu sein?

Musstest du viel an ihn denken?" Lauren sprach natürlich von Ben und Kate rutschte das Herz in die Hose.

„Mom, du warst schon immer gut darin, gnadenlos direkt auf den Punkt zu kommen!"

„Eine meiner Superkräfte! Aber du weichst aus. So schlimm, dass du nicht darüber reden willst? War es vielleicht doch keine gute Idee, nach Yale zurückzukehren?" Wie Kate schon geahnt hatte, würde sich Lauren viel zu viele Sorgen machen, wenn sie von Bens Rückkehr erfuhr. Daher würde sie dieses kleine Geheimnis noch ein bisschen länger für sich behalten.

„Nein, nein, alles okay. Natürlich hat mich einiges an ihn erinnert, aber es war nicht dramatisch. Es ist ja auch schon über drei Jahre her. Mach dir keine Sorgen, Mom! Es war auf jeden Fall die richtige Entscheidung, wieder in Yale anzufangen."

Lauren nahm Kates Hand und sah ihr ernst in die Augen – ihre Methode, um herauszufinden, ob ihre Tochter flunkerte. „Bist du dir ganz sicher, Süße? Denn du musst dort nicht hingehen, wenn du es nicht ertragen kannst. Du könntest genauso gut woanders deine Doktorarbeit beenden!"

Kate zwang sich, ihren Blick zu erwidern, und drückte ihre Hand. „Es ist wirklich in Ordnung. Es ist zwar noch etwas komisch, dort zu sein, aber die Freude überwiegt bei weitem. Du weißt doch, wie sehr ich Yale liebe, ich möchte an keiner anderen Uni sein! Und weglaufen würde ich sowieso nicht, du kennst mich doch!" Kate lächelte ihre Mom aufmunternd an.

„Ja, das stimmt wohl, aufgeben oder weglaufen kam für dich nie infrage! Du bist eine richtige Kämpferin!"

„So wie du, Mom, das habe ich von dir!"

Lauren winkte ab. „Ach nein, sag sowas nicht." Wieder wirkte Lauren nachdenklich, als ob da noch etwas wäre, was sie mit Kate besprechen wollte. Aufmerksam beobachtete Kate ihre Mom. Sollte sie nachhaken?

Kate öffnete den Mund, um ihrer Mutter auf den Zahn zu fühlen, als diese von ihrem Stuhl aufstand und begann, das Geschirr wegzuräumen. Der Moment war vorüber und Kate blieb mit dem unguten Gefühl zurück, dass ihre Mutter ebenfalls etwas vor ihr geheim hielt.

5

„Theo, gib mir mal bitte den Spaten", wandte Fin sich an seinen Kumpel und Geschäftspartner, der neben ihm im Blumenbeet stand und die Erde harkte. Sie arbeiteten bereits seit einigen Wochen auf Mrs Gundersons großem Anwesen Appletree Manor, das ein paar Meilen außerhalb von Maybury lag. Theo reichte ihm den Spaten und fuhr damit fort, mit gleichmäßigen Bewegungen das Beet zu harken.

„Wenn wir weiter so gut vorankommen, sollten wir in drei Wochen fertig sein", stellte Fin fest und sah sich gleichzeitig in dem parkähnlichen Garten von Appletree Manor um.

„Du meinst, wenn Mrs Gunderson nicht noch den einen oder anderen zusätzlichen Wunsch hat, den wir unbedingt berücksichtigen sollen?", erwiderte Theo. Er sah aus, als wüsste er nicht, ob er über die Eigenheiten seiner Kundin lachen oder verzweifeln sollte.

Fin und Theo betrieben als Gartenlandschaftsarchitekten ihre eigene Firma, die sie vor einem Jahr gegründet hatten. Ihr Betrieb befand sich noch im Aufbau, daher arbeiteten sie viel und dieses Großprojekt war besonders wichtig für sie. Und daher ertrugen sie auch mit Engelsgeduld alle Extrawünsche, die Mrs Gunderson beinahe täglich einfielen.

Fin grinste, als er die ältere Dame auf Theo und sich zukommen sah. Theo stöhnte auf und murmelte etwas, das wie „Oh nein, nicht schon wieder“ klang. Denn zusätzlich zu ihren Sonderwünschen machte Mrs Gunderson keinen Hehl daraus, dass sie Theo außerordentlich *nett und adrett* fand, wie sie Fin gegenüber einmal erwähnt hatte.

„Guten Tag, die Herren, wie geht es uns denn heute an diesem herrlichen, sonnigen Tag?“, flötete Mrs Gunderson. Sie sprach zwar beide an, hatte aber nur Augen für Theo, wie Fin bemerkte. Sein Grinsen vertiefte sich, während Theo sich unter ihren Blicken wand.

Fin hatte ihm schon öfter geraten, mit der älteren Dame zu schäkern, damit sie ihre Firma all ihren Freundinnen weiter empfahl. Was Fin leicht gefallen wäre, war schwierig für Theo, dem das unverhohlene Interesse der älteren Dame unangenehm war.

Auch jetzt wirkte sein Kumpel überfordert mit der Situation und sagte zögerlich: „Guten Tag, Mrs Gunderson. Jetzt scheint zwar noch die Sonne, aber später soll es regnen.“

Fin, der Mrs Gunderson ebenfalls grüßte, wunderte sich über Theo, der sonst nicht auf den Mund gefallen war und wie ein Wasserfall reden konnte.

„Gestern habe ich mit meiner Freundin Betty über die Blumenbeete gesprochen und sie meinte, dass es doch eine vortreffliche Idee sei, sie terrassenförmig mit mehreren Ebenen anzulegen. Was halten Sie davon? Ist das nicht ein wunderbarer Einfall?“

Fin konnte sehen, wie die Farbe aus Theos Gesicht wich. Dieser *wunderbare Einfall* würde vor allem eine Menge Zeit und Geld kosten. Geld, das zwar für Mrs Gunderson keine

Rolle spielte, aber Zeit, die Theo und Fin nicht hatten. Theo begann daher, ihrer Auftraggeberin so verständnisvoll wie möglich diese Idee wieder auszureden. Fin lauschte dem Gespräch, als das Handy in seiner Hosentasche plötzlich piepte. Er nahm es kurz heraus, um nachzusehen, ob es sich um eine wichtige Nachricht handelte. Aber es war nur Penelope, die ihm schrieb und sich wahrscheinlich mit ihm verabreden wollte. Sie waren ein paar Mal miteinander ausgegangen und schließlich im Bett gelandet, aber er hatte von vorneherein klar gemacht, dass er nicht an etwas Längerfristigem interessiert war. Anscheinend dachte Penelope, dass sie ihn umstimmen konnte, denn sie ließ nicht locker. Mit einem Seufzer steckte er das Handy wieder in seine Hosentasche, ohne die Nachricht gelesen zu haben.

„Mrs Gunderson, es tut mir wirklich leid, aber Ihre Idee bedeutet einen so großen Aufwand, dass wir nicht mehr rechtzeitig fertig werden würden, bevor es anfängt zu frieren. Und dann ist von Erdarbeiten dringend abzuraten", beteuerte Theo an die ältere Dame gewandt. Als Fins Handy wieder piepte und kurz darauf noch einmal, warf sein Freund ihm einen genervten Blick zu. Fin hatte vergessen, dass Penelope die Angewohnheit hatte, jeden Satz als einzelne Nachricht zu senden, anstatt einen zusammenhängenden Text zu verschicken. Er nahm sein Smartphone wieder zur Hand, warf nun doch einen kurzen Blick auf die Nachrichten und stellte es lautlos.

In der Zwischenzeit hatte Theo es erstaunlicherweise geschafft, Mrs Gunderson von ihrer Idee abzubringen. Sie verabschiedete sich von den beiden Männern und ging in Richtung des herrschaftlichen Hauses davon.

„Puuh, das ist gerade noch mal gut gegangen", seufzte Theo, als sie außer Hörweite war. „Aber was sollte das ständige Gepiepse von deinem Handy? Das hat mich fast wahnsinnig gemacht!"

„Entschuldige, ich hätte es sofort lautlos stellen sollen", entgegnete Fin.

Theo, der nicht nachtragend war, winkte ab. Grinsend fragte er: „War das Penelope? Wollte sie dich etwa wieder treffen?"

„Leider ja. Irgendwie versteht sie nicht, dass ich keine ernsthaften Absichten hege."

„Hast du ihr das denn deutlich gesagt?", fragte Theo neugierig, obwohl er wusste, dass Fin kein unehrlicher Idiot war, der mit Frauen spielte.

„Natürlich, aber aus einem mir schleierhaften Grund will sie das nicht akzeptieren." Je länger Fin darüber nachdachte, desto weniger Lust hatte er, sich mit Penelope zu treffen. Schon sehr lange wusste er, dass tiefe Gefühle und feste Beziehungen nichts für ihn waren. Die Erfahrungen, die Fin gemacht hatte, waren schmerzhaft gewesen und daher ließ er sich nur auf unverbindliche Affären ein.

Außerdem konnte er sich nicht daran erinnern, dass eine Frau ihn jemals so fasziniert hatte, dass er von Liebe sprechen würde. Und bei Penelope war das sowieso nicht der Fall. Gerade jetzt, wo Theo und er so viel mit ihrem Unternehmen zu tun hatten, passte ihm eine Frau nicht in den Kram – und eine anhängliche wie Penelope schon gar nicht.

Theos Lachen riss ihn aus seinen Gedanken. „Du hättest sie einfach nicht mit deinen Tanz- und Kochkünsten verführen sollen! Dabei ist noch jede Frau schwach geworden, so weit ich mich erinnere."

Als Theo seine Vorliebe fürs Tanzen erwähnte, musste Fin unwillkürlich an die Begegnung mit Kate letzte Woche denken. Er lächelte, als das Bild der süßen Blondine mit dem frechen Mundwerk vor seinem inneren Auge auftauchte. Es hatte ihm diebische Freude bereitet, sich einen Schlagabtausch mit ihr zu liefern. Er grinste immer noch, als er seinem Freund antwortete: „Du weißt, ich kann nicht anders... Aber trotzdem muss ich das mit Penelope beenden – so geht es nicht weiter.“

„Dann wünsche ich dir viel Erfolg dabei. Pass nur auf, dass ihr nicht aus Versehen im Bett landet, weil du sie über die Trennung hinwegtröstest!“ feixte Theo und handelte sich damit einen freundschaftlich gemeinten Mittelfinger von Fin ein.

Nachdem sie die Arbeit auf Appletree Manor für den Tag beendet hatten, fuhr Fin nach Maybury, um seine Mom zu besuchen. Sie war erst vor ein paar Tagen von einer längeren Reise aus Europa zurückgekommen und hatte sicherlich viel zu erzählen. Er hielt kurz bei Mayburys kleinem Supermarkt an, um ein paar Kekse und Schokolade für seine Mutter zu besorgen. Als er in den Gang mit den Süßigkeiten bog, stand dort eine Frau. Obwohl sie ihm den Rücken zugekehrt hatte, erkannte Fin sie sofort. Ein erfreutes Lächeln machte sich auf seinem Gesicht breit. Er ließ seinen Blick über die schlanke Figur der Frau gleiten und blieb etwas länger an ihrem knackigen Hintern hängen, der durch die eng sitzenden Jeans betont wurde. Schon bei ihrer ersten Begegnung war Fin ihre tolle Figur und ihr aufrechter, selbstbewusster Gang aufgefallen. Und wenn es etwas gab, was Frauen in seinen Augen sexy werden ließ, dann war es Selbstbewusstsein.

Fin zögerte nicht, sie anzusprechen: „Hallo, Kate, wie schön, dich wiederzusehen!“

Kate, die sich gerade nach einer Packung Gummibärchen im oberen Regal gestreckt hatte, hielt in der Bewegung inne, bevor sie sich zu ihm umdrehte und ihn ebenfalls anlächelte: „Fin, was für ein Zufall! Dabei ist Maybury doch so eine Metropole!“

Fin grinste und antwortete schlagfertig: „Oh ja, eine Stadt von weltweiter Bekanntheit! Hätte ‚*Maybury*' zur Melodie gepasst, hätte Frank Sinatra es statt New York besungen!"

Da das so abwegig wie nur irgend möglich war, musste Kate lachen. „Du sagst es! Und wir Glückspilze dürfen in dieser Traumstadt leben – ich kann es immer noch nicht fassen!"

Fin freute sich ehrlich darüber, Kate zu treffen. Er musste zugeben, dass er das ein oder andere Mal an sie gedacht hatte. Und dass er sich ein bisschen geärgert hatte, dass er sie nicht schon bei *Dancing Queens (& Kings)* nach ihrer Nummer gefragt hatte. Ihre Augen leuchteten fröhlich, während ihre Sommersprossen bei jedem Lachen über ihre Nase zu tanzen schienen. „Du scheinst dich schon gut eingelebt zu haben, höre ich raus, sehr schön! Wie hat deiner Tochter denn die erste Tanzstunde gefallen?"

„Sehr gut, sie redet von nichts anderem mehr. Leider konnte ich nicht dabei sein, aber meine Mutter hat Aurelia begleitet." Kate wirkte einen kurzen Moment traurig, vermutlich weil sie dieses Ereignis verpasst hatte.

Fin versuchte sie aufzumuntern: „Wie schade, aber dann wirst du bestimmt mal zu einer der Aufführungen vorbeikommen, oder? Mit *Aurelias Dad*? So wie ich meine Mutter kenne, hat sie die Kleine bestimmt schon bei ihrer alljährlichen Thanksgiving-Show eingeplant."

Er wusste selbst nicht, was ihn ritt, dass er Kate so offensichtlich nach ihrem Beziehungsstatus ausfragte und das stümperhaft mit Gerede über eine Tanzshow überspielte. Fin seufzte innerlich auf, griff in seinen Einkaufskorb und schob eine Packung Schoko-Vollkornkekse von links nach rechts.

Als er den Blick hob, sah er, wie Kate wissend grinste und dann unbekümmert erwiderte: „Das werde ich auf keinen Fall verpassen – *Aurelias Dad* allerdings schon, wir sind nämlich nicht mehr zusammen."

„Das ist ja wirklich bedauerlich!" Fin konnte nicht verhindern, dass sich ein Lächeln auf seinem Gesicht breit machte, das vermutlich alles andere als bedauernd wirkte.

„Ach, das ist schon lange her", winkte Kate ab. „Er hat sich ziemlich mies verhalten. Ich bin drüber hinweg."

Nun tat es ihm beinahe leid, dieses Thema angesprochen zu haben, denn er wollte sie nicht an diese offenbar unglückliche Episode erinnern. Viel lieber wollte er Kate zum Lachen bringen und mit ihr ausgehen und sie näher kennen lernen...

Okay, Fin, jetzt schalte mal einen Gang runter, ermahnte er sich selbst. Aber er konnte es nicht abstreiten: Er wollte Kate wiedersehen. Und da ihm anscheinend kein Ehemann im Weg stand, konnte er auch direkt in die Vollen gehen.

„Wenn das so ist, mache ich dir ein Angebot, das du nicht ablehnen kannst", sagte Fin in bester *Der-Pate*-Manier und setzte einen besonders ernsten Gesichtsausdruck auf. „Kate, willst du mit mir ausgehen?" Er konnte nicht verhindern, dass sein durchdringender Mafioso-Blick durch seine zuckenden Mundwinkel zunichte gemacht wurde.

Kate sah aus, als könnte sie selbst kaum ein Lachen unterdrücken. "Du bist dir deiner Sache aber ziemlich sicher, wenn ein Freund der einzige Grund sein könnte, der mich von einem Date mit dir abhalten würde!" Kate schüttelte gespielt missbilligend den Kopf über sein grenzenloses Selbstbewusstsein. Wieder tanzten die Sommersprossen auf ihrem Gesicht und Fin wurde ganz warm bei dem Anblick.

„Naja, was denn sonst? Ich bin anständig und zuverlässig, helfe meiner Mutter im Tanzstudio, kaufe ihr sogar ihre Lieblingskekse, bevor ich sie besuche, und sehe auch noch gut aus – was will man mehr?!", entgegnete Fin, als könne er kein Wässerchen trüben, und strahlte Kate an.

„Das einzige, was ich raus höre, ist, dass du ein Muttersöhnchen bist – ein eitles noch dazu!" Kate lachte, als Fin ein gekränktes Gesicht aufsetzte.

„Na toll, ich opfere mich für jemand anderes auf und du nennst mich ein Muttersöhnchen... Würde ich das nicht tun, würde man mir bestimmt nachsagen, ich würde meine Mom vernachlässigen. Euch Frauen kann man es einfach nicht recht machen!" Fin tat, als würde er die Welt nicht mehr verstehen, während er innerlich grinste.

„Einkaufen gehen und ein bisschen mit Werkzeug spielen würde ich jetzt zwar nicht als Aufopfern bezeichnen, aber das überlasse ich dir." Kates Augen blitzten vergnügt und einen Moment lang sahen sie sich nur an. Fin war so abgelenkt von ihrem Anblick, dass ein paar weitere Sekunden verstrichen, in denen er nichts erwiderte.

Schließlich hob Kate die Hand, als wollte sie sich von ihm verabschieden. „Also gut, Fin, dann will ich dich nicht länger von deinen Heldentaten abhalten. Man sieht sich!"

Ihm war nicht entgangen, dass Kate seine Frage nach einem Date noch nicht beantwortet hatte. Bevor sie einen Schritt machen konnte, hielt er sie am Arm fest. Ohne es beabsichtigt zu haben, zog er sie dabei etwas zu sich heran. Sie sah ihn überrascht an, als sie sich eindeutig in seinem Tanzbereich wiederfand, wie es bei Dirty Dancing so schön hieß. Er hatte wirklich zu viele romantische Tanzfilme mit seiner Mutter und seiner Schwester sehen müssen!

Kate atmete hörbar ein, unternahm aber keine Anstalten, einen Schritt von ihm weg zu machen. Fin interpretierte das als gutes Zeichen. Ihr fruchtig-frischer Duft hüllte ihn ein und sein Herz schlug ein bisschen schneller, als er sagte: „Kate, warte, du hast mir noch keine Antwort wegen des Dates gegeben. Willst du mit mir ausgehen?" Gespannt blickte er Kate an, deren Gesichtsausdruck plötzlich ernst und ein bisschen bedauernd wirkte. Fin rutschte das Herz in die Hose.

„Ich fühle mich wirklich geschmeichelt, aber ich kann leider nicht! Du wärst eindeutig eine zu große Ablenkung für mich“, erwiderte Kate und trat nun doch einen halben Meter zurück. Sie wirkte selbst nicht besonders glücklich mit dieser Aussage und wandte kurz den Blick ab.

Die Enttäuschung sorgte dafür, dass Fins Mundwinkel herabsanken. Er konnte sich nicht dran erinnern, wann er zuletzt so geknickt wegen eines Korbs gewesen war. Da er sich das aber nicht allzu sehr anmerken lassen wollte, entgegnete er verschmitzt: „Das muss ich dann wohl als Kompliment nehmen, so schade es ist, dass du nicht mit mir ausgehen möchtest. Wovon wäre ich denn eine Ablenkung?“

„Ich habe gerade die Arbeit an meiner Doktorarbeit wieder aufgenommen, was sehr aufwändig ist und viel Zeit beansprucht. Und die übrige Zeit widme ich meiner kleinen Familie und dann komme ich zu nichts anderem mehr… Tut mir leid, dass ich es so direkt sage.“ Kate zuckte entschuldigend mit den Schultern.

„Wow, eine Doktorarbeit! Was ist denn dein Fachgebiet?“, fragte Fin gespannt. Er hatte zwar immer noch an ihrer Absage zu knabbern, aber mit diesem Grund hatte er nicht gerechnet. Zu blöd, dass Kate ihn nicht daten wollte, denn in seinen Augen wurde sie gerade noch interessanter. Erstaunt bemerkte Fin, dass Kate überrascht wirkte.

Zögerlich antwortete sie: „Ich, äh, ich habe antike Geschichte studiert und schreibe auch in diesem Bereich.“

„Also, alte Römer? Das klingt spannend! Ich fand den Film ‚*Ben Hur*‘ immer super und natürlich ‚*Gladiator*‘“, meinte Fin begeistert.

„Ja, genau, unter anderem alte Römer, aber auch Griechen. Das wäre dann eher ‚*300*‘ oder ‚*Troja*‘, um mal bei den

Filmen zu bleiben." Kate grinste schief und sah Fin irritiert an. „Entschuldige, aber mit dieser Reaktion habe ich wirklich nicht gerechnet. Die meisten finden Geschichte generell langweilig und können mit der Antike überhaupt nichts anfangen. Und dann schreibe ich auch noch eine Doktorarbeit – Nerd-Level 1000! Wie kommt es, dass du überhaupt nicht schockiert wirkst?" Unbeholfen blickte Kate erst zu Fin, dann in ihren Einkaufskorb und dann wieder zu ihm.

„Ich bin eben nicht wie die meisten – ich dachte, das hattest du schon bemerkt?", antwortete Fin grinsend. Kate rollte mit den Augen, konnte sich aber das Lächeln nicht verkneifen.

„Na gut, Spaß beiseite. Meine Schwester ist Anthropologin und hat ebenfalls promoviert. Ich weiß von ihr, was es bedeutet, eine Doktorarbeit zu schreiben, noch dazu, in einem außergewöhnlichen Fach. Und außerdem habe ich keine Angst vor intelligenten Frauen." Fin zwinkerte Kate zu, die erleichtert wirkte.

„Dann kannst du ja verstehen, warum ich dir leider einen Korb geben muss." Die freche Kate war wieder an die Stelle der verunsicherten Kate getreten.

Fin seufzte auf und meinte: „Sieht so aus. Aber ‚*verstehen*' bedeutet nicht ‚*gut finden*', das kannst du mir glauben!" Er steckte seine Hand in seine Hosentasche und suchte nach einer seiner Visitenkarten, die er immer dabei hatte. Er wollte Kate wenigstens seine Nummer geben, aber er wurde nicht fündig. Kate sah ihn fragend an, als er schließlich einen Kugelschreiber aus seiner Jackentasche hervorzog, kurzerhand ein Stück Karton der Keksverpackung in seinem Einkaufskorb abriss und seine Handynummer darauf notierte. Er reichte Kate die improvisierte Visitenkarte: „Falls du doch mal eine Ablenkung vom Doktorarbeitsstress brauchst, melde dich jederzeit bei mir."

6

Lauren hatte am Freitag einen Termin zum *Bewerbungsgespräch* in Erics Buchladen. Ein richtiges Bewerbungsgespräch war das natürlich nicht, schließlich hatte sie schon einmal für Eric gearbeitet und er war hocherfreut gewesen, als sie sich nun bei ihm gemeldet und nach einem Nebenjob gefragt hatte. Sie war also zum Teetrinken und Plaudern vorbeigekommen und hatte nach dem geschäftlichen Teil („Du kannst also montags bis freitags von 9 bis 13 Uhr arbeiten, Lauren?“ „Ja, genau.“ „Alles klar, so machen wir`s!“) fast eine Stunde Erics Geschichten über die Ereignisse in Maybury gelauscht. Nun verließ sie gerade den kleinen Laden, als ihr plötzlich Alison gegenüberstand.

„Hallo, Lauren, schön dich zu sehen. Du warst am Dienstag so schnell weg, dass wir gar nicht mehr sprechen konnten!“ Alison lächelte und schien sich ehrlich über ihr zufälliges Treffen zu freuen.

„Hallo, Alison, wie geht's?“, erwiderte Lauren knapp, ohne es wirklich wissen zu wollen. Sie war überfordert mit der Situation, da sie sich noch nicht entschieden hatte, wie sie nun eigentlich mit Alison umgehen wollte. Ihre ehemals beste Freundin schien ihre Verunsicherung zu bemerken.

„Alles bestens. Ich wollte gerade zu Eric, eine Bestellung abholen. Wie wäre es, wenn wir uns mal auf einen Kaffee oder einen Wein treffen? Wie ich sehe, sind wir wieder Nachbarinnen und auf gute Nachbarschaft sollte man anstoßen!" Alison sah sie aufmunternd an.

„Hmm, ja, das können wir bestimmt mal machen..." Bevor Lauren das Thema wechseln oder sich schnell verabschieden konnte, unterbrach Alison sie schon: „Wie wäre es spontan mit heute Abend? Ich würde auch zu gerne Kate wiedersehen, vielleicht hat sie ja Zeit?" Alison war schon immer sehr hartnäckig gewesen, das hatte sich offenbar nicht geändert.

Lauren versuchte auszuweichen: „Kate hat heute Abend eine Verabredung, also ist das wohl keine gute Idee." *Obwohl*, dachte Lauren, *vielleicht ist das gerade eine gute Idee.* Schließlich hatte sie Kate noch nichts von dem Wiedersehen mit Alison erzählt. Und das müsste sie dann natürlich nachholen, was unweigerlich einige Fragen nach sich ziehen würde, die Lauren unter Umständen nicht beantworten könnte oder wollte, dann gäbe es Streit mit Kate und so weiter und so fort. Also vielleicht doch heute Abend, wenn es sich sowieso nicht vermeiden ließ?

„Wie schön für Kate, wie schade für mich. Dann sehe ich sie eben ein andermal! Aber du wirst dann doch sicherlich Zuhause bleiben und auf Aurelia aufpassen, oder? Dann komme ich vorbei und bringe eine Flasche Wein mit – oder auch zwei, wie in alten Zeiten! Das wird toll!"

Lauren konnte Alisons Begeisterung nicht verstehen und plötzlich platzte es voller Bitterkeit aus ihr heraus: „Wie kannst du nur so sein? So fröhlich und angeblich voller Wiedersehensfreude nach allem, was passiert ist? Wie kannst du nur?" Lauren war selbst überrascht über die Schärfe in ihrer Stimme, die auch Alison, die sichtlich zusammenzuckte, nicht entgangen war.

Aber Alison ließ sich nicht beirren: „Weil ich fröhlich und voller Wiedersehensfreude *bin*, das ist der Grund. Ich habe die Vergangenheit hinter mir gelassen und das solltest du auch tun. Das Leben ist zu kurz, um ewig Groll zu hegen und nicht zu vergeben, was wir oder andere vielleicht falsch gemacht haben.“ Ihr Ton wurde eindringlicher: „Bitte gib uns eine Chance, Laurie! Solche Gelegenheiten muss man beim Schopfe packen, das Universum hat uns ein Zeichen geschickt. Vielleicht bekomme ich ja nach all den Jahren doch noch meine beste Freundin zurück?“ Alison sah sie hoffnungsvoll an.

„Ich glaube nicht, dass das möglich ist.“ Schroffer hätte Lauren nicht klingen können. Sie drehte sich um und ging ohne Verabschiedung.

„Was ist nun mit heute Abend?“, rief Alison ihr hinterher, woraufhin Lauren nur kraftlos mit den Schultern zuckte und weiterging.

Als Kate abends das Haus verließ, um sich mit ihrer Freundin Barry zu treffen, konnte sich Lauren zum ersten Mal an diesem Tag etwas entspannen. Auri war bereits im Bett und sie hatte es sich mit einem Buch in ihrem Lesesessel bequem gemacht.

Die Begegnung mit Alison hing ihr nach. In den letzten Tagen war so viel passiert, dass sie gar nicht mehr wusste, wie sie sich verhalten sollte. Lauren brauchte einfach eine Pause von alldem und wollte sich keine Gedanken mehr darüber machen. Seufzend schlug sie das Buch auf und begann zu lesen. Zum Glück half dieses Mittel immer und schon nach ein paar Seiten war Lauren ganz in den historischen Liebesroman vertieft.

Als es plötzlich an der Tür klopfte, schreckte Lauren wie aus einem tiefen Schlaf hoch. Sie stand vom Lesesessel auf, um die Tür zu öffnen. Kurz darauf sah sie Alison vor sich stehen, in jeder Hand eine Flasche Rotwein und mit einem breiten Lächeln auf dem Gesicht. Lauren hätte wissen müssen, dass Alison sich nicht davon abbringen lassen würde, sie zu besuchen.

„Guten Abend, Lauren, lässt du mich rein? Ich bin etwas zu spät, sorry, das Abendessen hat länger gedauert.“ Bevor Lauren etwas antworten konnte, war Alison schon an ihr vorbei ins Haus geschlüpft. Den Kopf schüttelnd schloss Lauren die Tür.

„Ich sehe, ihr habt euch fast wie damals eingerichtet, die Möbel sind zwar neu, aber die Anordnung ist dieselbe. Nur deinen alten Lesesessel hast du behalten und wieder in den Erker gestellt!“ Ganz selbstverständlich machte Alison es sich auf dem Sofa bequem und sah Lauren erwartungsvoll an: „Bringst du zwei Gläser für den Wein mit?“

Lauren wusste gar nicht, wie ihr geschah, als sie wie ferngesteuert in die Küche ging, um Gläser zu holen. *Jetzt reiß dich aber mal zusammen und sag Alison deine Meinung*, schalt sie sich selbst, während sie wieder ins Wohnzimmer zurückkehrte.

„Alison, ich habe wirklich keine Lust, so zu tun, als wären wir beste Freundinnen, die zusammen Wein trinken. Bitte geh einfach und lass mich in Ruhe!“

„Lauren, entspann dich. Ich weiß auch, dass einiges passiert ist, über das wir nie geredet haben. Aber wie heißt es so schön: Die Zeit heilt alle Wunden. Es sind über zwanzig Jahre ins Land gegangen, seit wir uns zum letzten Mal gesehen haben. Willst du deine Wunden nicht auch heilen lassen und neu anfangen? Ich würde mich sehr freuen, wenn wir endlich darüber sprechen könnten, damit wir uns gegenseitig und uns selbst vergeben können.“ Mit weichem Blick sah sie Lauren an, der man anmerkte, dass Alisons Worte einen Nerv getroffen hatten.

„Ich wüsste nicht, was ich Falsches getan habe, dass ich mir selbst vergeben müsste! Was ist das überhaupt für ein esoterisches Gequatsche von Vergebung? So ein Schwachsinn! Du hast mich damals im Stich gelassen, als meine Familie auseinander gebrochen ist! Und du hast dich auch noch darüber gefreut, dass Mitch mich verlassen hat! Gib es doch endlich zu! Das ist unverzeihlich, da gibt es für mich nichts zu vergeben!“ Wutentbrannt gestikulierte Lauren und fing an, Alison nachzuäffen: „Aber so warst du ja schon immer! ‚*Los, Lauren, wir reden darüber, alles wird gut, handele nicht aus Angst, fühle die Liebe, die überall ist...*‘ – bla bla bla, das fällt mir dazu ein!“ Mit vor Zorn blitzenden Augen sah sie Alison an.

Die war mittlerweile vom Sofa aufgestanden – erst, weil sie die Distanz zwischen sich und Lauren verringern wollte, jetzt, weil sie mit ihr wenigstens auf Augenhöhe streiten wollte, wenn es denn schon sein musste. Mit bedrohlich leiser, aber fester Stimme entgegnete sie: „Lauren, du verstehst es wirklich nicht, oder? Seit du wieder in Maybury bist, versuche ich auf dich zuzugehen, mit dir zu sprechen, die alten Missverständnisse aus dem Weg zu räumen! Ich habe mir in den letzten Jahren sehr viele Gedanken gemacht, über uns und alles, was passiert ist. Ich weiß mittlerweile, dass wir beide unseren Teil dazu beigetragen haben, dass unsere Freundschaft damals zerbrochen ist. Niemand ist hier nur der Täter oder nur das Opfer, aber du willst dich offensichtlich immer noch als solches sehen. Übernimm doch endlich Verantwortung für die Dinge, die du getan hast, und komm aus deinem Schneckenhaus raus! Ich hätte wirklich mehr von einer so klugen Frau wie dir erwartet.“

Lauren sah, wie Alison vor Wut zitterte. So kannte sie ihre ehemalige Freundin, die immer tiefenentspannt war, überhaupt nicht.

„Ich soll nicht das Opfer sein? Was denn sonst? Du hast Mitch nie gemocht und warst eifersüchtig, dass ich zur Abwechslung mal diejenige war, die einen Kerl abgekriegt hatte. Du hast ihn immer schlecht geredet und als er mich dann betrogen hat, hast du triumphiert – hauptsächlich über mich, nehme ich an, wie ich nur so blöd sein konnte. Und da wunderst du dich noch, dass ich nicht mehr mit dir reden wollte? Das ist ja wohl absolut lächerlich!" Laurens Kopf war inzwischen hochrot angelaufen und sie fühlte sich, als würde sie gleich platzen vor jahrelang angestauten Vorwürfen und Emotionen.

Alison, die eben noch genauso wütend wie Lauren gewesen war, wirkte plötzlich traurig und enttäuscht. „Lauren, es tut mir wirklich von Herzen leid, dass du das so siehst. Du hast dir offensichtlich eine Version der Geschichte zusammengesponnen, die keinen Platz für meine Sicht der Dinge lässt. Ich hatte sowas schon befürchtet, aber dass es wirklich so krass ist, hätte ich nicht erwartet."

Alisons Enttäuschung fachte Laurens Zorn nur noch mehr an: „Was soll das heißen: *deine Sicht der Dinge*? Wie soll die denn aussehen, *deine* Sicht der Dinge? Ich denke nicht, dass sich an den Tatsachen irgendetwas ändern lässt. Du warst eifersüchtig und hast mich dann hängen lassen, so einfach ist das!"

Während Lauren sich so in Rage geredet hatte, dass sie beinahe schrie, schien Alison einige Zentimeter geschrumpft zu sein. Ihr buntes Boho-Kleid und die kleinen Traumfänger-Ohrringe wirkten nicht länger fröhlich und beschwingt. „Ich habe nicht das Gefühl, dass du schon ansatzweise dazu bereit bist, meine Version auch nur zu hören, geschweige denn, sie zu akzeptieren und eine neue *Wahrheit* zuzulassen." Bei *Wahrheit* deutete Alison mit ihren Fingern Gänsefüßchen an, bevor sie fortfuhr: „Deswegen lasse ich dich jetzt mit einer letzten Frage allein, vielleicht ist die ja ein Denkanstoß für dich: Wer ist wohl vertrauenswürdiger? Deine beste Freundin auf dem ganzen Planeten, die du seit Kindertagen kennst, mit der du durch Dick und Dünn gegangen bist? Oder dein Ex-Mann, der dich nie so auf Händen getragen hat, wie du es verdient hättest, und der dich hintergangen, belogen und betrogen hat? Denk mal drüber nach."

Alison griff in ihre Umhängetasche, nahm ein dickes Album heraus und legte es auf den Tisch. Sie deutete darauf und sagte: „Vielleicht hilft dir das dabei."

Dann schnappte sie sich eine der beiden Flaschen Wein, die auf dem Couchtisch standen, machte auf dem Absatz kehrt und verließ ohne ein weiteres Wort Laurens Haus.

7

„Kate! Kate!“, erschallte eine laute, unverwechselbare Stimme von der anderen Straßenseite. Kate, die vor ihrem Lieblings-Diner in New Haven auf Barry wartete, drehte sich um und sah ihre Freundin aus einem Taxi steigen und wild winken. Kate lachte und erwiderte den überschwänglichen Gruß. Sie kannte Barry, die eigentlich Barbara Ann hieß und diesen altmodischen Namen hasste, aus der Uni. Sie hatten vor über sechs Jahren gemeinsam mit dem Doktorandenstudium in Yale angefangen. Barry hatte vor einigen Monaten ihre Doktorarbeit beendet und war erst vor wenigen Tagen von einer längeren Reise durch Italien und Griechenland zurückgekehrt. Dort hatte sie all die antiken Stätten, die sie aus dem Studium kannte, erkundet und die verdiente Auszeit genossen.

Die Freundinnen fielen sich zur Begrüßung in die Arme und Barry jubelte so laut, als hätte sie gerade den Super Bowl gewonnen. Sie hatten sich die letzten drei Monate nicht gesehen, aber es fühlte sich sofort an, als wären sie nie getrennt gewesen.

„Barry, du siehst unverschämt braun und geradezu eklig

erholt aus, das ist einfach ungerecht!“ Kate versuchte, beleidigt zu gucken, was ihr vor lauter Wiedersehensfreude natürlich völlig misslang.

Barry ballte scherzhaft ihre Hand zur Siegerfaust und grinste: „Dann habe ich ja mein Ziel erreicht!“ Sie zwinkerte Kate zu, legte den Arm um sie und gemeinsam betraten sie das Diner. Sie setzten sich wie immer an die Theke und bestellten Cheeseburger.

„Erzähl mir alles von deiner Reise, ich bin schon so gespannt!“, flehte Kate, die gerne mit nach Europa gekommen wäre.

„Ach, das weißt du doch schon alles aus meinem Blog! Oder hast du ihn etwa nicht gelesen?“ Gespielt entsetzt blickte Barry Kate an.

„Doch, doch, selbstverständlich habe ich den gelesen. Ich hatte immer richtig Fernweh, wenn ich deine tollen Fotos gesehen habe…“ Kate seufzte, bevor sie fortfuhr: „Aber ich meine natürlich, dass du von den Dingen erzählen sollst, die *nicht* im Blog standen: Wie waren die Männer, die Italiener und Griechen? Bestimmt heiß, oder? Hattest du eine leidenschaftliche Affäre? Eine Sommerliebe? Ich will alles wissen!“ Kate sah ihre Freundin neugierig und gespannt an.

Barry lachte und winkte ab. „Ach, die Männer, naja… Was soll ich sagen? Die sind schon ein bisschen anders als hier, nicht so distanziert und unterkühlt, aber auch nichts Besonderes…“

Da die sonst so toughe Barry rote Ohren bekam und ihre Serviette zerpflückte, wusste Kate sofort, was los war. „Du hast dich also Hals über Kopf verliebt, richtig!?“, fragte sie mit einem breiten Grinsen.

Barry sah ertappt von ihrer Serviette auf und lächelte dann. „Er heißt Jorge, ist 39 und kommt aus Barcelona. Er war ein hohes Tier in einem IT-Unternehmen, hat seine Anteile verkauft und genießt jetzt das Leben. Wir sind uns in Rom an einer Ampel begegnet."

„Klingt nach einer super romantischen ersten Begegnung – und einer verrückten Barry-Story, erzähl mir mehr!", lachte Kate.

Barry knuffte Kate in den Arm, fuhr aber dann fort: „Also, genau genommen war es nicht nur an einer Ampel, sondern an mehreren. Ich war auf einer Vespa zu einem Vortrag in den Vatikanischen Museen unterwegs und natürlich spät dran. Und er fuhr Fahrrad, was in Rom sowieso schon beinahe lebensmüde ist, und stand auf einmal neben mir an der roten Ampel. Er hat mich angelächelt, aber ich habe ihn vor lauter Zeitdruck kaum beachtet. An der nächsten roten Ampel stand er dann wieder neben mir und grinste – ich dachte schon, er verfolgt mich. Ich war aber so im Stress, dass ich keinen Kopf hatte, mich mit ihm auseinanderzusetzen, auch wenn mir schon aufgefallen war, wie attraktiv er war. Als er dann an der dritten roten Ampel wieder neben mir stand und sagte ‚*Aller guten Dinge sind drei!*', musste sogar ich lachen. Wir sind dann in einem schnuckeligen *ristorante* gelandet und haben sehr viel *vino rosso* getrunken. Und weißt du, was das Verrückteste an dieser Begegnung war?" Barry machte eine dramatische Pause, bevor sie fortfuhr. „Er wollte auch zu dem Vortrag in den Vatikanischen Museen! Wenn wir uns nicht vorher schon an den Ampeln getroffen hätten, hätten wir es dort getan. Das Schicksal hat sich doppelt abgesichert, dass wir uns wirklich begegnen, ist das nicht verrückt?" Schwärmerisch sah Barry Kate an.

Die nickte und drückte die Hand ihrer Freundin, weil sie sich für sie freute. „Ja, das kannst du laut sagen!"

Und das tat Barry auch, was ihr einige irritierte Blicke

im Diner einbrachte. Die beiden lachten beim Anblick der verdutzten Gesichter um sie herum und prosteten den anderen Gästen übermütig zu. Kurz darauf stellte die Servicekraft zwei große Cheeseburger mit Pommes vor ihnen ab.

„Ich glaube einfach nicht, dass du noch keinen Ton davon erzählt hast! Das heißt dann wohl, dass es ernst ist, was?“ Forschend sah Kate Barry an, die wie zur Bestätigung leicht errötete und schnell einen Bissen von ihrem Burger nahm. Kate grinste, bevor sie weiter nachbohrte: „Und wie ging es dann mit Jorge und dir weiter? Bitte sag mir, dass es doch noch tolle Männer und die große Liebe und Happy Ends gibt, alles andere würde ich jetzt nicht verkraften!“

Barry kaute zwar noch, antwortete aber trotzdem: „Ich bin selbst erstaunt, dass ich das sage, aber ja, es gibt anscheinend noch tolle Männer!“ Sie strahlte über das ganze Gesicht. „Jorge war auch auf Reisen, aber Rom war seine letzte Station. Wir hatten zwei traumhafte Wochen gemeinsam und dann musste er zurück nach Spanien. Schweren Herzens bin ich alleine weiter nach Neapel und Sizilien gefahren, aber dann hat er mich in Palermo überrascht! Zum Glück, muss ich sagen, ich hätte es auch keinen Tag länger ohne ihn ausgehalten. Ich habe schon überlegt, statt nach Athen nach Barcelona zu fahren, um ihn zu sehen. Und das soll schon was heißen, wenn ich einen Mann den antiken Bauwerken vorziehe!“

Kate verschluckte sich vor Lachen beinahe an einer Pommes und musste unwillkürlich an Fin denken, auch wenn sie nicht genau wusste, warum. „Wow, das klingt wirklich nach etwas Besonderem! Werdet ihr euch denn wiedersehen?“

„Ja, er wird in ein paar Wochen herkommen und zwei, drei Monate bleiben. Er ist ja zum Glück unabhängig, was es sehr viel leichter macht. Und dann werden wir sehen, ob wir auch außerhalb von Rotwein und Mittelmeersonne gut zueinander passen. Also, außerhalb der Mittelmeersonne, Rotwein gibt es ja auch hier." Barry grinste schief und schob sich eine Tomatenscheibe in den Mund, die von ihrem Burger gefallen war.

„Und das geht dir nicht zu schnell? Engt es dich nicht ein, dass er so lange hier bleiben will?", fragte Kate vorsichtig.

Barry zuckte überlegend mit den Schultern. „Hmm, darüber habe ich mir auch schon Gedanken gemacht. Denn komischerweise habe ich gar keine Bedenken, obwohl das mehr als typisch wäre. Es stimmt, ich wollte mich nie fest binden und von Fernbeziehungen halte ich sowieso nichts, aber naja... da kannte ich ja Jorge auch noch nicht. Ich lasse es einfach auf mich zukommen" Sie zwinkerte Kate auf ihre unnachahmliche Weise zu und lächelte selig, da sie offensichtlich immer noch an Jorge dachte. Dann räusperte sie sich und war wieder ganz bei Kate. „Jetzt habe ich so lange von mir erzählt und dich kaum zu Wort kommen lassen! Wie geht es dir? Wie war der Umzug? Habt ihr euch schon gut in Maybury eingelebt?"

„Mir geht's gut und Auri und Mom auch. Den Umzug haben wir ohne Probleme über die Bühne gebracht. Auri gefällt es super, aber..." Kate seufzte. „...irgendwie ist Mom nicht gut drauf... Es ist für sie bestimmt nicht leicht, an den Ort zurückzukehren, an dem sie sich früher ständig mit Dad gestritten hat, das verstehe ich. Aber ich verstehe nicht, warum sie nicht mit mir darüber spricht." Nachdenklich knabberte Kate an einer weiteren Pommes.

„Gute Frage, vielleicht will sie dich nicht mit ihren Sorgen belasten? Das würde jedenfalls zu Lauren passen. Oder es steckt etwas Anderes dahinter. Wenn es an der Zeit ist, wird sie bestimmt mit dir reden.“ Aufmunternd drückte Barry Kates Hand, die langsam nickte. Da Kate nichts weiter erwiderte, fragte Barry: „Und wie waren die ersten Tage in Yale? Ich freue mich schon, wenn wir ab Montag wieder zusammen dort sind!“

„Darauf freue ich mich auch schon sehr!“ Kate lächelte, bevor sich ihre Miene verfinsterte. „Ich habe dir noch gar nicht von den schlechten Neuigkeiten erzählt. Rate mal, wer ab nächster Woche wieder in Yale sein und einige der Kurse für uns Doktoranden leiten wird!“ Auffordernd sah sie Barry an, die erst irritiert und dann schockiert wirkte, als sie begriff, wen Kate meinte.

„Ben?!”, fragte sie entsetzt und schob dann wütend nach: “Was will der Schweinehund denn hier? Wie kommt das zustande?“

„Dekan Fitch scheint ein großer Fan von ihm zu sein und hat ihn eingestellt... Professor Donovan hat mir dringend geraten, Privates von Beruflichem zu trennen und mich Ben gegenüber freundlich zu verhalten.“

Barry zog entgeistert die Augenbrauen hoch. „Das hat er nicht ernsthaft gesagt?! Ben verhält sich wie ein Arschloch und du sollst jetzt schön den Mund halten? Das ist ja absolut bescheuert!“, meinte sie aufbrausend.

„Ja, ich weiß, das ist echt die Höhe!“, stimmte Kate zu, bevor sie abwiegelnd fortfuhr: „Aber irgendwie kann ich es auch verstehen, auch wenn mir das nicht leicht fällt... Donovan will nicht, dass unsere gemeinsame Vergangenheit sich möglicherweise schlecht auf die Bewertung meiner Doktorarbeit auswirkt...“

Ihre Freundin schnaubte empört. „Wie gut, dass ich keine Doktorandin mehr bin und Ben ohne Probleme die Meinung sagen kann – und werde! Der kann sich auf was gefasst machen!“

„Ich freue mich wirklich sehr über deine Unterstützung, aber bitte tu nichts Unüberlegtes, Barry! Mit dem werde ich schon zurechtkommen!“, erwiderte Kate kampfeslustig. Dann fiel ihr noch etwas ein: „Ach, übrigens, ich habe Mom noch nicht erzählt, dass Ben auch an der Uni sein wird. Sie soll sich nicht mehr Sorgen als nötig machen. Sie würde mich beschützen wollen und denken, dass es eine schlechte Idee gewesen sei, nach Yale und damit auch nach Maybury zurückzukehren.“ Das schlechte Gewissen nagte an Kate, weil sie Lauren nichts gesagt hatte. Als sie vor ein paar Tagen abends in der Küche geredet hatten, hatte sie sich nicht getraut, die Wahrheit zu sagen.

„Okay, ich werde nichts verraten“, entgegnete Barry verständnisvoll. „Aber, meinst du wirklich, dass es eine gute Idee ist, Lauren das alles zu verheimlichen?“

„Natürlich nicht, aber irgendwie ist sie in den letzten Tagen so angespannt, dass ich sie nicht auch noch damit belasten will… Aber du hast recht, ich sollte es ihr bald sagen.“ Zerknirscht sah Kate zu ihrer Freundin hinüber, die kurz ihre Hand drückte.

„Wir werden das schon schaffen“, meinte Barry aufmunternd und wandte sich wieder ihrem Burger zu. Kate tat es ihr gleich und ein, zwei Minuten saßen sie in einvernehmlichem Schweigen kauend nebeneinander. Die drückende Stimmung, die seit dem Gespräch über Bens Rückkehr in der Luft hing, löste sich langsam auf.

Schließlich seufzte Barry: „Männer!“

„Du sagst es!“, stimmt Kate mit einem schiefen Grinsen zu.

„Und ich hatte gedacht, du hättest vielleicht auch jemand Nettes kennen gelernt, während ich weg war!“

„Wo das denn?“

„Na, in der Metropole Maybury natürlich!“, lachte Barry. Als sie Kate ansah, stutzte sie, denn Barry konnte mindestens genauso gut Gesichter lesen wie ihre Freundin. Und das kurze Zucken an Kates Mundwinkeln, als diese an ihr letztes Gespräch mit Fin dachte, in dem sie ebenfalls über die Weltstadt Maybury gescherzt hatten, entging Barry nicht.

„Ach was, das hätte ich ja nicht für möglich gehalten! Los, erzähl mir alles!", drängte sie Kate und umklammerte aufgeregt ihren Arm.

Kate verdrehte die Augen, begann aber, zu berichten: „Genau genommen gibt es da gar nicht so viel zu erzählen, es war nur ein harmloser Flirt. Als ich Aurelia in der Tanzschule anmelden wollte, bin ich zufällig Fin begegnet. Er ist der Sohn der Besitzerin. Ich dachte die Tanzschule wäre geschlossen, aber dann habe ich durchs Fenster gesehen und da stand er und hat irgendwas repariert. Und dann hat er getanzt und mich bemerkt und dann haben wir kurz geflirtet und das war's auch schon. Auch wenn ich sagen muss, dass das echt Spaß gemacht hat!"

„Wieso hat er denn getanzt? Und viel wichtiger: Kann er tanzen?"

„Das ist das einzige, was du aus meiner Erzählung mitgenommen hast? Wirklich? Das?" Kate lachte.

„Jetzt lenk nicht vom Thema ab! Kann er oder kann er nicht?"

„Er kann. Und wie!" Sie konnte den schwärmerischen Ausdruck auf ihrem Gesicht nicht unterdrücken.

„Und warum zum Teufel war es dann nur ein harmloser Flirt? Warum habt ihr euch nicht verabredet? Du weißt doch, was man über Männer sagt, die sich gut auf der Tanzfläche bewegen können?" Barry verstand offensichtlich die Welt nicht mehr.

„Nee, du?"

„Dass sie sich auch gut im Bett bewegen können! Ich fass es nicht, dass daraus kein Date geworden ist. Hat er dich denn nicht gefragt? Oder du ihn?“ Barry wirkte völlig entsetzt und sah Kate mit großen Augen an.

„Naja… also, bei *diesem* Treffen hat er mich nicht gefragt. Allerdings haben wir uns ein paar Tage später noch einmal zufällig getroffen und da hat er mich gefragt. Aber ich habe momentan andere Prioritäten – die Uni, die Familie –, deswegen habe ich Nein gesagt.“ Kate machte sich auf ihrem Stuhl ganz klein und hielt sich schützend die Hände über ihren Kopf, da sie mit einem Donnerwetter von Barry rechnete.

Nicht zu Unrecht, übrigens: „Kate, ich fasse es nicht! Da begegnet dir einmal ein heißer Typ – nein, sogar zweimal –, ihr findet euch gegenseitig sympathisch und du sagst Nein zu einem Date?! Das verstehe ich beim besten Willen nicht.“

„Musst du ja auch nicht.“ Kate streckte Barry die Zunge raus. Die rollte nur mit den Augen und schüttelte den Kopf über Kates Sturheit.

„Wieso bist du so versessen darauf, dass ich mich mit Fin treffe? Ich habe gerade wirklich andere Dinge zu tun, als Männer zu daten“, wollte Kate wissen.

„Weil du es nach diesem Idioten Ben verdient hast, endlich wieder einen netten Mann kennenzulernen. Und leugne ja nicht, dass dieser Fin dir gefällt, ich habe eben deine glänzenden Augen gesehen, als du von ihm gesprochen hast! Du wirst deine Doktorarbeit schon nicht allzu sehr vernachlässigen, nur weil du dich mit ihm triffst. Und Lauren und Auri werden sich genauso wie ich für dich freuen! Also, lass uns mal nachdenken, wie wir jetzt vorgehen können…“ Barry überlegte kurz, ehe sie ihr Handy aus der Tasche nahm und Kate auffordernd ansah. „Sagst du mir, wie die Tanzschule in Maybury heißt oder muss ich das auch erst noch googeln?“

„Was hast du vor?“

„Das ist doch eindeutig! Den Namen seiner Mutter rausfinden und somit auch seinen Nachnamen, ihn googeln und dann kontaktieren, damit du zu deinem Date kommst!"

„Du bist eine Stalkerin, meine Liebe!" Kate musste über den abstrusen Plan und den Feuereifer ihrer Freundin lachen. „Aber mach dir keine Mühe, ich habe seine Nummer längst." Kate holte das zerknitterte Stück Karton mit Fins Handynummer darauf aus ihrer Tasche hervor, auch wenn sie wusste, dass sie es bereuen würde. Aber Barry würde die Nummer so oder so herausfinden, also konnte Kate das Spektakel auch abkürzen.

Außerdem – vielleicht war da doch ein ganz kleines bisschen der Wunsch in ihr, Fin zu treffen. Aber wirklich nur ein winziger Hauch von einem bisschen.

Barry guckte sie entgeistert an. „Du machst mich fertig, Kate, wirklich! Warum hast du ihm nicht längst geschrieben, dass du dich doch mit ihm treffen möchtest?"

„Weil ich es ja gar nicht will! Also, jedenfalls habe ich im Moment keine Zeit für sowas. Theoretisch wäre es bestimmt ganz nett, ihn näher kennen zu lernen, aber ich bin gerade einfach zu sehr mit der Doktorarbeit und Auri und Mom und allem beschäftigt..." Während Kate noch weiter ausführen wollte, warum ein Date mit Fin keine gute Idee sei, hatte sich Barry kurzerhand deren Handy von der Theke geschnappt. Mit dem Pappstück in der anderen Hand begann sie, Fins Nummer einzutippen. Als Kate sich ihr Telefon zurückholen wollte, hielt Barry es mit ausgestrecktem Arm so weit weg von Kate wie möglich.

„Nur ein einziges Date, Kate, danach kannst du meinetwegen machen, was du willst", sagte Barry in der Überzeugung, dass es nicht bei einem Treffen bleiben würde. Dann fuhr sie fort, als ginge es um Leben oder Tod: „Wenn du ihm nicht schreibst, tu ich es. Und du weißt, dass ich es ernst meine!"

„Okay, okay, ist ja gut. Eine einzige Verabredung, mehr

nicht. Ich werde ihm schreiben. Aber dann sag du mir einen guten Grund für meinen Sinneswandel, denn danach wird er bestimmt fragen."

„Sag ihm einfach, dass du die beste Freundin der Welt hast, das erklärt alles!"

8

Als Lauren aufwachte, dröhnte ihr Kopf. Nicht etwa, weil sie zu viel getrunken hatte, sondern von dem Zusammentreffen und der Auseinandersetzung mit Alison am Abend zuvor. Sie hatte lange wach gelegen und über den Streit nachgedacht. Lauren war nach wie vor wütend und fand Alisons Verhalten dreist und völlig unverständlich. Die hatte vielleicht Nerven, hier einfach aufzutauchen, erst so zu tun, als wäre nichts gewesen und dann einen riesigen Streit vom Zaun zu brechen! Als wäre Lauren Schuld an der Misere damals gewesen!

Sie schüttelte den Kopf, während sie sich ihren Morgenmantel überzog und in Gedanken die Treppe runterstieg. Als sie ins Wohnzimmer kam, fiel ihr Blick auf das Buch, das Alison mitgebracht hatte. Sie hatte es gestern nicht mehr beachtet und einfach auf dem Tisch liegen gelassen. Es sah aus wie ein Fotoalbum und war sehr dick. Vielleicht sollte sie es lieber irgendwohin legen, wo Kate es nicht sofort fand? Wer weiß, was da für Bilder drin waren – nicht, dass Lauren noch in Erklärungsnöte kam. Obwohl das ja bereits ein Dauerzustand zu sein schien, wie sie mit einem Seufzer feststellte.

Lauren nahm das Buch und erkannte erst jetzt Alisons markante Handschrift: Sie hatte *Lauren & Alison – Freunde für immer* darauf geschrieben. Da die Schrift schon etwas verblasst war, musste es schon einige Jahre her sein, dass Alison das Fotoalbum angelegt hatte. Lauren strich mit der Hand über den Buchdeckel, aber statt noch wütender zu werden oder abfällig über *Freunde für immer* zu schnauben, verspürte sie Wehmut und Traurigkeit. Wann war das alles nur so furchtbar schief gelaufen? Und vor allem warum?

Sie erinnerte sich noch genau daran, wie sie und Alison damals als Jugendliche davon geträumt hatten, irgendwann in schönen Häusern nebeneinander zu wohnen. Sie hatten als alte Grannys jeden Tag gemeinsam auf der Veranda sitzen, Tee trinken und ab und zu ihren Enkeln auf die Nerven gehen wollen. Direkt nach ihrem Collegeabschluss hatten sie sich tatsächlich auf die Suche nach solchen Häusern gemacht und sie in Maybury gefunden. Zwei wunderschöne Gebäude direkt an einem idyllischen See gelegen – Alison und Lauren hatten sich auf den ersten Blick verliebt und gewusst, dass hier ihre Zukunft lag.

Lauren war damals frisch mit Mitch verheiratet und ehrlich gesagt nie so richtig sicher gewesen, ob er sich genauso über ihren Umzug nach Maybury gefreut hatte wie sie. Rückblickend würde sie sagen, nein. Denn während sie nicht glücklicher hätte sein können, war er immer unzufrieden in dem *Kaff* gewesen, wie er Maybury genannt hatte.

Er hatte lieber in einer Großstadt wie Boston oder New York leben wollen, wo er sich in seinem Job bessere Aufstiegschancen erhofft hatte. Nach einigen Jahren hatte Lauren schließlich nachgegeben und war trotz ihres zunehmend schlechter werdenden Verhältnisses mit Kate und ihm nach Boston gegangen. Obwohl damals schon klar gewesen war, dass sie in absehbarer Zeit nicht nach

Maybury zurückkehren würde, hatte sie es nicht übers Herz gebracht, ihr Traumhaus wieder zu verkaufen.

Gedankenverloren nahm Lauren das Fotoalbum in die Hand. Neben ihrer Ehe mit Mitch war auch die Freundschaft zu Alison kaputt gegangen. Das, was sie als Kinder nie für möglich gehalten hatten, war tatsächlich passiert. Wie deprimierend doch das Leben manchmal war. Seufzend drehte sie das Album in ihren Händen, bis es richtig herum vor ihr lag. Sie war drauf und dran, es aufzuklappen und sich die Bilder anzusehen. Ihre Finger kribbelten, als sie über den Schriftzug *Freunde für immer* strich.

Lauren hatte bereits den Deckel geöffnet, als sie ein Geräusch aus dem ersten Stock ablenkte. Das musste Kate sein, die aufgewacht war und bestimmt jeden Moment herunterkommen würde! Schnell verbarg sie das Buch unter ihrem Morgenmantel und eilte in die Küche. Dort versteckte sie es ganz hinten im Schrank bei den Kochtöpfen.

Abends machte Lauren sich zum Ausgehen zurecht. Heute fand das Essen mit Chris statt und sie freute sich darauf, Zeit mit ihm zu verbringen. Kate und Aurelia schauten unten im Wohnzimmer eine Kindersendung im Fernsehen, während Lauren ein Oberteil nach dem anderen anprobierte und feststellte, dass sie sich viel zu viel Mühe für dieses *freundschaftliche Treffen* gab.

Um sich abzulenken, schaltete sie das Radio ein. Ein Moderator kündigte gerade das folgende Lied an, wie Lauren am Rande mitbekam, als sie mit den Knöpfen ihrer Lieblingsbluse kämpfte. Die ersten Töne von *Summer Nights* aus dem Film Grease erklangen und Lauren summte die Melodie mit. Endlich hatte sie die kleinen perlmuttfarbenen Knöpfe geschlossen und betrachtete ihr Äußeres im Spiegel.

Die dunkelblaue Bluse umschmeichelte ihre schlanke Figur und brachte ihre vom Sommer zart gebräunte Haut zum Leuchten, ihre schulterlangen Haare glänzten. Lauren gefiel ihr Anblick und fast schon übermütig zwinkerte sie sich selbst im Spiegel zu.

Wie von allein begannen ihre Füße, kleine Tanzschritte zu John Travoltas und Olivia Newton-Johns Sommerliebe-Song zu vollführen, als Lauren ihre Ohrringe ansteckte. Sie freute sich wirklich auf das Treffen mit Chris, das würde sie sicherlich auf andere Gedanken bringen. Außerdem fühlte sie sich doch etwas geschmeichelt, mit so einem sympathischen, witzigen und gleichzeitig attraktiven Mann Essen zu gehen, auch wenn sie es sich selbst noch nicht ganz eingestehen wollte.

„Mom, kommst du? Chris ist da, um dich abzuholen!“, ertönte Kates Stimme von unten.

Erschrocken sah Lauren auf ihre Armbanduhr und stellte fest, dass sie die Zeit vergessen hatte. „Ich komme schon, nur noch eine Minute!“, rief sie Kate zu.

Schnell nahm sie ihren Cardigan und ihre Handtasche, aus der sie einen Lippenstift hervorholte, den sie rasch auftrug. Nach einem letzten Blick in den Spiegel stellte sie das Radio aus und lief die Treppen hinab.

Kate hatte Chris ins Wohnzimmer hereingebeten und als er Lauren sah, lächelte er sie strahlend an.

„Hallo, Lauren, wow, du siehst fantastisch aus!“, begrüßte er sie und küsste sie auf beide Wangen.

Lauren befürchtete, rot zu werden, und wusste nicht, was sie sagen sollte. Etwas unbeholfen erwiderte sie deshalb: „Guten Abend, Chris! Danke, du siehst auch toll aus!“ Bevor eine peinliche Stille entstehen konnte, schob Kate sie beide förmlich zur Tür und wünschte ihnen einen schönen Abend.

Während der kurzen Fahrt zu Petes Pizzeria unterhielten sie sich über Dies und Das und Lauren entspannte sich in Chris‘ Gegenwart. Offensichtlich handelte es sich wirklich um ein Treffen alter Freunde, denn Chris verhielt sich zwar wie ein vollendeter Gentleman, hielt ihr die Tür auf und rückte ihr sogar den Stuhl in der Pizzeria zurecht, aber machte ihr ansonsten keine Avancen. Sie sprachen gerade über Laurens *neuen* Job in Erics Buchladen, als Pete persönlich an ihren Tisch trat.

„Lauren, du bist es wirklich! Komm in meine Arme, *bella*!“ Überschwänglich umarmte Pete sie, um sie dann wie eine verlorene Tochter eingehend zu mustern. „So schön wie eh und je, du scheinst kein Jahr älter geworden zu sein, Lauren! Wie machst du das nur?“

Pete und Lauren hatten sich schon immer gut verstanden, denn beide liebten Italien und italienisches Essen. Lauren hatte während ihres Studiums ein Auslandssemester in Neapel verbracht - Petes Heimatstadt. Dass sie bei ihrem allerersten Besuch in seinem Restaurant seine köstliche neapolitanische Pizza in den Himmel gelobt hatte, hatte den Grundstein für eine Freundschaft gelegt, die sie an jenem ersten (und vielen weiteren Abenden) mit einigen Ramazzotti besiegelt hatten.

„Ach, Pete, du alter Schmeichler, du kannst es auch nicht lassen! Ich freue mich auch, dich wiederzusehen!“, rief Lauren aus und meinte es auch so.

Pete wandte sich ihrer Begleitung zu: „Guten Abend, Chris, da hast du aber wahrlich nichts anbrennen lassen! Kaum ist Lauren wieder in der Stadt, führst du sie zu einem Date aus!“ Pete grinste und klopfte Chris anerkennend auf die Schulter.

Lauren und Chris begannen nun gleichzeitig, Pete zu versichern, dass das hier *kein* Date sei, so dass Pete nur wissend weiter grinste und abwinkte. „Schon gut, ich verstehe. Wie dem auch sei, ich freue mich jedenfalls, dass du wieder in Maybury bist, Lauren! Lass uns nachher noch zusammen einen Ramazzotti trinken!" Er schloss Lauren noch einmal in seine Arme und ließ sie dann mit Chris allein.

„Was für ein Auftritt von Pete! Aber ich hatte nichts anderes erwartet," stellte Chris fest, der ein bisschen wie von einer Dampfwalze überrollt wirkte.

Lauren grinste. „Ja, so ist Pete, einfach einzigartig! Ich merke jetzt erst, wie sehr er mir gefehlt hat. Er hat sich kaum verändert in den letzten Jahren – ach was, Jahrzehnten!" Sie lachte, um das aufkeimende Gefühl von Traurigkeit, ihren früheren Freund so lange nicht gesehen zu haben, beiseite zu schieben.

„Du hast Pete also auch nie besucht, seit ihr aus Maybury weggezogen seid?", wollte Chris nun interessiert wissen.

Die Frage versetzte Lauren einen Stich. *Auch nie besucht* – was sollte das bedeuten? Wollte Chris sie etwa schon wieder zu Alison ausfragen? Warum fingen nur alle ständig davon an, mit ihr über ihre ehemalige Freundin reden zu wollen? Ganz zu schweigen von Alison selbst, die sich ihr aufdrängte.

Lauren wollte gerade zu einer schnippischen Antwort ansetzen, als Chris sagte: „Wenn das so wäre, wäre ich beruhigt. Denn wenn du nicht mal Pete getroffen hast, als du zu Besuch bei Alison warst, muss ich auch nicht traurig sein, dass du dich nie bei mir gemeldet hast." Er lächelte ihr mit leicht geröteten Wangen zu und griff verlegen nach der Speisekarte.

Lauren hätte sich am liebsten selbst geohrfeigt. Beinahe hätte sie Chris eine zickige Antwort gegeben, die er nicht verdient hätte. Wie kam sie bloß auf die Idee, Chris hätte Alison meinen können?

Da wurde es ihr schlagartig bewusst: Es waren nicht die

anderen, die sie mit Fragen zu Alison nervten, sondern sie allein war diejenige, deren Gedanken ständig und pausenlos um ihre Nachbarin kreisten. Warum nur? Gerade das wollte sie doch gar nicht. Erst gestern hatte sie Alison noch gesagt, dass sie nichts aus der Vergangenheit loszulassen oder zu vergeben habe, denn – da war Lauren sich sicher – sie hatte bereits damit abgeschlossen. Und trotzdem machte sie sich anscheinend immer noch wegen ihrer ehemaligen Freundin verrückt.

Hatte sie, Lauren, etwa doch viel mehr verdrängt, als sie sich selbst eingestand? Wie furchtbar! Am liebsten hätte Lauren ihren Kopf gegen die Wand neben sich gehauen. Sie wusste nicht, wie sie mit dieser tiefgreifenden Erkenntnis umgehen sollte. Vielleicht war ja doch etwas an dem dran, was Alison gesagt hatte?

„Lauren, geht es dir gut? Du bist kreidebleich!“ Chris sah sie so besorgt an, dass sie ihn schnell beruhigte: „Es ist alles okay, mach dir keine Sorgen. Mir war nur gerade etwas schwindelig, ich habe heute wohl noch nicht genug getrunken. Ich werde kurz zur Bar gehen und mir ein Wasser geben lassen.“

Sie wollte gerade aufstehen, als Chris schon aufgesprungen war und sie behutsam auf ihren Stuhl drückte. „Bleib ruhig sitzen, ich gehe schon. Nicht, dass du noch ohnmächtig wirst.“

Lauren nutzte Chris‘ kurze Abwesenheit, um tief durchzuatmen und sich wieder zu beruhigen. Sie wollte ihn nicht gleich bei ihrem ersten *freundschaftli...* – ach, was soll’s, sagen wir es doch einfach, wie es ist – bei ihrem ersten Date mit ihren Problemen überrumpeln, sondern den Abend mit ihm genießen.

So hatte sie ihre Fassung zurückerlangt, als Chris wieder an ihren Tisch trat. „Als Pete gehört hat, dass dir schwindelig ist, hat er mir gleich einen Ramazzotti für dich mitgegeben. Er meinte, der hilft in jeder Lebenslage, also habe ich auch einen genommen." Er stellte ein großes Glas Wasser und zwei kleine Gläser, gefüllt mit dem Kräuterlikör und je einem Zitronenschnitz, vor Lauren ab. Er sah auf einmal etwas erschöpft aus, das hatte Lauren vorher gar nicht bemerkt. *Kein Wunder, wenn man so sehr mit sich selbst beschäftigt ist*, dachte sie selbstkritisch.

„Das klingt so, als würde dich etwas bedrücken. Ist alles in Ordnung bei dir?"

Chris rang die Hände. „Ach, es ist nichts Dramatisches, nur ein bisschen Streit in der Familie. Lass uns lieber über etwas anderes sprechen, sonst bekomme ich noch schlechte Laune und das möchte ich heute nicht." Er zuckte entschuldigend mit den Achseln.

Da Lauren dieses Gefühl gut kannte und selbst gerade erlebte, fragte sie nicht weiter nach.

Chris erzählte stattdessen von seinem Sohn, der in Miami lebte und sich zu seinem Bedauern nur selten meldete, als die leise italienische Hintergrundmusik auf einmal lauter gedreht wurde. Sofort erkannte Lauren die ersten Takte von *O Sole Mio*, dem neapolitanischen Volkslied schlechthin. Unwillkürlich suchte sie Pete mit ihrem Blick, denn das war immer *ihr* Lied gewesen, zu dem sie schon unzählige Male getanzt hatten. Und das schien auch jetzt Petes Plan zu sein: Er machte bereits Anstalten, hinter der Theke hervor und zu ihr herüber zu kommen. Mit schwingenden Armen und Hüften deutete er an, dass er tanzen wollte. „Auf die alten Zeiten!" rief er nun übermütig zu Lauren herüber.

Sie musste lachen, so verrückt kam ihr die Situation vor. Sie würde doch nicht während ihres Dates mit Chris mit einem anderen Mann – auch wenn es *nur* ihr Kumpel Pete war – in einem Restaurant tanzen und sich zum Affen machen! Dafür war bisher bei weitem zu wenig Ramazzotti geflossen!

Lauren schüttelte so energisch sie konnte ihren Kopf in Petes Richtung, während Chris anfing, leise zu lachen. Er hatte sofort verstanden, was vor sich ging und dass Lauren die Situation peinlich war.

„Lauren, du darfst Pete keinen Korb geben, sonst dürfen wir nie wieder hier essen! Los, steh schon auf!", trieb Chris sie grinsend an.

Wohl oder übel erhob Lauren sich vom Tisch und ging einen Schritt auf Pete zu, als plötzlich einer seiner Mitarbeiter mit hochrotem Kopf aus der Küche schoss und eindringlich auf Italienisch auf Pete einredete. Lauren verstand nur grob, dass es einen Notfall mit einem Topf angebrannter Tomatensuppe geben musste, als Pete entnervt schnaubte, entschuldigend zu Lauren blickte und mit den Lippen „*Scusa*!“ – „Entschuldige!“ – formte.

Kaum hatte er sich in Richtung Küche umgedreht, bemerkte Lauren schon Chris an ihrer Seite, der ihre Hand zum Tanz nahm. Während er begann, sanft mit ihr zur Melodie des Liedes zu schunkeln, sagte er leise: „Ich wollte dich nicht alleine stehen lassen, als dein Tanzpartner auf einmal weg war. Außerdem konnte ich mir die Gelegenheit auf einen Tanz mit dir nicht entgehen lassen.“ Verschmitzt lächelte Chris Lauren an, die steif von einem Fuß auf den anderen trat und nicht glauben konnte, was hier gerade passierte. Sie lag mitten in einem Restaurant in Chris‘ Armen, in dem niemand sonst tanzte. Alle Augen waren auf sie gerichtet und einige Gesichter kamen ihr sogar bekannt vor. Ihr war die ganze Situation hochnotpeinlich und ihr Gesicht brannte vor Scham.

Ihr Blick fiel auf Chris, der zu ihrem Erstaunen völlig entspannt wirkte und es offensichtlich genoss, sie in seinen Armen zu halten. Sein Lächeln erinnerte Lauren daran, wie es früher gewesen war, mit einem Mann zu tanzen – natürlich lange vor Mitch, denn der hatte nie gerne getanzt. Damals hatte sie sich jung und voller Energie und Hingabe gefühlt. Sie hatte das Tanzen immer geliebt, so konnte sie ihren Gefühlen Ausdruck verleihen. Die schmachtende italienische Musik floss durch ihre Ohren in ihren Körper und plötzlich spürte sie ein kleines, feines Kribbeln, das sie belebte. Es war wie Elektrizität, die eine Glühbirne zum Leuchten brachte.

Wie von allein wurden ihre Bewegungen langsam fließender und ihr Gesicht weniger angespannt. Nun musste auch Lauren lächeln. Innerlich warf sie alle Zurückhaltung über Bord und genoss die rhythmische Bewegung, deren Richtung Chris im Takt der Musik vorgab. Sie folgte ihm leichtfüßig, ließ sich drehen und schmiegte sich in seinen Arm. Sie hätte sogar die Augen schließen können, so blind vertraute sie Chris. Er führte sie mit sicherer Hand und gab ihr Raum, sich ganz der Musik und diesem Moment hinzugeben. Sie vergaß alles um sich herum, nahm weder die anderen Restaurantgäste wahr, noch scherte sie sich weiter um ihren Streit mit Alison.

Erst als das Lied langsam verklang, bemerkte sie, wie sehr sie sich hatte gehen lassen. Es war, als würde sie aus einer Art Trancezustand wieder in die Realität zurückkommen. Chris sah sie mit einem intensiven, faszinierten Blick an. Obwohl es ein langsamer Tanz gewesen war, schien er etwas außer Atem zu sein, wie Lauren mit einem Funken wohliger Genugtuung wahrnahm.

Die übrigen Leute im Restaurant inklusive Pete, der inzwischen wieder hinter der Theke stand, applaudierten. Auch sie mussten die magische Stimmung zwischen Lauren und Chris während des Tanzes bemerkt haben. Plötzlich verlegen, setzte sich Lauren nach einem kurzen Nicken in Richtung der anderen Gäste schnell wieder an den Tisch.

Auch Chris schien diesen intensiven Moment kurz verarbeiten zu müssen.

Schließlich ergriff er das Wort: „Ich wusste gar nicht, dass du so tanzen kannst. Das war toll!"

„Das Kompliment kann ich nur zurückgeben – du führst großartig. Wo hast du das gelernt?" Lauren war erleichtert, dass sie ein Gesprächsthema gefunden hatten, auch wenn dadurch die besondere Stimmung des Tanzes abrupt verflogen war.

„Sandra und ich waren früher oft tanzen... also, bevor wir uns auseinandergelebt und getrennt haben, versteht sich", fügte Chris noch schnell hinzu.

„Mitch hatte nie Lust, mit mir tanzen zu gehen. Wie schön, dass ihr dieses Hobby teilen konntet." Lauren kannte Chris' Ex-Frau nicht persönlich. Die beiden waren erst nach ihrem Umzug nach Boston zusammengekommen. „Wie kommt ihr heute nach eurer Trennung miteinander aus? Mitch und ich hatten nach unserer Scheidung nur über Anwälte Kontakt, wenn es um Kate ging. Er hat sich nicht darum bemüht, Zeit mit ihr zu verbringen. Anfangs kam noch ab und zu ein Geschenk zum Geburtstag oder zu Weihnachten, aber auch das hörte nach ein paar Jahren auf. Wie macht ihr das mit eurem Sohn?"

Als Lauren Chris ansah, wurde ihr klar, dass ihre Offenheit ihn überrumpelte. Vielleicht lag es auch an dem krassen Kontrast zwischen der intimen Stimmung beim Tanzen vor wenigen Minuten und dem jetzigen Gespräch über weitaus ernüchterndere Themen. „Oh, entschuldige", sagte sie daher schnell, „ich wollte dich nicht in Verlegenheit bringen. Wir müssen natürlich nicht darüber sprechen." Innerlich verdrehte Lauren die Augen, weil sie sich wie ein Elefant im Porzellanladen verhielt – und das nach dem magischen Tanz kurz zuvor.

In diesem Moment trat Pete mit zwei großen Tellern an

ihren Tisch und erlöste Lauren aus der unangenehmen Situation. „Bitte sehr, ihr Zwei, die Pasta a la casa mit Garnelen und Spinat." Er stellte die Teller ab und wandte sich an Lauren: „Es tut mir leid, *bella*, dass wir vorhin nicht tanzen konnten, aber wie ich gesehen habe, hast du würdigen Ersatz gefunden!" Er zwinkerte ihr zu und verschwand mit einem „*Buon appetito*!" wieder.

Chris, der sich in der Zwischenzeit gefangen hatte, sagte nun: „Du brauchst dich nicht zu entschuldigen, Lauren, wir sind beide erwachsen und haben eine Familie. Wieso sollten wir also nicht ganz normal darüber reden können? Sandra und ich kommen mehr oder weniger gut miteinander zurecht. Alles, was unseren Sohn Matthew betrifft, regeln wir gemeinsam und kommen dabei meist ohne Streit aus. Er ist mittlerweile auf dem College und wird bald 21. Wir hatten damals ein Sparkonto für ihn eingerichtet, das wir ihm zum 21. Geburtstag übergeben wollten. Nun denke ich, dass wir damit noch bis zu seinem College-Abschluss warten sollten. Sandra und ich haben deswegen endlose Diskussionen geführt, da sie anderer Meinung ist. Diese Auseinandersetzung beschäftigt mich schon Wochen und raubt mir noch den letzten Nerv! Das meinte ich übrigens vorhin mit *Streit in der Familie*, jetzt weißt du Bescheid."

„Es ist wirklich nicht so leicht, sich mit jemandem zu einigen, wenn es um die Kinder geht. Jeder meint, er wüsste, was das Beste für den Nachwuchs ist. Das kenne ich gut. Mitch und ich haben auch häufig solche Diskussionen geführt."

Lauren nickte nachdenklich, da sie seine Denkweise verstehen konnte. Gleichzeitig wurde ihr schmerzlich bewusst, dass die Romantik, die beim Tanzen aufgekommen war, direkt wieder im Keim erstickt wurde.

Was hatte Chris noch gesagt? Dieser Abend sollte ein

rein freundschaftliches Treffen werden? Nun, das war er schlagartig wieder geworden.

Ein wenig enttäuscht begann Lauren zu essen und mit Chris über ihre Kinder zu sprechen.

Rein freundschaftlich, das traf es wirklich gut.

9

Kate zog eine dünne Strickjacke über und suchte im Schuhschrank nach ihren Lederstiefeln, die sie zu ihrem blauen Kleid anziehen wollte. Leider quoll der Schrank über vor Sneakern, Stiefeletten und Aurelias Kinderschuhen, so dass es einen Moment dauerte, bis sie die Stiefel fand. Vermutlich hätte sie vor ein paar Tagen die Schuhe nicht einfach aus dem Umzugskarton in den Schrank werfen, sondern ein paar alte Paare aussortieren sollen. Als Kate schließlich in ihre Stiefel schlüpfte, betrat Lauren den Flur.

„Mom, da bist du ja! Was sagst du zu meinem Outfit?“, begrüßte Kate sie fröhlich und drehte sich einmal um ihre eigene Achse.

„Das Kleid steht dir sehr gut, blau war schon immer deine Farbe!“, meinte Lauren anerkennend. „Wer ist denn überhaupt der Glückspilz, mit dem du heute Abend ausgehst? Du hast noch gar nichts erzählt!“

„Ach, ich habe ihn kennen gelernt, als ich Aurelia in der Tanzschule angemeldet habe. Sein Name ist Fin, seiner Mutter gehört das Studio. Letzte Woche haben wir uns zufällig im Supermarkt wiedergesehen und dann hat er mich gefragt, ob wir nicht ausgehen wollen." Kate lächelte selig vor sich hin, während Lauren ziemlich überrascht wirkte.

„Du gehst mit Fin aus? Na, das ist ja ein Zufall!"

„Das klingt so, als würdest du ihn kennen", entgegnete Kate irritiert.

„Ja, tue ich auch. Jedenfalls von früher. Er ist *Alisons* Sohn." Laurens Worte sollten wohl beiläufig klingen, aber das Gegenteil war der Fall. Kate merkte sofort, dass mehr dahintersteckte.

„Mom, ich habe das Gefühl, du möchtest mir irgendetwas sagen, aber ich weiß nicht, was du meinst. Ist es ein Problem, dass ich mit dem Sohn deiner ehemaligen Freundin ausgehe?"

„Nein, nein, auf keinen Fall", beeilte Lauren sich zu sagen, „ich war nur überrascht, dass du dich ausgerechnet mit *dem* triffst." Sie betonte das Wort *dem* so abfällig, dass Kate zusammenzuckte. Diesen Tonfall kannte sie von Lauren überhaupt nicht.

„Was soll das denn heißen? Ich habe bis gerade eben nicht einmal gewusst, dass seine Mutter *deine* Alison ist. Wieso stört dich das?" Kates gute Laune ging gerade ziemlich schnell den Bach herunter, während Lauren mit sich zu ringen schien.

„Du weißt doch, wie das damals mit Alison war... Wir sind im Streit auseinander gegangen und sie war nicht gerade freundlich zu mir. Da dachte ich, du stündest auf meiner Seite..."

Kate verlor beinahe die Fassung. „Ist das dein Ernst, Mom? Willst du mir gerade ernsthaft unterstellen, dass ich nur zu diesem Date gehe, um dich zu ärgern? Sag mal, hörst du dir eigentlich selbst zu? Und genau genommen, weiß ich überhaupt nicht, wie das damals mit Alison war. Du hast es mir nie erzählt!" Sie stockte kurz, als sie sah, wie erschrocken ihre Mutter wirkte. Kate verstand nicht, was mit Lauren los war, ihr aus dem Nichts solche Vorwürfe zu machen. Mit Mühe unterdrückte sie ihre Wut und fuhr in gezwungen ruhigem Tonfall fort: „Ich habe das Gefühl, dass dich die Sache mit Alison mehr belastet, als du dir selbst eingestehen willst. Willst du vielleicht mit mir darüber reden?“

Tränen glänzten in Laurens Augen, als sie sich abwandte. „Es tut mir leid, ich kann nicht“, murmelte sie im Gehen und verschwand aus dem Flur.

Pünktlich traf Kate bei dem vietnamesischen Restaurant in Hartford ein, das Fin vorgeschlagen hatte und vor dem er bereits auf sie wartete. Er hatte sie abholen wollen, aber Kate war es lieber gewesen, dass sie sich dort trafen. Das war im Nachhinein wohl auch die bessere Idee gewesen – nicht auszudenken, was passiert wäre, wenn womöglich ihre Mutter auf Fin getroffen wäre. Laurens komisches Verhalten bestätigte leider Kates Befürchtungen: Ein Mann passte momentan nicht in ihr Leben und verkomplizierte alles. Auch wenn sie nicht damit gerechnet hatte, dass es ihre Mom sein würde, die die Komplikationen verursachte. Es war also gut, dass dies ihr einziges Treffen mit Fin bleiben würde.

Barry hatte ihr dennoch das Versprechen abgerungen, das Date zu genießen und Spaß zu haben. Und Kate musste zugeben, dass sie sich auf den Abend freute. Mit einem Lächeln stieg sie aus ihrem Auto.

„Guten Abend, Kate, du siehst toll aus!“ In Fins Stimme lag ehrliche Bewunderung, bei der Kate warm ums Herz wurde. Es machte Spaß, mit ihm zu scherzen und sich einen verbalen Schlagabtausch zu liefern, aber diese Begrüßung hatte eine gewisse Intimität, die neu für Kate war.

„Hallo, Fin, vielen Dank. Du siehst auch schick aus.“ Etwas Kreativeres viel ihr leider auf die Schnelle nicht ein.

Fin schien das nicht zu stören, denn er zog sie zu sich heran, um sie mit einem Wangenküsschen zu begrüßen. Was Kate sonst immer albern fand, fühlte sich mit Fin richtig gut an. Er umarmte sie dabei kurz, nicht zu distanziert, aber auch nicht zu fest, und die Stelle auf ihrer Wange, die seine Lippen kurz berührt hatten, prickelte. Außerdem roch er einfach fantastisch!

„Lass uns reingehen, hier draußen ist es ganz schön kalt“, sagte Fin und öffnete die Tür. Das Restaurant, in dem Kate noch nie zuvor gewesen war, war stilecht mit roten Lampions und goldenen Drachen dekoriert. Es wirkte gemütlich und ein köstlicher Duft schlug ihnen entgegen, als sie zu ihrem Tisch gebracht wurden.

„Ich habe einen Bärenhunger!“, stellte Kate fest und machte es sich auf ihrem Stuhl bequem. Ihr war nicht entgangen, dass Fin sie in ihrem eng anliegenden Kleid bewundernd angesehen hatte. Sie sonnte sich in diesem berauschenden Gefühl und kam sich attraktiv und begehrenswert vor.

Fin setzte sich ebenfalls und griff nach der Speisekarte, als sein Magen plötzlich so laut knurrte, dass auch Kate es hörte. Er legte mit schmerzverzerrtem Gesicht eine Hand auf seinen Bauch, während Kate unwillkürlich lachen musste. „Da bin ich offensichtlich nicht die einzige, die hungrig ist!“

Auch Fin musste lachen und erwiderte: „Entschuldige, aber ich habe seit dem Frühstück nichts Richtiges mehr zu Essen bekommen. Ich war den ganzen Tag unterwegs, um meinem Partner bei einem Projekt zu helfen und meine Geschäftsreise vorzubereiten.“ Er zuckte entschuldigend mit den Schultern.

„Oh, du Ärmster! Du scheinst ja ein vielbeschäftigter

Mann zu sein! Das klingt nach internationalem Big Business." Beeindruckt zog Kate die Augenbrauen hoch. Fin hatte im ersten Moment gar nicht wie ein Geschäftsmann auf sie gewirkt, aber offenbar hatte sie sich getäuscht.

Fin räusperte sich, allerdings klang es mehr nach einem unterdrückten Lachen. „Tatsächlich kümmert sich mein Partner Theo gerade um ein beachtliches Großprojekt von internationaler Bedeutung – jedenfalls empfindet unsere Kundin Mrs Gunderson es so. Dafür reise ich zwar nicht um die halbe Welt, wie du zu denken scheinst, sondern nur nach Wasco, California, aber immerhin."

Kate beschlich das Gefühl, dass Fin sie auf den Arm nahm. „In welcher Branche ist eure Firma denn tätig?", fragte sie gespannt.

Fin antwortete nicht sofort, da die Kellnerin an ihren Tisch trat und ihre Bestellung aufnahm. Als sie wieder verschwunden war, sah Fin Kate ernst an und drückte verschwörerisch ihre Hand. Mit gesenkter Stimme meinte er: „Kate, ich kann dir leider nicht sagen, was ich genau mache, dadurch wäre meine und die Sicherheit aller Beteiligten gefährdet." Fin hatte einen derart durchdringenden Blick aufgelegt, dass Kate nicht mehr wusste, ob er es ernst meinte oder scherzte.

Sie hielt vor lauter Spannung die Luft an und bekam kein Wort mehr raus – was vielleicht auch daran lag, dass Fin nach wie vor ihre Hand hielt und sie leicht streichelte.

„Oh, entschuldige, ich wusste nicht... ich wollte dir nicht zu nahe treten...", versuchte Kate, die Situation zu retten. Sie sah dabei vermutlich aus wie ein verschrecktes Reh.

Als Fin plötzlich anfing, laut zu lachen, fiel bei Kate der Groschen. Grinsend entzog sie ihm ihre Hand und knuffte ihn in den Arm. Der eingeschnappte Blick, den sie aufsetzen wollte, misslang ihr vor lauter Grinsen völlig. „Okay, ich hab's geschnallt. Hättest du mir so eine Vorlage gegeben wie ich dir, hätte ich sie auch verwandeln müssen!" Sie zwinkerte ihm zu, nicht im Mindesten beleidigt.

Fin beruhigte sich langsam und nahm wieder ihre Hand. „Ich finde es toll, dass du über dich selbst lachen kannst." Er sah sie unverwandt an und wieder war da diese Aufrichtigkeit und Ernsthaftigkeit wie bei ihrer Begrüßung vorhin. Es fiel Kate schwer, sich nicht von ihm in seinen Bann ziehen zu lassen, auch wenn sie sich innerlich dazu ermahnte, ihm zu widerstehen.

Kate lächelte ihn unbekümmert an. „Wieso auch nicht?! Das Leben ist zu kurz, um jedes Wort auf die Goldwaage zu legen. Aber jetzt bin ich natürlich umso neugieriger, was du wirklich machst, also raus mit der Sprache!"

„Es ist weit weniger aufregend, als du denkst: Ich bin Landschaftsarchitekt. Theo und ich haben seit einem Jahr unsere eigene Firma, wir kennen uns vom College. Und das Großprojekt von Mrs Gunderson ist die Umgestaltung des Gartens ihres Anwesens etwas außerhalb von Maybury. Vielleicht hast du es schon mal gesehen? Wenn man aus Maybury Richtung New Haven fährt, kommt man nach etwa acht Meilen an eine Kreuzung. Eine der Straßen führt zu Appletree Manor, dem Haus der Gundersons. Sie geben jedes Jahr im Frühjahr das Apfelblütenfest, daher kennen es viele Leute hier." Während Fin erzählt hatte, hatte die Servicekraft ihre Getränke gebracht.

„Natürlich kenne ich Appletree Manor! Ich fahre jeden Morgen an der Kreuzung vorbei und denke an das herrliche Herrenhaus. Da habt ihr aber wirklich eine große Aufgabe vor euch, der Garten ist eher ein Park, soweit ich weiß, oder? Aber inwiefern hat die Neugestaltung internationale Bedeutung? Oder war das auch nur ein Scherz?" Kate nahm einen Schluck von ihrem vietnamesischen Bier.

„Nicht ganz. Mrs Gunderson veranstaltet nächstes Jahr die Hochzeit ihrer Enkelin in Appletree Manor und deren

Zukünftiger kommt aus Großbritannien. Er stammt sogar aus einer alten Adelsfamilie! Und um dieses wichtige gesellschaftliche Event standesgemäß durchführen zu können, ist Mrs Gunderson überzeugt, dass es ohne neue Rosenbeete, einen Springbrunnen und besten englischen Rasen nicht geht. Die ganze Familie des Lords oder Dukes oder was auch immer sein Titel ist, wird nächstes Jahr hier aufschlagen, also kann man durchaus von internationaler Bedeutung sprechen, denke ich." Fin grinste. „Das klingt jetzt vielleicht, als würde ich mich über Mrs Gundersons Bemühungen lustig machen, aber tatsächlich ist es ein tolles Projekt, das Theo an Land gezogen hat. Der Park des Anwesens ist großartig, wir werden insgesamt nur wenige Veränderungen vornehmen. Außerdem möchte Mrs Gunderson nur die besten Pflanzen und Materialien verwenden, Geld spielt keine Rolle. Daher auch die Geschäftsreise: Ich fahre in einer Woche zu einem der besten Rosenzüchter, um die schönsten Pflanzen für den Garten auszuwählen. Es ist vermutlich für Außenstehende schwer zu verstehen, aber für mich wird ein lang gehegter Traum wahr!"

Fins Augen leuchteten, wie Kate fasziniert feststellte. Sie liebte es, wenn Menschen sich wirklich für die Dinge, die sie taten, begeisterten und ihnen mit Leidenschaft nachgingen. Und genau das schien Fin zu tun. Daher entgegnete sie: „Ich verstehe zu einhundert Prozent, was du meinst! Mir geht es bei meiner Doktorarbeit genauso. Als ich das erste Mal in Rom war und das Kolosseum mit eigenen Augen sehen durfte, über das Forum Romanum geschlendert bin und mir die Kostbarkeiten in den Vatikanischen Museen angesehen habe, war ich auch im siebten Himmel!" Vor Begeisterung bekam sie ganz rote Wangen.

„Das glaube ich dir aufs Wort, so wie du strahlst! Wie kommt es, dass du dich so für antike Bauwerke und archäologische Artefakte begeisterst?"

„Ach, das ist gar nicht so aufregend. Ich hatte Latein in der High School und es hat mir immer gut gefallen und dann habe ich auf dem College ein, zwei Geschichtskurse besucht. Da war es ziemlich schnell klar, in welche Richtung es gehen sollte. Ich habe gerade wieder angefangen, an meiner Doktorarbeit zu schreiben. Wegen Aurelia hatte ich jetzt drei Jahre Pause... Es ist gar nicht so einfach, wieder reinzukommen. Aber ich liebe Yale – da studiere ich, deswegen fahre ich auch immer an Appletree Manor vorbei – und ich bin glücklich, dass mich Professor Donovan so unterstützt...“ Kate merkte, dass sie ins Plappern kam und dass Fin vermutlich mit einigen ihrer Informationen nichts anfangen konnte. „Entschuldige, ich rede wirres Zeug. Es ist immer noch ungewohnt für mich, dass du meine ungewöhnlichen Interessen nicht abschreckend findest“, resümierte Kate und war froh darüber, dass in diesem Moment ihre Gerichte gebracht wurden. Ihre Pho duftete köstlich und Fins Sommerrollen sahen ebenfalls lecker aus.

„Da brauchst du dir wirklich keine Sorgen zu machen! Du bist bei weitem nicht die Einzige, die besondere Interessen hat. Du erinnerst dich doch an meine Schwester, die Anthropologin?“, fragte Fin, während er die erste Sommerrolle in die Hand nahm. Mit einem kurzen “Guten Appetit!” biss er herzhaft hinein.

Kate nahm den ersten Löffel Suppe und nickte als Antwort auf Fins Frage.

„Bevor Pippa eine Stelle bei der American Anthropological Association in Virginia angenommen hat, ist sie oft monatelang durch die Dschungel dieser Welt gereist und hat mit indigenen Völkern gelebt. Und meiner Mom gehört das Tanzstudio, wie du weißt, aber in ihrer Freizeit betätigt sie sich gerne als Umwelt- und Tierschutzaktivistin.” Fin biss ein weiteres Mal ab und kaute genüsslich, bevor er fortfuhr: “Ich weiß noch ganz genau, wie sie vor fünfzehn

Jahren beschlossen hat, dass wir ab sofort vegetarisch leben sollten. Pippa und ich haben uns erst geweigert, woraufhin sie uns zu einem kleinen Schlachthof schleppte. Als wir dort zusehen mussten, wie Schweine und Kühe angeliefert wurden, deren letztes Stündlein geschlagen hatte, änderten wir unsere Einstellung. Mom war der Meinung, dass jeder, der Fleisch essen wollte, wenigstens einmal gesehen haben musste, wie die Tiere ihr Leben ließen. Hart, aber konsequent, wenn du mich fragst. Seitdem habe ich kein Stück Fleisch mehr gegessen", schloss Fin und schien einen Moment seinen Gedanken nachzuhängen.

„Wow, das nenne ich mal Überzeugungsarbeit auf der ganzen Linie", stimmte Kate zu. „Vielleicht sollte ich meinen Fleischkonsum auch überdenken..."

„Das muss jeder selbst wissen. Ich wollte hier nicht als Missionar auftreten. Entschuldige, falls es so rübergekommen ist", entgegnete Fin und fischte eine Glasnudel von seinem Teller, die aus der Sommerrolle gefallen war.

„Nein, nein, keine Sorge, so habe ich es nicht verstanden." Kate lächelte Fin an, bevor sie fortfuhr: „Wusstest du übrigens, dass die Gladiatoren im alten Rom wohl hauptsächlich vegan gelebt haben? Diese Hochleistungssportler, wie man heute sagen würde, haben kaum tierische Nahrung zu sich genommen und waren trotzdem – oder gerade deswegen – so kräftig und leistungsfähig."

Fin lachte auf. „Das muss ich meiner Mom erzählen, das wird sie großartig finden. Wasser auf ihren Mühlen!"

Kate konnte nicht anders, als Fin sympathisch und witzig zu finden. Immer wenn er lachte, bildeten sich kleine Grübchen auf seinen Wangen und der Schalk blitzte in seinen Augen. Bevor sie noch mehr ins Schwärmen geriet, ermahnte sie sich selbst, dass dieses Treffen eine einmalige Angelegenheit bleiben würde.

Sie konnte Barrys lautes und ungläubiges Schnauben förmlich hören.

Nun war es Kate, die Fins Hand in ihre nahm: „Danke, dass du so eine außergewöhnliche Familie hast, die mir – ohne, dass ich sie kenne – das Gefühl gibt, kein verrückter Nerd zu sein!"

Fin erwiderte Kates Lächeln offen und drückte ihre Hand kurz. Dann kehrte das beinahe aufmüpfige Grinsen auf sein Gesicht zurück, das Kate schon so gut kannte: „Na, ich hoffe doch, dass ich das auch ohne meine Familie geschafft hätte! Schließlich bin ich auch außergewöhnlich, wenn du weißt, was ich meine!" Er lehnte sich entspannt lächelnd auf seinem Stuhl zurück, verschränkte die Hände im Nacken und wirkte mit sich und der Welt im Reinen.

Kate schnaubte gespielt abfällig. „Dass du einiges von dir hältst, das habe ich schon bemerkt! Ich bin gespannt, wann deinen Reden Taten folgen werden."

Fin ging natürlich sofort auf die Kabbelei ein: „Was willst du denn für Taten von mir sehen, Kate? Wenn ich mich richtig erinnere, hast du mich zum Beispiel schon tanzen sehen, ich dich noch nie. Also bin ich es wohl, der an der Reihe ist, Taten einzufordern, oder?" Spitzbübisch sah er sie an.

Das konnte Kate natürlich nicht auf sich sitzen lassen und ohne länger darüber nachzudenken, schlug sie vor: „Okay, na gut, wenn du so scharf darauf bist, mich tanzen zu sehen, dann lass uns doch tanzen gehen. Aber nicht einfach in irgendeinem Club, sondern mit etwas mehr Stil! In der Tanzschule deiner Mutter findet doch einmal im Monat der Tanztee statt, da gehen wir gemeinsam hin."

Barrys Stimme in Kates Kopf stieß einen triumphierenden Jubelschrei aus, gefolgt von einem zuckersüßen *„Ich hab's dir doch gesagt!"*

„Du weißt aber schon, dass das eine Veranstaltung für Senioren ist, oder?“, meinte Fin belustigt.

„Natürlich weiß ich das. Ich hätte nicht gedacht, dass du dich dadurch verunsichern lässt. Kneifst du etwa, Fin?“

„Auf gar keinen Fall! Um mit dir zu tanzen, nehme ich sogar diese Rentnerveranstaltung in Kauf. Mr Lowell macht zwar immer anzügliche Kommentare, wenn mal eine Frau unter fünfundsechzig dort auftaucht, und letztens ist Mrs Bergstein nach einem flotten Jive ohnmächtig geworden, aber das hält mich nicht ab.“

„Klingt so, als würde einem da viel mehr geboten werden, als ich dachte!“ Kate lachte. „Es ist also abgemacht, wir gehen zum Tanztee!“

Und so hatte Kate, ohne es zu wollen (*Naja, vielleicht nicht ganz ohne es zu wollen*, sagte jemand in ihrem Kopf) Fin auf ein nächstes Date eingeladen.

Nur langsam dämmerte ihr, was gerade eigentlich passiert war, während die imaginäre Barry bedauerte, dass es noch drei Wochen bis zum nächsten Tanztee waren.

10

Lauren hatte Auri bereits ins Bett gebracht, als Kate nach einem langen Uni-Tag nach Hause kam. Barry hatte Kate natürlich zu dem Date mit Fin ausgequetscht und war völlig aus dem Häuschen, dass es ein weiteres Treffen geben würde. Sie hatte sich so gefreut, dass Kate es nicht übers Herz gebracht hatte, ihrer Freundin zu sagen, dass sie es wieder absagen würde.

Kate fand ihre Mutter in der Küche, wo sie die Überreste des Abendessens beseitigte und gerade mit dem Abwasch beginnen wollte. Kate schnappte sich ein Geschirrtuch und half ihrer Mom. Seit ihrer Auseinandersetzung wegen Fin vor zwei Tagen hatten sie nicht mehr richtig miteinander gesprochen.

Nachdem sie zuerst schweigend nebeneinander am Spülbecken gestanden hatten, fragte Lauren vorsichtig: „Wie war denn eigentlich dein Date? Ich hoffe, ich habe dir nicht die Stimmung vermiest?“ Sie drehte sich ganz zu Kate um. „Es tut mir leid, dass ich mich so unmöglich verhalten habe. Ich habe Fin zu Unrecht schlecht gemacht und euch beide in etwas hineingezogen, mit dem ihr nichts zu tun habt. Wie dumm von mir!“

Kate grinste ihre Mom schief an: „Mach dir keine Sorgen, Mom, ist schon okay. Es ist auch nicht so wichtig, denn vorgestern Abend war sowohl unser erstes als auch unser letztes Treffen. Er ist zwar ein wirklich sympathischer und interessanter Mann und wir haben viel Spaß zusammen, aber ich will mich momentan ganz dir und Auri und der Uni widmen. Für mehr habe ich keine Zeit. Außerdem machen Männer alles komplizierter als es eh schon ist – wie wir an unserem Streit gesehen haben."

„Jetzt tut mir doppelt leid, was ich gesagt habe! Lass mich eines klarstellen: Du hast es mehr als verdient, einen tollen Mann kennenzulernen, zu flirten und dich zu verlieben. Mein Gerede war unbedacht und egoistisch. Ich werde dich niemals davon abhalten, eine neue Liebe zu finden! Also, falls du doch darüber nachdenken solltest, ihn erneut zu treffen, musst du wissen, dass deine Familie möchte, dass du glücklich wirst." Lauren nahm ihre Tochter in den Arm.

„Danke, Mom, es ist lieb, dass du das sagst. Ich werde es mir überlegen... Der Abend mit ihm war wirklich schön!" Kate lächelte bei der Erinnerung und drückte ihre Mutter kurz, bevor sie sich aus der Umarmung löste. Eigentlich wollte Kate Lauren nach Alison fragen, aber jetzt, wo sie sich gerade wieder vertragen hatten, sollte es nicht gleich zum nächsten Streit kommen. Daher entschied Kate sich für ein unverfänglicheres Thema: „Und wie geht's dir, Mom? Du siehst geschafft aus – war heute viel los?"

Lauren lächelte müde: „Ja, es war wirklich ein langer Tag. Im Buchladen war heute einiges zu tun. Wir sind dort jetzt die offizielle Vorverkaufsstelle für die Thanksgiving-Aufführung der Tanzschule. Die Leute rennen uns die Bude ein, um Tickets für *Dancegiving*, wie Alison die Show genannt hat, zu kaufen. Und als ich Auri nach dem Kindergarten abgeholt und ihr davon erzählt habe, war sie ganz aufgeregt, schließlich tritt sie mit ihrer Gruppe auch auf.

Also wollte sie in den Buchladen gehen und Werbung für die Show machen, damit möglichst viele Zuschauer kommen. Sie hat wirklich jeden dort angesprochen und ihnen gesagt, dass sie unbedingt kommen müssen, wenn sie nicht die Show des Jahres verpassen wollen." Lauren grinste bei dem Gedanken an ihre kleine Enkelin, die heute Nachmittag sehr überzeugend und hartnäckig gewesen war. So mancher war mit ein paar Tickets aus dem Buchladen spaziert und hat sich nachher vermutlich kopfschüttelnd gefragt, wie er eigentlich dazu gekommen war.

Kate lachte, denn sie konnte sich lebhaft vorstellen, wie Auri die Werbetrommel gerührt hat. „Unserer Kleinen kann man eben nichts abschlagen. Vermutlich kommen dieses Jahr so viele Zuschauer wie noch nie!"

„Das ist gut möglich. Und falls es mit Auris Tanzkarriere nichts wird, kann sie immer noch Verkäuferin werden." Lauren spülte einen weiteren Teller ab und reichte ihn Kate zum Abtrocknen.

„Das Talent dazu hat sie von ihrer Granny, würde ich sagen. Schließlich verkaufst du ja auch sehr überzeugend Bücher."

„Das ist auch einfach", erwiderte Lauren, „ich liebe Bücher einfach! Es gibt nichts Besseres, als einen verregneten Tag gemütlich mit einem dicken Historienschinken im Lesesessel zu verbringen. Oder einen Tag am Strand mit einem sommerlichen Liebesroman. Oder einen langweiligen Tag, an dem man nichts mit sich anzufangen weiß, mit einem spannenden Thriller. Oder wenn man mal nicht weiter weiß, eine inspirierende Biografie oder sogar einen Ratgeber zu lesen. Es gibt für jede Lebenslage ein passendes Buch. Ein Buch ist wie ein Freund, den man in der Tasche trägt." Lauren geriet richtig ins Schwärmen.

„Heißt es nicht eigentlich ‚*Ein Buch ist wie ein Garten, den man in der Tasche trägt*'?", fragte Kate.

„Kann sein. Aber macht ja nichts, es kommt ja schließlich in etwa auf das Gleiche hinaus."

„Wo wir gerade bei Freunden sind…", setzte Kate an und Lauren erstarrte unwillkürlich, weil sie dachte, Kate wollte mit ihr über Alison sprechen. Als sie das bemerkte, ärgerte sie sich über sich selbst, denn sie hatte sich fest vorgenommen, sich nicht mehr so aus dem Konzept bringen zu lassen.

„…Wie war eigentlich dein *freundschaftliches Treffen* mit Chris am Sonntag? Wir sind noch gar nicht dazu gekommen, darüber zu sprechen", vollendete Kate ihren Satz.

Lauren atmete erleichtert auf, bemerkte aber mit Missfallen, dass ihre Reaktion ihre Erkenntnis beim Treffen mit Chris noch mal bestätigte: Ihre Gedanken kreisten wirklich pausenlos um ihre ehemalige beste Freundin. Wie verrückt! Das musste wirklich bald ein Ende haben.

„Es war ganz nett, wir haben gut gegessen. Und ich habe natürlich Pete wieder getroffen, er hat sich kaum verändert und sich gefreut, mich zu sehen. Und dann ist noch etwas Verrücktes passiert: Chris und ich haben im Restaurant getanzt."

„Was? Wie kam das denn zustande?"

Lauren erklärte Kate die Umstände und errötete leicht, als sie von Chris' Tanzkünsten schwärmte.

Kate grinste wissend und stellte fest: „Also, für mich klingt das keinesfalls nach einem rein freundschaftlichen Treffen, Mom. Bist du dir sicher, dass es nicht doch ein Date war? Ich habe mitbekommen, wie bewundernd er dich angesehen hat, als er dich abgeholt hat, das war meiner Meinung nach ziemlich eindeutig."

„Tatsächlich habe ich das auch gedacht, aber es war ganz komisch: Nach diesem Tanz wusste keiner von uns so richtig mit dieser Situation umzugehen und dann haben wir nur noch über unsere Familien und die Kinder und Ehestreit und sowas gesprochen. Von Romantik keine Spur.

Nicht, dass ich das erwartet oder unbedingt gewollt hätte, aber... komisch war es dann irgendwie doch. Ich habe mich gefühlt wie... wie kalt geduscht... oder, nein, eher wie ein Ei, das gerade im kochenden Wasser lag und dann plötzlich kalt abgeschreckt wird."

Kate kicherte. „Was für ein Vergleich! Aber so hätte ich mich an deiner Stelle bestimmt auch gefühlt. Habt ihr denn ein weiteres Treffen verabredet? Willst du ihn überhaupt wiedersehen?"

Lauren wirkte nachdenklich, als sie antwortete: „Hmm... Ich würde ihn schon gerne wiedertreffen, aber ich weiß momentan überhaupt nicht, was ich von der ganzen Sache halten soll. War das nur freundschaftlich oder doch mehr? Was will er? Was will ich? So viele Fragen. Wir haben nichts ausgemacht, schließlich war es ja offiziell ein freundschaftliches Treffen. Wir haben am Ende beide gesagt ‚*Man sieht sich sowieso in der Stadt*' und das war's fürs Erste. Ich weiß immer noch nicht, ob ich enttäuscht oder erleichtert sein soll."

„Ich habe das Gefühl, dass du ein bisschen enttäuscht bist. Und wieso auch nicht? Ein bisschen Romantik auf deine alten Tage wäre doch schön?!" Frech zwinkerte Kate ihrer Mutter zu, die daraufhin androhte, den Spülschwamm nach ihr zu werfen.

„'*Auf meine alten Tage*'!? Was soll das denn heißen?! Ich glaube, mein Schwein pfeift!"

Kate lachte übermütig, während Lauren sich ihr Lachen erfolglos zu verkneifen versuchte. „Das hast du früher schon immer gesagt! Als Kind habe ich mir dann ein fröhlich pfeifendes Schwein vorgestellt, das fand ich immer lustig." Kate fing an, abwechselnd zu pfeifen und zu quieken wie ein Schwein, so dass auch Lauren in Gelächter ausbrach.

. . .

Nach dem Abwasch ging Kate erledigt von dem langen Tag ins Bett. Obwohl Lauren ebenfalls müde war, hielt eine innere Unruhe sie wach. Seit sie vorhin im Gespräch mit ihrer Tochter wieder an ihre Erkenntnis bezüglich Alison erinnert worden war, konnte sie nur noch an eins denken: Das Fotoalbum, das sie in einem der Küchenschränke versteckt hatte. Lauren holte es hervor und setzte sich damit an den Küchentisch.

Neugierig schlug sie das mit *Freunde für immer* betitelte Buch auf und sah als erstes ein Bild von sich und Alison aus ihrer Kindheit. Sie waren gemeinsam in Hartford aufgewachsen, kannten sich aus dem Kindergarten und waren dann zusammen in die Schule gegangen. Auf diesem ersten Foto, das auf einem wild gemusterten Papier aufgeklebt und mit zahlreichen Stickern verziert worden war, sah man die beiden jungen Mädchen in T-Shirts und kurzen Hosen auf einem Steg sitzen. Ihre Beine baumelten herunter und die Füße spritzten Wasser auf. Sie lachten übermütig, ihre Haut war sonnengebräunt und die Knie schmutzig vom Draußenspielen.

Lauren erinnerte sich genau an den Tag, an dem dieses Bild aufgenommen worden war: Es war mitten in den Sommerferien vor dem dritten Schuljahr gewesen und es hatte wochenlang das tollste Wetter gegeben. Alison und sie hatten jeden Tag bis zum Anbruch der Dunkelheit draußen gespielt und die absolute Freiheit genossen, die man wohl nur als Kind erlebt. Es war eine der schönsten Kindheitserinnerungen, die Lauren hatte.

Sanft strich sie über das Foto und musste lächeln, wenn sie an all den Unsinn dachte, zu dem Alison sie angestiftet hatte. An einem Tag in besagtem Sommer hatten sie zum Beispiel alle reifen Kirschen vom Baum ihrer Nachbarin, Mrs Bergstein, gepflückt und aufgefuttert. Das hatte ihnen nicht nur Bauchweh, sondern auch großen Ärger beschert, weil sich die alte Dame natürlich bei ihren Eltern beschwert hatte. Trotzdem war es ein unvergesslich schöner, ausgelassener Tag gewesen.

Vorsichtig blätterte Lauren weiter durch die Seiten und war erstaunt über Alisons Bastelfähigkeiten. Sie hatte wirklich jede Seite aufwändig mit buntem Papier, Glitzerfarbe, Aufklebern, Pailletten und sogar Federn gestaltet. Das Ganze war sicherlich Geschmackssache – Lauren war das alles viel zu üppig –, aber man sah eindeutig, dass Alison viel Zeit und Liebe für die Gestaltung aufgewandt hatte. Jedes Foto war außerdem mit einem Titel und dem Datum versehen worden und nicht selten hatte Alison Kommentare, Sprüche oder sogar Worte aus ihrer alten Geheimsprache eingefügt.

Lauren staunte nicht schlecht über die zahlreichen Bilder aus ihrer Schulzeit. Das Album war wie die Chronik ihrer Freundschaft. Kein Geburtstag, Schulausflug, Urlaub oder besonderes Ereignis fehlte. Einige Bilder zeigten Lauren und Alison bei Tanzaufführungen, ihrem liebsten Hobby.

Lauren wurde ganz warm ums Herz, als sie die ganzen Bilder mit den schönsten Erinnerungen betrachtete. Beinahe schämte sie sich für ihren Ausbruch Alison gegenüber und der Gedanke, dass es eine andere Version ihrer beider Geschichte geben könnte, erschien ihr nicht mehr so abwegig wie noch vor ein paar Tagen.

Besonders *schön* waren auch die Bilder von ihrem High-School-Abschluss, als sie beide Schulterpolster und Dauerwelle getragen hatten – die 80er Jahre ließen grüßen. Lauren musste beinahe laut loslachen bei dem Anblick ihrer wilden Föhnfrisur, die ihr überhaupt nicht gestanden hatte, aber damals total hip gewesen war. Sie war mittlerweile bei den Bildern ihrer Collegezeit in New York angelangt und obwohl Alison und sie immer noch fröhlich in die

Kamera grinsten, wurde Lauren langsam etwas mulmig zumute. Jedes einzelne Bild ließ sie nun daran denken, wie ihr Verhältnis immer schwieriger geworden war. Wie hatte das nur alles angefangen?

Lauren erinnerte sich daran, wie sie sich oft auf dem College gefühlt hatte. Damals hatten Alison und sie in einer winzigen Wohnung in Brooklyn gelebt, das zu der Zeit noch nicht so angesagt wie heute gewesen war. Lauren hatte sich in der riesigen Stadt oft verloren gefühlt, ganz im Gegenteil zu Alison, der keine Stadt zu groß, keine Party zu ausschweifend und kein Abenteuer zu verrückt hatte sein können.

Lauren hatte Alison immer ein bisschen um ihre Leichtigkeit, ihre Unbeschwertheit, ihre Fähigkeit, ganz einfach mit Leuten ins Gespräch zu kommen und Freunde zu finden, beneidet. Auf jeder Party, auf die Lauren Alison begleitet hatte, war Alison der strahlende Mittelpunkt gewesen, während Lauren eher am Rand gestanden und zugesehen hatte. Es war nicht so, dass Alison sie ausgeschlossen hätte, ganz im Gegenteil, aber Lauren hatte sich nie so wohl im Scheinwerferlicht gefühlt wie Alison. Trotzdem hatten sie beide viel Spaß gehabt, denn spätestens nach ein, zwei Bier war auch Lauren nicht mehr von der Tanzfläche herunterzubekommen. Sie hatte nur nicht so viel geflirtet und Kontakt zu anderen gesucht wie ihre Freundin.

Auf einer dieser Partys ihrer Fakultät – Alison hatte mehr oder weniger Wirtschaft studiert, während Lauren sich der Kunstgeschichte gewidmet hatte –, hatte Alison Lauren ihren Kommilitonen Mitchell vorgestellt. Hier im Fotoalbum gab es tatsächlich ein Bild von dem Abend, an dem sie sich kennen gelernt hatten. Lauren war sofort in den gut aussehenden, charmanten Wirtschaftsstudenten verknallt gewesen und hatte es genossen, dass sich endlich mal ein Typ für sie und nicht für Alison interessierte. An dieses Gefühl konnte sie sich auch heute, über 30 Jahre später, gut erinnern.

Mitchell und Lauren waren schnell ein Paar geworden, auch wenn Alison immer wieder Andeutungen gemacht hatte, dass sie Mitch nicht gut leiden konnte und ob Lauren es sich nicht noch einmal anders überlegen wollte. Lauren, die natürlich bis über beide Ohren verliebt gewesen war, wollte nicht auf ihre Freundin hören und schob es auf deren Eifersucht. Wenn sie so darüber nachdachte, war das vermutlich der Anfang vom Ende ihrer Freundschaft gewesen, auch wenn es bis dahin noch ein paar Jahre gedauert hatte. Vorher waren sie sich nie uneinig gewesen und so etwas wie Neid oder Eifersucht hatte es nicht gegeben.

Lauren blätterte nachdenklich weiter und wunderte sich, dass sie sich ganz anders an diese erste Zeit mit Mitch erinnerte, als es die Fotos nun zeigten. Sie hatte ihn damals vergöttert und alles durch die rosarote Brille gesehen, aber auf den Bildern kam ihr Ex-Mann nicht gut weg. Auf dieser Aufnahme zum Beispiel himmelte Lauren Mitch an, während er einer anderen Frau auf den Hintern starrte. Oder auf dieser anderen, auf der Lauren ihm ein Küsschen auf die Wange gab und er ein gezwungenes Lächeln zur Schau trug. Als sie die Bilder damals gesehen hatte, hatte sie gedacht, Mitch hätte einfach Spaß gemacht, aber jetzt wusste sie es besser. Wie hatte ihre Erinnerung sie nur so trügen können?!

Erst jetzt, als sie die Fotos betrachtete, fiel Lauren auf, dass Alison in Bezug auf Mitch von Anfang an Recht gehabt hatte – er war schon immer ein Idiot gewesen. Oder wie ließen sich diese Bilder sonst erklären? Deutlicher hätte man das Verhältnis zwischen ihnen beiden nicht darstellen können. Wer auch immer das fotografiert hatte, hatte unbewusst den *perfekten* Moment getroffen. War vielleicht doch etwas an Alisons Worten, dass es eine andere Version ihrer

Geschichte geben könnte, dran? Mit jedem Bild, das Lauren aus ihrer Collegezeit sah, wurde das wahrscheinlicher und sie kam sich immer dämlicher vor. Vielleicht hatte sie ihrer besten Freundin doch unrecht getan und sollte sich bei ihr entschuldigen?

Diese Erkenntnis hatte sich langsam in Laurens Bewusstsein geschlichen und verdrängte nach und nach ihre Vorbehalte und ihre Wut gegenüber Alison. Endlich wusste Lauren, wie sie sich gegenüber ihrer Freundin verhalten sollte: Sie würde zu Alison gehen und mit ihr über alles sprechen. Vielleicht bestand dann noch Hoffnung für ihre alte Freundschaft, die schon viel zu lange wegen eines Idioten namens Mitchell auf Eis gelegen hatte!

Als Lauren das Fotoalbum schloss und beiseite legen wollte, rutschte ein loses Bild zwischen den Seiten hervor. Sie nahm es in die Hand und betrachtete es. Mit einem kleinen Lächeln stellte Lauren fest, dass es sich um ein weiteres Partyfoto ihrer Collegezeit handelte, das sie allerdings noch nie zuvor gesehen hatte. Sie konnte sich nicht mal mehr genau an die Fete erinnern, bei der es entstanden sein musste.

Lauren erkannte sich selbst mit ihrem Kommilitonen Aaron darauf, während sie einen Schnaps tranken. So langsam kam die Erinnerung wieder: Das musste Aarons Geburtstagsparty gewesen sein, bei der Lauren entgegen aller Gewohnheit viel zu viel getrunken hatte und fürchterlich abgestürzt war. Sie hatte sich sogar übergeben müssen, als Mitch und Alison sie nach Hause eskortiert hatten. Auch jetzt noch, Jahre später, war Lauren das wahnsinnig unangenehm. Vor allem, weil sie damals Mitch mit ihrer (offensichtlich nicht vorhandenen) Trinkfestigkeit hatte beeindrucken wollen.

Lauren wollte das Bild gerade zur Seite legen und endlich zu Alison rüber gehen, als sie etwas Ungeheuerliches darauf entdeckte. Ihr Atem stockte und ihre Augen weiteten sich schockiert, als ihr nach und nach bewusst wurde, was sie da sah und was es bedeutete. Was zum Teufel sollte das? Hatte Alison völlig den Verstand verloren? Alle Gedanken an ein klärendes, versöhnliches Gespräch waren sofort vergessen.

Heiße Wut schoss in Laurens Körper und ohne weiter darüber nachzudenken, sprang sie auf und marschierte mit dem Foto in der Hand aus der Küchentür.

Es kümmerte Lauren nicht, dass es schon nach elf Uhr abends war, als sie mit der Faust gegen Alisons Haustür hämmerte. Ungeduldig wartete sie auf eine Reaktion ihrer ehemaligen Freundin, in deren Haus kein Licht mehr brannte. Schließlich wurde eine Lampe im Flur eingeschaltet und Alison öffnete die Tür. Ihr wallendes Nachthemd und ihre schläfrigen Augen ließen darauf schließen, dass sie bereits im Bett gelegen hatte. Ein erstaunter Ausdruck huschte über ihr Gesicht, als sie Lauren erkannte, die bebend vor Zorn vor ihr stand.

„Ah, da bist du ja, meine *liebe, unschuldige* Alison!“ Voller Sarkasmus spie Lauren die Worte aus. „Tust so, als ob dir irgendetwas an unserer Freundschaft liegt, dabei willst du mir nur wieder hinten rum eine reinwürgen!“

Alison, die schlagartig wach geworden war, blickte Lauren völlig überrascht und entgeistert an. „Was ist denn in dich gefahren? Ich habe keine Ahnung, wovon du sprichst!“

Lauren riss das Foto in die Höhe und drückte es beinahe in Alisons Gesicht. „Was zur Hölle hat es damit auf sich?! Das hast du doch mit Absicht in dieses lächerliche Fotoalbum getan!“

Alison wich einen Schritt zurück, damit sie das Bild

richtig erkennen konnte. Plötzlich wurde sie ganz bleich um die Nase und sah Lauren verunsichert an, die daraufhin nur noch wütender wurde.

„Los, jetzt sag schon! Wolltest du es mir noch mal richtig schön unter die Nase reiben, dass Mitch ein Arschloch ist? Danke, darauf bin ich in der Zwischenzeit schon selbst gekommen!"

Alison fand endlich ihre Sprache wieder und erwiderte zögerlich: „Ich denke, das sollten wir nicht hier draußen in der Kälte besprechen. Komm rein!" Sie drehte sich um und ging ins Haus hinein. Lauren stapfte ihr wutentbrannt hinterher, bis sie sich im Wohnzimmer Alison gegenüber wiederfand.

„Lauren, es tut mir leid, dass du dieses Bild gefunden hast. Ich habe es wirklich nicht mit Absicht in das Fotoalbum getan. Es muss zwischen die anderen Bilder gerutscht sein – ein Versehen. Bitte glaube mir!" Alison rang verzweifelt die Hände, während Lauren abfällig schnaubte.

„So ein Quatsch! Du warst doch schon immer eifersüchtig, dass ich Mitch abbekommen hatte und du ausnahmsweise mal nicht im Mittelpunkt standest! Und mit diesem Bild willst du es mir heimzahlen!"

Alison, die bis gerade eben noch verhältnismäßig ruhig gewirkt hatte, trat einen Schritt auf Lauren zu und riss ihr das Foto aus der Hand. In ihren Augen blitzte nun ebenfalls Zorn auf, was so gut wie nie vorkam.

„Ich habe mir ja schon einiges von dir in den letzten Tagen angehört und es stoisch ertragen. Aber was zu viel ist, ist zu viel! Ich werde mir bestimmt nicht von dir vorwerfen lassen, dass ich eifersüchtig wegen dieses Idioten gewesen sein soll! Du verstehst wirklich gar nichts, Lauren!" Sie stieß mit ihrem Zeigefinger auf das Bild in ihrer Hand. „Sieh doch mal genau hin: Während du und Aaron einen Shot nach dem nächsten in euch reingekippt habt, was sowieso schon völlig bescheuert war, hatte Mitch nichts anderes zu tun, als Paula anzumachen! Er wollte sie küssen, obwohl er mit dir zusammen war! Auf so einen miesen Typen war ich sicherlich nicht eifersüchtig!“

Alison atmete schwer vor Aufregung und fixierte Lauren mit einem herausfordernden Blick, den diese nicht minder zornig erwiderte.

„Du hast also die ganze Zeit gewusst, dass Mitch mich betrügen wollte und hast kein Wort gesagt!?“ Lauren grinste höhnisch und schüttelte ungläubig den Kopf. „Wie schön, dann kann ich dir ja jetzt doch glauben, dass du das Bild nicht absichtlich ins Album getan hast, sondern zu deinem Vorteil verschwinden lassen wolltest.“

„Das stimmt doch vorne und hinten nicht! Du warst diejenige, die nicht auf mich hören wollte! Ich habe dir immer wieder gesagt, dass er nicht gut für dich ist. Aber jetzt weiß ich immerhin, warum du mir nicht geglaubt hast! Du hast lieber deine beste Freundin für eifersüchtig gehalten, als der Wahrheit über Mitchell ins Auge zu blicken. Was für eine Glanzleistung, bravo, Lauren!“

„Du brauchst überhaupt nicht zynisch zu werden! So weit ich mich erinnere, hast du dir nicht sonderlich viel Mühe gegeben, mich zu überzeugen!“, entgegnete Lauren scharf.

„Dann trügt dich deine Erinnerung mehr, als ich je für möglich gehalten hätte!“ Resignierend seufzte Alison auf. „Hätte ich dieses Bild doch schon früher gehabt, um es dir als Beweis zu zeigen!“ Ihre Worte hätten triumphierend klingen können, aber selbst Lauren musste zugeben, dass Alisons Tonfall wehmütig und traurig war.

Aber Lauren war noch nicht dazu bereit, auf dieses kleine Friedensangebot von Alison einzugehen. Zu einschneidend waren die Erkenntnisse über Mitch gewesen und sie fühlte sich sowohl von ihm, als auch von Alison verraten. Mit hochgezogenen Augenbrauen und vor der Brust verschränkten Armen sah Lauren Alison an.

„Warum hast du denn bloß nichts gesagt?“, stellte Lauren fassungslos die Frage, die sie sich seit ein paar Minuten stellte.

„Ich habe das Bild erst ein paar Monate nach der Party bekommen und vorher nichts davon gewusst. Mitch und du waren schon verlobt und wir hatten gerade die Häuser in Maybury gefunden und ich dachte, es würde mit unserer Freundschaft wieder bergauf gehen. Ich wollte das alles nicht mit diesem fürchterlichen Foto kaputt machen. Es tut mir leid.“ Ehrliches Bedauern stand Alison ins Gesicht geschrieben, als sie Lauren mit festem Blick ansah.

Die Wut in Laurens Bauch wich langsam einem dumpfen, erdrückenden Gefühl, das einen Kloß in ihrem Hals verursachte. Sie schluckte dagegen an und räusperte sich. „Und warum hast du mir das Foto nicht später gezeigt? Es gab doch genügend Gelegenheiten! Ich hätte davon wissen müssen, das muss dir doch klar gewesen sein!“ Lauren verstand die Welt nicht mehr und fühlte sich von der Situation völlig überfordert.

Alison rang verzweifelt die Hände. „Ich habe dir doch immer wieder gesagt, dass Mitch ein Mistkerl ist, aber du wolltest nichts davon hören! Ich hatte Angst, dass du nie wieder mit mir sprechen würdest, wenn ich dir das Foto zeige – ich wollte dich nicht verlieren!“ Tränen traten in Alisons Augen, die sie schnell wegblinzelte. „Bitte entschuldige, dass ich mich falsch verhalten habe!“ Mit aufrichtigem Bedauern sah Alison zu Lauren, die den leidenden Blick ihrer ehemaligen Freundin nicht ertragen konnte. Lauren wandte sich kopfschüttelnd ab und verließ, unfähig, etwas zu sagen, das Wohnzimmer

11

„Ich begrüße euch herzlich zu unserem ersten Kolloquium! Mein Name ist Dr. Benjamin Richards, aber ich würde mich freuen, wenn ihr mich einfach Ben nennt."

Zustimmendes Gemurmel erklang in dem kleinen Seminarraum, in dem sich Kate mit vier weiteren Doktoranden und Doktorandinnen befand. Ben lächelte zufrieden und begann mit der Planung der Sitzungen: „Das Kolloquium wird alle vierzehn Tage stattfinden. An jedem Termin wird einer bzw. eine von euch sein oder ihr Dissertationsthema genauer vorstellen. Dabei könnt ihr offene Fragen, sowohl inhaltlicher als auch formaler Natur, im Plenum klären. Natürlich gebe ich auch gerne meinen Senf dazu, falls ihr Wert darauf legt." Er grinste beinahe jungenhaft in die Runde. Kate bemerkte, wie ihre Sitznachbarin mit verträumtem Blick zu Ben sah und eifrig nickte. Sie selbst kam nicht umhin, innerlich die Augen über Ben zu verdrehen. Denn sie wusste, wie er hinter der charmanten Fassade wirklich war.

Aber Kate rief sich selbst zur Vernunft und ganz im Sinne von Professor Donovans Ermahnung machte sie gute Miene zum bösen Spiel. Und wer wusste schon, was in den letzten Jahren bei Ben passiert war? Vielleicht hatte er sich ja zum Guten verändert? Kate bemühte sich, die Situation positiv zu sehen, auch wenn es ihr mehr als schwer fiel.

„Ich schlage außerdem vor, dass wir es uns gemütlich machen und jeder einmal dran ist, ein paar Cookies oder Donuts oder so etwas in der Art für alle mitzubringen. So kann man diese unchristliche Uhrzeit besser aushalten, würde ich sagen." Wieder das charmante Lächeln, als Ben eine große Tüte Cookies aus seiner Tasche hervorholte.

„Oh ja, Ben, da hast du wirklich recht! 8 Uhr Montagmorgens ist wirklich viel zu früh. Was für eine tolle Idee!", flötete Kates Kommilitonin zu ihrer Linken. „Ich bin übrigens Helen und ich erkläre mich gerne dazu bereit, das nächste Mal Donuts mitzubringen. Ich kann super backen!" Helen klimperte mit den Wimpern und spielte mit einer Haarsträhne.

Kate schüttelte in Gedanken den Kopf über Helen, die sie nur flüchtig kannte. Wenn die nur wüsste…

„Das ist toll, Helen, danke", meinte Ben und fuhr in geschäftsmäßigem Tonfall fort: „Da dies eine Pflichtveranstaltung für euch ist, muss ich die Anwesenheit überprüfen." Ben holte eine Liste aus seiner Mappe hervor und hakte einige Namen ab. „Michael und Steve habe ich schon gesehen. Helen ist auch da, wie ich jetzt weiß. Bleiben noch Erin und Kate." Suchend blickte Ben in die Runde. Erin und Kate hoben ihre Hände, woraufhin Ben Erin kurz zunickte.

Dann drehte er sich zu Kate um und sein Blick blieb etwas länger an ihr hängen. Er lächelte sie strahlend an, worauf Kate mit einem kurzen Nicken und einem knappen Zucken ihrer Mundwinkel reagierte. Als er sich wieder seiner Liste zuwandte, runzelte sie erstaunt über seinen offenen Blick die Stirn. Sein Verhalten irritierte sie – und anscheinend auch Helen, die Kate einen eifersüchtigen Seitenblick zuwarf.

„Gut, dann fangen wir jetzt mit der Verteilung der Termine an. Wer möchte denn direkt in zwei Wochen seine Arbeit vorstellen?"

Kate war nicht überrascht, als Helens Arm in die Höhe schoss. Ben quittierte ihren Eifer mit einem weiteren Lächeln und notierte ihren Namen. Nach und nach meldeten sich auch die anderen und schließlich blieb für Kate nur noch die letzte Sitzung übrig.

„Kate, du bist dann in der Woche vor Weihnachten dran – ist das okay für dich?", fragte Ben übertrieben freundlich.

Wenn es nicht okay für mich wäre, hätte ich mich wohl früher gemeldet, oder?, dachte Kate sarkastisch bei sich. Was sollte dieses pseudo-besorgte Getue von Ben? Die Antwort, die sie laut aussprach, bestand aus einem knappen „Ja, klar, kein Problem."

Ben nickte wieder und schrieb noch etwas auf seinen Zettel. Dann holte er seinen Laptop hervor, schloss ihn an den Beamer an und startete eine Präsentation. „Da heute noch keiner von euch dran ist, habe ich eine kleine Zusammenfassung meiner Doktorarbeit vorbereitet. Ihr werdet sehen, dass ich damals mit denselben Problemen wie ihr gekämpft habe und dass wissenschaftliches Arbeiten ein langwieriger Prozess ist. Das wichtigste ist, dranzubleiben und den Kopf nicht in den Sand zu stecken. Außer wir haben Archäologen dabei, für die gehört das ja quasi zum täglichen Geschäft!" Ben zwinkerte in die Runde.

Helen begann zu kichern, als wäre es der beste Witz, den sie je gehört hatte. Kate erinnerte sich daran, dass Ben diesen Scherz früher schon ständig gemacht hatte. Offensichtlich war er in der Zwischenzeit nicht sonderlich kreativ gewesen, sich etwas Neues auszudenken. Innerlich verdrehte sie wieder die Augen.

Als die Sitzung zu Ende war, packte Kate eilig ihre Sachen zusammen. Sie wollte den Raum schnell verlassen, damit sie nicht doch noch die Fassung verlor. Sie war schon beinahe zur Tür raus, als Ben sie bat, auf ihn zu warten. Widerwillig blieb Kate stehen und beobachtete, wie die anderen nach und nach gingen. Helen verabschiedete sich von ihr mit einem giftigen Blick, woraufhin Kate ihr ein besonders herzliches Lächeln schenkte. Ben kam zwei Minuten später zu ihr und gemeinsam traten sie auf den Flur.

„Ich wollte noch mal richtig Hallo sagen", meinte Ben, während er sie ungelenk in seine Arme zog. Kate versteifte sich perplex und konnte sich vor Überraschung eine Sekunde lang nicht bewegen. Dann wand sie sich schnell aus seinen Armen. Als sie ihn nun skeptisch ansah, wirkte er ungewöhnlich nervös.

„Was sollte das, Ben?", entgegnete Kate scharf, „Tu das nie wieder!" All ihre Bemühungen um einen ruhigen Tonfall schlugen fehl. Ben hatte gerade eine Grenze überschritten und das würde sie ihm auch klar machen, Donovans Ratschlag hin oder her.

„Nach so langer Zeit und allem, äh, was wir gemeinsam erlebt haben, dachte ich, dass das... ähm... angemessen sei." Ben schien Schwierigkeiten zu haben, die richtigen Worte zu finden. Er knetete aufgeregt seine Hände und sah Kate verunsichert an.

Kates Augenbrauen schossen in die Höhe und sie konnte die jahrelang angestauten Vorwürfe nicht länger zurückhalten: „Angemessen?! Das kann doch nicht dein Ernst sein! Du hast mich hochschwanger sitzen lassen, bist einfach in die Schweiz zu deinem neuen Job abgehauen und hast es obendrein deinen Eltern überlassen, sich um die Alimente zu kümmern! Ich habe nie wieder ein Wort von dir gehört! Und dann hältst du es für *angemessen*, mich zu umarmen, als wäre nichts vorgefallen?! Das ist einfach unglaublich!" Kate war laut geworden, was die Blicke der anderen Leute auf dem Flur auf Ben und sie zog.

Hektisch sah Ben sich um und versuchte, Kate mit einem eindringlichen „Pssst, Kate, bitte!“ dazu zu bringen, leiser zu sprechen. Dabei umfasste er mit beiden Händen ihre Oberarme, aus deren Griff Kate sich sofort frei machte.

„Fass mich nicht an!“ Aus ihren Augen sprühten zornige Funken und sie trat zwei Schritte zurück. Es interessierte sie nicht, ob irgendjemand ihren Streit mitbekam oder nicht.

Ben wirkte völlig durcheinander, als er wieder einen Schritt auf Kate zu machte: „Es tut mir ehrlich leid, was damals geschehen ist! Ich erwarte nicht, dass du meine Entschuldigung annimmst oder mir sogar vergibst, wirklich nicht. Aber vielleicht können wir ja die Vergangenheit hinter uns lassen und von vorne beginnen?“ Er hob seine Hand, um Kates Arm zu berühren, besann sich auf halbem Weg eines Besseren und ließ sie wieder sinken. Ben sah ihr fest in die Augen, während Kate vor Anspannung und Zorn zitterte. Was erlaubte er sich eigentlich?

„Wenn es nach mir ginge, hätten wir überhaupt nichts mehr miteinander zu tun – weder privat noch hier in Yale! Also, lass mich gefälligst in Ruhe!“, presste Kate zwischen zusammengebissenen Zähnen hervor.

„Kate, bitte, es tut mir wirklich leid, ich war jung und dumm und habe es total verbockt. Ich sehe ein, dass es zu viel von dir verlangt ist, Frieden zu schließen. Aber wie wäre es dann mit einem Waffenstillstand? Lass uns bitte versuchen, einigermaßen gut miteinander auszukommen. Um der Wissenschaft und unserer gemeinsamen Arbeit willen!“ Hoffnungsvoll sah Ben sie an.

Kate konnte kaum glauben, diese Worte aus seinem Mund zu hören. Er wirkte verstörend ehrlich, was sie zusätzlich verwunderte und ihr für einen kurzen Moment den Wind aus den Segeln nahm. Sie atmete tief durch und überlegte, was sie tun sollte. Ben würde in Yale bleiben, egal, was sie tat, und er würde Einfluss auf die Bewertung ihrer Doktorarbeit haben. So schwer es ihr fiel, sie musste ihre Wut herunterschlucken und wieder rational handeln.

Resignierend seufzte Kate und zuckte mit den Schultern. Ben sah sie immer noch erwartungsvoll an, daher schob sie ein „Okay, versuchen wir es einfach“ hinterher.

Ben wirkte erleichtert, bis er jemanden hinter Kate entdeckte und seine Augenbrauen ärgerlich in die Höhe schossen.

Bevor Kate sich umdrehen konnte, erklang bereits Barrys Stimme laut hinter ihr: „*Dr. Benjamin Richards*, was für eine außerordentliche Ehre, dich hier zu treffen!“ Jedes ihrer Worte troff vor Sarkasmus und die Leute auf dem Flur drehten sich wieder zu ihnen um.

Ben schien hin und her gerissen zu sein, ob er ihr eine ebenso bissige Antwort geben oder sich angesichts der neugierigen Blicke der Umstehenden in Zurückhaltung üben sollte. Er entschied sich für die zweite Variante und entgegnete betont freundlich: „Barbara Ann MacDowney, ich freue mich auch sehr, dich zu sehen!“ Er wusste, dass sie es hasste, bei ihrem vollen Vornamen genannt zu werden.

„Für dich immer noch *Doctor* Barbara Ann MacDowney!“, korrigierte Barry spitz und wandte sich dann an Kate: „Belästigt er dich? Dann werde ich ihm gerne ein paar Takte sagen!“

Ben schnaubte abfällig, während Kate Ben mit einem abschätzigen Blick bedachte und sagte: „Schon okay. Ich wollte sowieso gerade gehen.“ Sie nickte Ben knapp zu, hakte dann Barry unter, die deren Ex-Freund immer noch giftig anstarrte, und zog sie mit sich den Flur hinab.

Kaum hatten sie sich umgedreht, zischte Barry: „Was wollte der dämliche Schleimbeutel von dir?“ Da Ben noch in Hörweite war, knuffte Kate ihre Freundin in die Seite, damit sie aufhörte, mit Beleidigungen um sich zu werfen.

„Na, ist doch wahr“, war Barrys Reaktion, aber immerhin sagte sie nichts weiter, bis sie das Gebäude verlassen hatten. Erleichtert atmete Kate die frische Herbstluft ein, die Regen versprach. Da es noch trocken war, setzten Barry und Kate sich auf eine Bank.

„Oh Mann, Barry, dieser Idiot macht mich noch verrückt! Er hat mich mit seinem Gerede zum Explodieren gebracht. Ich habe ihm ganz schön die Meinung gesagt! Hoffentlich wird das kein Nachspiel haben…“ In einem Anflug von Panik, als sie wieder an die Ratschläge ihres Professors dachte, schlug Kate die Hände vors Gesicht. Sie wollte wegen Ben nicht ihre Doktorarbeit aufs Spiel setzen.

Barry knuffte ihr anerkennend in den Arm: „Sehr gut, endlich kriegt er das, was er verdient! Mach dir keine Sorgen wegen Donovan, das wird schon. Man darf sich auch nicht alles gefallen lassen! Und zur Not streiten wir alles ab, ich bin deine Zeugin!“ Barry zwinkerte Kate verschwörerisch zu und ein schiefes Lächeln huschte über Kates Gesicht.

„Danke für deine Unterstützung“, entgegnete Kate, bevor sie nachdenklich hinterherschob: „Ben hat etwas Verrücktes getan: Er hat sich bei mir entschuldigt… und ich hatte für eine Sekunde das Gefühl, er meint es ernst. Keine Ahnung, was ich davon halten soll.“ Ratlos sah Kate zu ihrer Freundin.

„Hmm, ich bin mir nicht sicher, ob *Dr. Benjamin Richards* wirklich dazu fähig ist, Reue zu empfinden“, meinte Barry zynisch. „Und selbst wenn er es wäre, hat er sicherlich Hintergedanken dabei. Ich will dir ja nicht alle Illusionen rauben, aber sei bitte vorsichtig, Katie!“

„Natürlich bin ich das, aber das war echt eine merkwürdige Situation…" Kate ließ die Situation mit Ben noch einmal vor ihrem inneren Auge Revue passieren.

„Hat er denn wenigstens mal nach Aurelia gefragt? Sie ist immerhin auch seine Tochter!", fragte Barry interessiert.

„Er hat sie nicht mit einem Wort erwähnt." Dieser Umstand versetzte Kate einen Stich, auch wenn sie wusste, dass sie und Auri ohne ihn viel besser dran waren. Trotzdem tat es ihr natürlich leid, dass ihre Tochter ohne Vater aufwuchs.

„Da hast du's, Ben ist und bleibt ein Volltrottel", fasste Barry zusammen. Sie erhob sich von der Bank und zog Kate mit sich. „Komm, ich lade dich auf einen Kaffee ein und dann kannst du mir ein paar erfreulichere Dinge aus deinem Leben erzählen!" Barry zwinkerte Kate aufmunternd zu.

„Was denn für erfreulichere Dinge?"

„Na, wie es mit dir und Fin weitergeht natürlich! Der scheint wenigstens ein anständiger Mann zu sein… und ein heißer, wenn ich sehe, wie rot du gerade wirst!" Barry lachte und legte den Arm um die Schulter ihrer Freundin.

Siedend heiß fiel Kate plötzlich ein, dass sie die Verabredung mit Fin zum Tanztee aus irgendeinem ihr unbegreiflichen Grund noch nicht abgesagt hatte. Sofort fing sie an, in ihrer Tasche nach ihrem Handy zu suchen, um das endlich zu erledigen.

Barry verstand ihren Eifer völlig falsch. „Oh, wie süß, kaum erinnere ich dich an ihn, musst du ihm direkt eine Nachricht schreiben! *Fin, mein Liebster, ich bin ganz verknallt in dich, Küsschen, Küsschen*", flötete sie mit hoher Stimme.

„Du bist albern, Barry", murmelte Kate, die ihre Aufmerksamkeit auf ihr Handy richtete, auf dem eine Nachricht von Fin angezeigt wurde. Sie öffnete den Messenger und bemerkte nicht, dass Barry ihr dabei über die Schulter blickte und mitlas:

. . .

Hallo, Kate, falls du Lust hast, komm doch spontan heute Nachmittag auf Appletree Manor vorbei! Ich würde dir gerne zeigen, woran Theo und ich gerade arbeiten.

xoxo

Fin

„Er kann es kaum erwarten, dich noch mal zu sehen, und schickt dir Umarmungen und Küsse“, stellte Barry mit wackelnden Augenbrauen fest.

„Hey, warum liest du einfach meine Nachrichten mit? Schon mal was von Briefgeheimnis gehört?“, fragte Kate empört und drehte das Handy von Barry weg.

„Ach, Papperlapapp, du hättest mir doch eh davon erzählt. Apropos Küsse: Habt ihr euch eigentlich schon geküsst?“

Kate verdrehte die Augen, musste aber bei Barrys aufgeregtem Gesichtsausdruck doch grinsen. „Nein, haben wir nicht, falls du es genau wissen willst.“

Nun wirkte Barry für einen Moment enttäuscht, bevor der Schalk wieder in ihren Augen aufblitzte. „Hättet ihr euch geküsst, *dann* hätte ich es genau wissen wollen!“

Sie waren mittlerweile an einem Kaffeewagen angekommen und bestellten sich jede einen Cappuccino.

„Was wirst du ihm antworten?“, fragte Barry, während sie auf ihre Getränke warteten.

„Ich denke, ich werde hinfahren…“ Barry gab ein begeistertes Quietschen von sich. „…und ihm persönlich sagen, dass wir uns leider nicht mehr sehen können.“ Barrys Jubellaute erstarben jäh. „Es war zwar wirklich schön mit ihm und wir haben uns gut verstanden, aber gerade deswegen muss ich jetzt die Reißleine ziehen.“ Kates Stimme nahm einen wehmütigen Klang an.

Musste sie das wirklich tun? Ganz sicher war sie sich

plötzlich nicht mehr, jetzt, wo sie es laut aussprach. Aber mit einem Kopfschütteln verwarf Kate den hoffnungsvollen Gedanken wieder. Es war jetzt schon kompliziert genug, besonders, weil Ben wieder aufgetaucht war, das musste sie so schnell wie möglich unterbinden.

Barry stellte sich Kate direkt gegenüber und nahm die Hände ihrer Freundin in ihre. Sie sah sie mit eindringlichem Blick an und sagte: „Das, meine liebe Kate, ist wirklich das Dümmste, was ich je gehört habe. Und du hast mir vorhin von dem erzählt, was Ben von sich gegeben hat, also muss das schon was heißen! Auch du hast Glück in der Liebe verdient, bitte überleg es dir nochmal!"

Fin warf einen besorgten Blick gen Himmel, der sich in der letzten halben Stunde stark bewölkt hatte. Wind war aufgekommen und er hoffte, dass es wenigstens noch etwas länger trocken blieb. Wieder wanderte sein Blick zum Gartentor, um dort nach einer bestimmten Person Ausschau zu halten.

Fin hatte das gemeinsame Abendessen mit Kate sehr genossen und sich über ihr Interesse an seiner Arbeit gefreut. Da war es ihm als gute Idee erschienen, sie ganz unverbindlich nach Appletree Manor einzuladen. Vor allem, weil es bis zum Tanztee noch ewig dauerte und er nicht so lange auf ein Wiedersehen warten wollte. Er war im ersten Moment erstaunt gewesen, dass ausgerechnet Kate ein zweites Date vorgeschlagen hatte. Schließlich hatte sie anfangs überhaupt nicht mit ihm ausgehen wollen.

Gedankenverloren grub Fin Löcher mit einer Schaufel und setzte Blumenzwiebeln hinein. Vermutlich war Kate auch aufgefallen, dass die Chemie zwischen ihnen stimmte. Mit einem warmen Gefühl in der Magengegend dachte er an ihre unterhaltsamen Gespräche und die Art und Weise, wie sie ihn angestrahlt hatte.

Als er sich wieder dem Beet vor sich zuwandte, bemerkte er, wie er geistesabwesend die Blumenzwiebeln falsch herum, mit dem Spross nach unten, eingepflanzt hatte. Er musste über sich selbst schmunzeln und drehte die Zwiebeln um. *Oh oh, Fin, pass auf, dass diese Frau dir nicht völlig den Kopf verdreht!*

Sein Blick ging zum wahrscheinlich zwanzigsten Mal zum Gartentor und endlich erblickte er dort Kate. Der Wind zerzauste ihre blonden Haare, während sie den Kragen ihrer Jacke enger zusammenzog. Er verspürte sofort den Drang, ihr die Haare aus dem Gesicht zu streichen und sie so ganz beiläufig berühren zu können. Als Kate bemerkte, dass er sie gesehen hatte, wirkte sie auf einmal ertappt. Fin grinste und winkte sie zu sich herüber.

„Hallo, Kate, wie schön, dass du da bist! Du freust dich offensichtlich, mich zu sehen, so wie du mich gerade mit Blicken verschlungen hast!“ Fin konnte es nicht lassen, Kate aufzuziehen.

„Ich glaube, das hast du falsch interpretiert. Ich war lediglich besorgt, wie du die Erdflecken jemals wieder aus den Klamotten rausbekommen willst. Aber ja, es ist trotzdem schön, dich zu sehen“, entgegnete Kate, nie um eine Antwort verlegen, mit einem charmanten Lächeln.

„Ich würde dich ja zur Begrüßung umarmen, aber dann wäre deine Kleidung auch dreckig und ich könnte es mir niemals verzeihen, wenn du dir auch noch darum Sorgen machen müsstest!“ Fin gefiel das Geplänkel zwischen ihnen wahnsinnig gut und Kate schien es ebenfalls zu genießen. Sie lachte jedenfalls unbekümmert.

„Tja, Pech für mich!“, sagte Kate und musterte Fin, der mit einem Eimer Blumenzwiebeln in einem Beet stand. Interessiert fragte sie: „Was machst du gerade?“

„Ich wollte noch schnell ein paar Tulpen, Krokusse und Narzissen pflanzen, damit sie im Frühjahr blühen können. Ich hoffe, ich schaffe es noch, bevor es anfängt, zu regnen." Skeptisch schaute er zum Himmel und machte sich direkt wieder an die Arbeit. „Theo wollte mir eigentlich helfen, aber dann kam Mrs Gunderson und wollte mit ihm noch mal den Umbau des Springbrunnens besprechen. Ich will ja keine Gerüchte streuen, aber ich glaube, die Gute schwärmt ein bisschen für Theo." Fin zwinkerte Kate zu.

„Ich könnte dir an seiner Stelle helfen," bot Kate an, „allerdings müsstest du mir zeigen, wie man das macht."

Fin freute sich über Kates Vorschlag. „Kein Problem, es ist kinderleicht." Und schon begann er, mit einer Schaufel kleine Löcher zu graben, Blumenzwiebeln hineinzusetzen und Kate alles zu erklären.

Nach ein paar Minuten hatten sie das Beet fast fertig bepflanzt. Fin griff gerade nach dem Spaten, als Kate ihn kurz am Arm berührte. „Fin, ich... ich muss dir..." Sie stockte, als ein erster Regentropfen ihr Gesicht traf. Und dann ein zweiter. Und ein dritter.

Auch Fin hatte erste Tropfen abbekommen und begann zu fluchen: „Mist, das wird jetzt wohl nichts mehr mit den anderen Beeten! Würdest du mir schnell helfen, die Geräte in den Schuppen zu bringen?"

„Natürlich, kein Problem!", antwortete Kate und wirkte beinahe erleichtert über diese Unterbrechung.

Fin fragte sich, was sie ihm wohl hatte sagen wollen, während er die gerade gesetzten Blumenzwiebeln schnell mit etwas Erde bedeckte und dann Spaten und Harke zusammenraffte.

Kate griff sich den Eimer mit den übrigen Zwiebeln und eine Schaufel und lief im beginnenden Regen zum Schuppen. Fin folgte ihr kurze Zeit später. Er war bereits ziemlich nass geworden, denn der kleine Schauer hatte sich innerhalb von Sekunden zu einem ausgewachsenen Wolkenbruch entwickelt.

Sie wollten gerade kurz im Schuppen verschnaufen, als Fin plötzlich einfiel, dass er noch mehr Eimer mit Blumenzwiebeln und Dünger in einem anderen Beet abgestellt hatte. „Kate, ich muss noch mal raus! Bleib du hier, es schüttet wie aus Kübeln!“, rief er und war schon zur Tür hinaus.

„Ich bin sowieso schon nass, dann kann ich dir ebenso gut helfen!“, hörte er Kates Stimme hinter sich.

Zusammen sprinteten sie zum Beet, griffen sich in Rekordgeschwindigkeit die Eimer und liefen so schnell wie möglich zurück. Völlig durchnässt und außer Atem kamen sie im Schuppen an. Kate zog ihre nasse Jacke aus und lehnte sich erschöpft gegen die Wand.

Fasziniert beobachtete Fin, wie sich einige Wassertropfen aus ihren Haaren lösten, über ihr Dekolletee hinunterliefen und schließlich im Ausschnitt ihres Pullovers verschwanden. Auf einmal wurde ihm noch heißer, als ihm durch die Sprinteinheit sowieso schon war. Er zerrte an seinem klatschnassen Hemd, das ihm eng an der Brust klebte, um besser Luft zu bekommen. Kate verfolgte Fins Bewegungen mit den Augen und mit Genugtuung erkannte er, dass sie ihn höchst interessiert musterte. Sein Mund verzog sich zu einem trägen Lächeln, bis sein Blick plötzlich auf die Eimer mit den Blumenzwiebeln fiel.

„Oh nein, die Zwiebeln schwimmen im Wasser! Das ist viel zu nass, so verfaulen sie“, stellte Fin besorgt fest. „Wir müssen das Wasser abgießen und sie zum Trocknen ausbreiten.“ Er legte sofort los. Vergessen waren die heißen Blicke vor wenigen Sekunden.

Kate kniete sich zu ihm auf den Boden und half beim Ausbreiten der Blumenzwiebeln. Schweigend arbeiteten sie nebeneinander, bis das ganze Saatgut auf dem Boden lag.

Beinahe andächtig betrachtete Fin ihr Werk und realisierte anerkennend, wie selbstverständlich Kate ihm geholfen hatte. Er kannte keine Frau, die sich ohne zu zögern die Hände schmutzig gemacht hätte oder freiwillig in den Regen gegangen wäre, nur um mit ihm Blumenzwiebeln zu retten. Eine Strähne seines Haares fiel ihm ins Gesicht und gedankenverloren strich er sie nach hinten.

Plötzlich spürte Fin eine Berührung an der Wange und schreckte reflexartig zurück. Aus dem Augenwinkel sah er, wie Kate, die mit erhobener Hand neben ihm kniete, ebenfalls zurückzuckte. Sie verlor dabei das Gleichgewicht und konnte sich gerade noch an einem Spaten festhalten, der neben ihr stand. Da dieser aber nur locker an der Wand lehnte, bot er keinen Halt und Kate fiel der Länge nach in die sorgfältig ausgebreiteten Blumenzwiebeln.

Auch wenn Fin angesichts ihrer Tollpatschigkeit in schallendes Gelächter ausbrach, hatte er natürlich verstanden, dass es sich bei der Berührung um einen Annäherungsversuch gehandelt hatte. Fin reichte Kate eine Hand, um ihr aufzuhelfen. Ihre Hand fühlte sich warm und genau richtig in seiner an.

„Das wäre ja fast wie eine Szene aus einem Hollywood-Film geworden!“ Fins Lachen wich einem verschmitzten Lächeln.

„Wenn du damit eine Charlie-Chaplin-Slapstick-Nummer meinst, hast du vollkommen recht“, erwiderte Kate und richtete sich stöhnend auf. Sie rieb sich den Kopf, den sie sich an einer Schubkarre gestoßen hatte.

„Nein, das meinte ich eigentlich nicht…“, sagte Fin und trat einen Schritt auf Kate zu. Er sah sie mit intensivem Blick an, umfasste ihre Oberarme und kam noch ein Stückchen näher. Mit Freude bemerkte er, dass ihre Wangen leicht erröteten und ihr Blick auf seine Lippen fiel.

Fin fuhr fort: „Ich meine eigentlich eine dieser Szenen,

in der zwei Menschen, die sich richtig gut finden, in einen überraschenden Regenschauer kommen. Sie erreichen hastig einen Unterschlupf und finden sich plötzlich völlig unbeabsichtigt ganz nah beieinander wieder…“ Er streichelte zärtlich ihre Wange, woraufhin Kates Atem stockte.

„…und sie kommen sich immer näher, weil die Anziehungskraft so groß ist… und beide wissen, was gleich passieren wird, aber vorher ist da noch das Sich-tief-in die Augen-schauen, das Sich-vergewissern-ob-der-andere-es-genauso-will-wie-ich, die letzte Unsicherheit, während sich die Gesichter der beiden schon immer näher kommen…“

Fins Stimme war kaum mehr als ein heiseres Flüstern. Sein Atem streifte Kates Wange. Er bemerkte triumphierend, wie Kate eine leichte Gänsehaut bekam. Fin hatte sie schon bei ihrem letzten Treffen küssen wollen und kostete diesen aufregenden Moment voll aus. Er wollte sie beide gerade von dieser süßen Qual erlösen, als Kate auf einmal „Küss mich endlich!“ krächzte und stürmisch ihren Mund auf seinen presste.

Er lächelte gegen ihre Lippen und vertiefte den Kuss. Es machte ihn an, dass sie es nicht hatte abwarten können, dass er sie küsste. Kate schmiegte sich eng an ihn und ihre Körper schienen zu verschmelzen. Fin konnte sich nicht erinnern, jemals so leidenschaftlich geküsst worden zu sein. Er erforschte ihren Mund und hielt sie fest in seinen Armen. Ihre Zungen berührten sich, tanzten einen berauschenden Tanz miteinander, als hätten sie nie etwas anderes getan.

Nur um wieder Luft zu holen, unterbrachen sie ihren Kuss und standen schließlich atemlos Stirn an Stirn voreinander. Selig lächelnd blickte er auf Kate, die langsam ihre Augen öffnete.

„Du kennst dich aber gut mit Hollywood-Romanzen aus – hast wohl schon die eine oder andere gesehen!?“, stellte

Kate grinsend fest. Sie löste sich langsam aus seinen Armen und verschränkte ihre Finger mit seinen.

Das konnte auch nur Kate – nach so einem Kuss über Filme reden! Fin lachte.

„Na klar! Ich habe schließlich eine große Schwester und eine Mutter, die romantische Komödien, romantische Tanzfilme, romantische Dramen, romantische Historienfilme und eigentlich alle Filme, die auch nur im Entferntesten mit Romantik zu tun haben, lieben!“ Er fuhr sich mit einer Hand durch sein etwas zu langes Haar und strich dann sanft über Kates Wange. „Jeden Freitagabend war bei uns Kino-Nacht und bei der Filmauswahl wurde ich natürlich ständig überstimmt. Und wenn du als Zwölfjähriger die Wahl zwischen früh ins Bett gehen und Film gucken hast, schaust du den Film, auch wenn es zum 28. Mal Grease oder Titanic ist.“

„Ich sehe schon, ich werde mich blendend mit den beiden verstehen!“, meinte Kate grinsend, bevor sie ins Stocken geriet. „Also, ich meine, falls wir uns irgendwann mal kennen lernen…“

Sie schien zu befürchten, Fin könnte sie für aufdringlich halten und denken, sie wollte nach nur einem Kuss direkt seine Mutter kennen lernen. Natürlich hatte Fin verstanden, dass sie es nicht so gemeint hatte, aber ein bisschen ärgern musste er Kate natürlich trotzdem. Ohne mit der Wimper zu zucken, sagte er: „Ach, das war es also, was du mir vorhin sagen wolltest, als es angefangen hat, zu regnen? Dir ist es ernst mit mir und du wolltest meine Mutter um ihren Segen bitten?“

Kate ließ abrupt seine Hand los und schnappte mit großen Augen nach Luft. „Was? Nein, das wollte ich garantiert nicht!“

Fin legte nachdenklich einen Zeigefinger ans Kinn:

„Jetzt weiß ich nicht, ob ich erleichtert oder traurig sein soll!“ Er grinste.

Als Kate merkte, dass Fin scherzte, boxte sie ihn leicht in den Arm. „Du bist unglaublich, Fin Wilkinson!“

„Unglaublich gut, meinst du wohl!“ Er wappnete sich gegen einen weiteren Angriff auf seinen Arm, der aber ausblieb. Stattdessen bedachte Kate ihn mit einem Kopfschütteln und einem ungläubigen Blick.

„Was wolltest du mich denn eigentlich vorhin wirklich fragen?“, hakte Fin nach.

Kates Mundwinkel verzogen sich zu einem kleinen Lächeln, bevor sie erwiderte: „Ich denke, das hat sich jetzt erledigt.“

12

Seit dem furchtbaren Streit mit Alison waren drei Tage vergangen. Mittlerweile kam es Lauren so vor, als habe sie mit dem Fotobuch die Büchse der Pandora geöffnet - das Album hatte ihr jedenfalls nichts als Unheil eingebracht.

In ihrer Wut hatte sie es nach dem Streit unter ihr Bett verbannt, wo Kate und Aurelia es nicht finden konnten. Lauren hätte das alles am liebsten vergessen und Alison aus ihrem Leben streichen wollen, aber das war nicht so einfach. Denn irgendetwas hatte die Auseinandersetzung mit ihrer ehemals besten Freundin in ihr ausgelöst, dass sie an nichts anderes denken konnte.

In den letzten Tagen waren ihr Alisons Worte durch den Kopf gegeistert – ihre Entschuldigung, ihre Erklärungen –, und es fiel Lauren nicht mehr so leicht wie während des Streits, deren Vorwürfe von sich zu weisen. Möglicherweise hatte sie wirklich alle Einwände von Alison bezüglich Mitch ignoriert und ihrer Freundin zu Unrecht Eifersucht vorgeworfen. Und möglicherweise hätte sie Alison wirklich von sich gestoßen, wenn sie damals von dem Foto erfahren hätte. Tatsächlich erschien es Lauren, je länger sie darüber nachdachte, immer abwegiger, dass Alison eifersüchtig hätte sein können.

Ohne weiter darüber nachzudenken, legte Lauren den Morgenmantel, den sie gerade überziehen wollte, beiseite und kniete sich neben ihr Bett auf den Boden. Sie zog das Fotoalbum hervor und strich bedächtig über den Deckel. *Büchse der Pandora* traf es wirklich gut - trotz aller Konflikte ging eine riesige Anziehungskraft von dem Album aus. Lauren konnte das Gefühl, das beim Ansehen der Bilder in ihr aufgekommen war, nicht mehr vergessen: Sie sehnte sich nach dieser besonderen Freundschaft, der Verbundenheit, der Seelenverwandtschaft mit Alison zurück.

Hatte sich nicht neben Übel und Leid auch Hoffnung in der Büchse der Pandora befunden? Vorsichtig öffnete Lauren das Fotoalbum und sah wieder das Bild aus ihrer gemeinsamen Kindheit vor sich. Ein wehmütiges Gefühl machte sich in ihrer Brust breit und plötzlich begriff sie, dass der Verlust der Freundschaft auch ihre Schuld war. Dass Alison ihr immer noch etwas bedeutete und dass Lauren nicht mehr streiten wollte.

Vielleicht sollte sie noch einen letzten Versuch unternehmen, ein richtiges Gespräch mit Alison zu führen? Vielleicht gab es doch einige Missverständnisse zwischen ihnen, die sie aus dem Weg schaffen könnten? Die Erinnerung an ihre gemeinsamen Erlebnisse ließ Lauren hoffen, dass es vielleicht doch noch einen Neuanfang für Alison und sie geben könnte.

Mit dieser Hoffnung im Herzen warf Lauren ihren Morgenmantel über und verließ schnell das Haus. Sie eilte durch den Garten und öffnete wenige Sekunden später die kleine Pforte in der Hecke, die ihres von Alisons Grundstück trennte. Sie hatten sie damals extra einbauen lassen, um schnell zueinander kommen zu können.

Es war noch früh am Morgen, aber Alison stand immer

zeitig auf, um in Ruhe ihre Morgenroutine, bestehend aus Meditation, Yoga und einem entspannten Frühstück, durchführen zu können.

Mit entschlossenen Schritten lief Lauren über Alisons taunassen Rasen und betrachtete das bunte Windspiel, das neben der Hintertür hing. Sie atmete noch einmal tief ein und aus, bevor sie klopfte. Alison öffnete die Tür und war nicht im Mindesten über so frühen Besuch überrascht.

„Lauren, ich wusste, du würdest heute kommen! Eben hatte ich in meiner Meditation eine Eingebung, dass heute etwas Großes passieren wird. Das Universum ist einfach so viel klüger als wir – wir müssen nur ein bisschen hinhören und vertrauen, dann wird sich alles fügen.“ Sie faltete die Hände vor der Brust und deutete eine leichte Verbeugung mit dem Kopf an. „Komm rein! Ich koche uns eine Tasse Tee“, fügte Alison gut gelaunt hinzu und trat in die Küche.

Anderen Leuten mochte diese Begrüßung, vor allem nach ihrem Streit, merkwürdig erscheinen, aber sie war so typisch für Alison, dass Lauren schmunzelte.

Sie wünschte Alison ebenfalls einen guten Morgen und folgte ihr. Lauren schloss die Tür hinter sich und ließ den Blick durch den großen Raum, der in einen offenen Wohnbereich überging, schweifen. Als sie vor drei Tagen hier gewesen war, hatte sie keine Ruhe gehabt, sich umzusehen. Sonst wäre ihr schon aufgefallen, dass sich in Alisons Haus in den letzten zwanzig Jahren nicht viel verändert hatte.

Sie besaß immer noch den großen Gasherd, über dem einige Töpfe und Pfannen von der Decke hingen. Die Arbeitsfläche der Küche war vollgestellt mit den verschiedensten Kräuterpflanzen, Gewürzen und das offene Regal neben dem Fenster quoll über vor Kochbüchern. Außerdem besaß Alison bunt zusammen gewürfeltes Geschirr, denn von jeder Reise – und es mussten mittlerweile sehr viele gewesen sein – brachte sie eine handbemalte Tasse, eine selbst getöpferte Müslischale oder ein mundgeblasenes Glas mit.

Lauren erkannte sofort eine kleine grüne Tasse wieder, die von einem Trip nach Kanada stammte, den sie beide in ihren ersten College-Sommerferien gemacht hatten. Die Tasse hatte zwar inzwischen den Henkel verloren und die Farbe wirkte etwas blass, aber deswegen wurde sie noch lange nicht aussortiert.

Alison bedeutete Lauren, an dem großen runden Küchentisch Platz zu nehmen, der in der Mitte des Raumes stand und die Küche mit dem angrenzenden Wohnzimmer verband. Neben dem schweren Holztisch stand eine riesige, deckenhohe Monstera-Pflanze. Auch an die konnte Lauren sich erinnern, allerdings war sie vor zwanzig Jahren noch bedeutend kleiner gewesen, als Alison sie am Straßenrand aufgelesen und vor dem Vertrocknen gerettet hatte.

Die Wände waren nach wie vor in einem warmen Orange gestrichen, das perfekt mit den Holzmöbeln, dem Sisalteppich und dem Makramee-Wandbild harmonierte. Überall hingen und standen zahlreiche Fotos und auf einigen erkannte Lauren sich selbst. Ein kleiner Funke von Wehmut, von vergeudeter Zeit, von verpassten Gelegenheiten stach in ihr Herz und ließ sie seufzen.

„Ich hole uns zwei Tassen und dann trinken wir erst mal einen Tee“, unterbrach Alison Laurens Gedanken.

Schweigend saßen sie schließlich am Küchentisch und nippten an dem heißen Getränk. Es war kein unangenehmes Schweigen, eher ein feierliches. Beide wussten, dass dieses Treffen einen Wendepunkt in ihrer Beziehung bedeutete, auch wenn dazu noch einiges gesagt werden musste. Sie stärkten sich für das anstehende Gespräch, das nicht einfach werden, aber am Ende hoffentlich gut ausgehen würde.

Das erste Mal seit Jahren spürte Lauren diese besondere

Verbindung zwischen sich und Alison wieder. Sie hatten sich so gut gekannt, dass sie ohne Worte hatten kommunizieren können und immer gewusst hatten, was die andere gedacht hatte. Und plötzlich, während sie in einvernehmlichem Schweigen Tee tranken, fühlte Lauren die Wärme und das Verständnis wieder, das es früher zwischen ihnen gegeben hatte.

Schließlich ergriff Lauren das Wort: „Es tut mir leid, Al, alles. Dieser furchtbare Streit, mein ignorantes Verhalten, unsere zerbrochene Freundschaft, einfach alles." Mit einem schiefen Lächeln sah Lauren zu Alison hinüber, die sanfte Kreise mit dem Zeigefinger auf dem Rand der Tasse malte und zurück lächelte.

„Mir tut es auch leid, Laurie! Warum haben wir nur zugelassen, dass ein Mann unsere Freundschaft kaputt macht? Ich will sicherlich nicht alle Schuld von mir weisen – im Gegenteil: Ich hätte dich viel besser vor Mitchell beschützen müssen! –, aber eines frage ich mich trotzdem: Warum dachtest du, dass ich seinetwegen eifersüchtig war?" Alison warf Lauren einen fragenden Blick zu, bevor sie einen weiteren Schluck Tee nahm.

Diese Frage hatte sich Lauren in den letzten Tagen auch gestellt und sie war zu einem ernüchternden Ergebnis gekommen. Es fiel ihr nicht leicht, schonungslos offen die Wahrheit zu sagen, denn sie warf kein gutes Licht auf sie selbst. Aber welche andere Möglichkeit gab es schon, als ehrlich über ihre Gefühle zu sprechen? Es nicht zu tun, hatte schließlich zum Ende ihrer Freundschaft geführt und das wollte Lauren endlich wieder gut machen.

Sie atmete tief ein und antwortete: „Ich befürchte, ich habe dir Eifersucht vorgeworfen, weil ich mich dann nicht mit meiner verkorksten Beziehung zu Mitch auseinandersetzen musste und weil es das Naheliegendste für mich war.

Wenn man selbst eifersüchtig ist, fällt es einem leicht, jemand anderem auch Eifersucht zu unterstellen."

Mit einem verblüfften Ausdruck auf dem Gesicht drehte sich Alison zu Lauren um: „Du warst eifersüchtig? Aber worauf denn?"

„Auf dich natürlich. Das fing irgendwann im College an, du warst immer so beliebt und hast alles leichtgenommen. Und egal, wo du hinkamst, haben sich alle Männer nach dir umgedreht, und du hast so getan, als ob du es nicht mal bemerkst. Bei jeder Party warst du der strahlende Mittelpunkt. Da war ich einfach neidisch. Und als Mitch sich dann nur für mich interessierte, du ihn aber nicht mochtest, dachte ich, du wärst eifersüchtig, weil ich ihn abbekommen hatte. So traurig es aus heutiger Perspektive klingt, aber so war es leider. Ich hatte das Gefühl, du würdest immer alles bekommen, was ich nicht hatte. Das war wohl der Anfang vom Ende. Es tut mir leid."

Betreten sah Lauren zu Alison, die überrascht wirkte. Sie schien die neuen Informationen verarbeiten zu müssen und entgegnete nachdenklich: „Schon in Ordnung… Wahnsinn, ich verstehe gerade so viele Dinge, über die ich mir jahrelang das Hirn zermartert habe…" Alison hing noch kurz ihren Gedanken nach, dann sah sie Lauren mit festem Blick an und sagte: „Ich denke, es wird Zeit, dass ich dir meine Version der Geschichte erzähle. Dann wirst auch du das Ganze mit anderen Augen sehen." Nun war es an Lauren, überrascht aus der Wäsche zu gucken.

Alison fuhr fort: „Es stimmt, damals auf dem College war ich diejenige von uns, die keine Party ausgelassen hat, und du diejenige, die jeden Morgen pünktlich zu den Vorlesungen aufgebrochen ist und alle Hausarbeiten rechtzeitig abgegeben hat. Was meinst du, wie mir meine Eltern die Hölle heiß gemacht haben, dass ich endlich mein Studium ernst nehmen und nicht weiter ihr Geld zum Fenster rauswerfen sollte?! Sie haben natürlich ständig von deinen Eltern gehört, wie gut du dich machst und was für tolle Noten du bekommst. Wenn mich nicht alles täuscht, war ich sogar ein bisschen neidisch auf dich, dass du immer so diszipliniert warst. Aber anstatt es dir gleichzutun, habe ich aus lauter Trotz nur noch mehr Party gemacht und so gegen meine Eltern rebelliert. Und ehrlich gesagt, haben mich die Männer wirklich nicht interessiert, denn ich hatte noch ganz schön lange mit dem Liebeskummer zu kämpfen, den die Trennung von Jesse kurz vorm High-School-Abschlussball verursacht hatte…"

„Hieß er nicht Jonas?", fragte Lauren unwillkürlich, als sie an den Skandal ihres Abschlussjahres dachte und grinsen musste: Aus heutiger Sicht war es das reinste Teenie-Drama gewesen, aber als 18-Jährige hatte Alison tagelang geheult und den Männern auf ewig abgeschworen.

Auch Alison schmunzelte jetzt. „Ach ja, stimmt ja… Es kam mir damals wie der Weltuntergang vor und heute weiß ich nicht mal mehr, wie er heißt. Na sowas!" Sie schüttelte amüsiert den Kopf. „Wie auch immer, was ich eigentlich sagen wollte: So beneidenswert war meine Situation auf dem College wirklich nicht. Hätten wir doch bloß damals schon miteinander geredet! Es hätte uns so viel Ärger erspart. Jetzt weiß ich auch, wie es auf dich gewirkt haben muss, dass ich Mitchell immer schlecht geredet habe. Du warst so unglücklich und ich wollte dir helfen, aber das hat ja dann das völlige Gegenteil bewirkt. Entschuldige bitte!"

„Das ist schon okay, Alison, wirklich. Ich hatte ja keine Ahnung, wie es dir ging und dass du so lange diesem Jesse-Jonas nachgetrauert hast… Ich hätte für dich da sein müssen, stattdessen habe ich mich nur um mich selbst gekümmert! Schließlich ging es ja in Maybury genau so weiter: Ich wollte unbedingt ein Kind mit Mitch bekommen, aber wurde nicht schwanger. Unsere sowieso schon unglückliche Ehe verschlechterte sich immer weiter, während du Howard kennen gelernt und auf rosaroten Wolken geschwebt hast. Dann wurdest du schwanger – auch noch völlig ungeplant, was mich damals beinahe wahnsinnig gemacht hat! – und bei mir klappte es einfach nicht. Du hattest wieder alles, was ich nicht kriegen konnte. Damals war ich so sauer und enttäuscht!“ Vor Scham verbarg Lauren ihr Gesicht in ihren Händen.

Alison rückte etwas näher an ihre Freundin heran und legte einen Arm um sie. „Hätte ich nur damals schon gewusst, wie es dir wirklich ging, dann hätte ich mich ganz anders verhalten. Du hast immer gesagt, dass ihr noch keine Kinder wolltet... Oh, Laurie, wieso haben wir bloß nicht richtig miteinander geredet?!“

„Ich weiß es auch nicht... Ich für meinen Teil war wohl zu sehr damit beschäftigt, eine Beziehung am Leben zu erhalten, die es zu keinem Zeitpunkt wert war, überhaupt zu existieren! Mitch und ich haben uns nur gestritten, er war unglücklich in Maybury und hasste seinen Job. Und als Kate dann endlich da war, hat sie das erste Jahr pausenlos geschrien, ich habe kaum Schlaf bekommen und mich noch mehr mit Mitch gestritten. Einerseits habe ich mich bei dir über ihn ausgeheult, andererseits war ich sauer, wenn du gesagt hast, dass ich ihn am besten verlassen soll. Besonders, weil du eigentlich recht hattest. Ich habe es dir nie gesagt, aber als du ihn damals mit dieser anderen Frau beobachtet hattest, habe ich ihn natürlich zur Rede gestellt, auch wenn ich dir gegenüber abgestritten habe, dass er eine andere haben könnte. Er hat sich rausgeredet und gesagt, da sei nichts, aber danach haben sich die Anzeichen gehäuft... Es war mir also klar, dass er eine Affäre hatte, aber ich wollte es mir nicht eingestehen. Denn dann hätte ich dir recht geben müssen und du hättest triumphierend gesagt, dass du es schon immer gewusst hast.“ Fassungslos über ihr eigenes Verhalten schüttelte Lauren den Kopf. Wie hatte sie nur so uneinsichtig sein können?

„Laurie, ich hätte niemals über dich triumphiert! Niemals! Aber ich kann verstehen, warum du das damals gedacht hast... Und obwohl du das alles wusstest, bist du trotzdem mit ihm nach Boston gegangen? Warum?“ Alison setzte sich neben Lauren zurecht.

Lauren seufzte aus tiefstem Herzen. Wenn sie jetzt darüber nachdachte, konnte sie es auch nicht mehr verstehen, aber vor über zwanzig Jahren war alles anders gewesen. „Ich hatte so lange dafür gekämpft, eine kleine Familie zu bekommen, ich konnte einfach noch nicht aufgeben. Außerdem hätte das ja, wie gesagt, bedeutet, dass ich dir hätte recht geben müssen, und das hätte ich nicht ertragen können. Und ich habe nur bis gerade eben gebraucht, um das zu verstehen – ist das nicht eine Leistung!?“ Lauren konnte nur noch mit Selbstironie auf ihre eigene Verbohrtheit reagieren. „Es hat nach unserem Umzug übrigens nur drei Monate gedauert, bis Mitch von alleine damit rausgerückt ist, dass er eine andere hat und die Scheidung will. Er wollte das Haus hier in Maybury verkaufen, aber das konnte ich trotz allem nicht übers Herz bringen.“ Beinahe verzweifelt wegen dieser schmerzhaften Erinnerungen sah Lauren ihre Freundin an. „Ali, es war doch immer unser Kindheitstraum gewesen, Nachbarinnen zu sein! Ich kann nur hoffen, dass du mir meine Dummheit verzeihen kannst und wir auf unsere alten Tage, wie Kate sagen würde, noch einmal von vorne anfangen können.“ Hoffnungsvoll sah Lauren Alison an.

„Ja, ich verzeihe dir. Wie ich schon vor einigen Tagen sagte, ich habe dir schon lange verziehen. Denn jeder Groll, den wir gegen jemand anderen hegen, schadet immer nur uns selbst, weil er uns in negativen Gefühlen gefangen hält. Und es tut mir wirklich leid, dass du das alles mit Mitchell erleben musstest. Das hattest du nicht verdient!“ Alison erhob sich von ihrem Stuhl und hielt Lauren eine Hand entgegen, um ihr aufzuhelfen. Als die beiden Frauen voreinander standen, fielen sie sich in die Arme.

Vor Erleichterung schluchzte Lauren und weinte ein paar leise Tränen. „Ich danke dir, Alison, von ganzem Herzen. Ich bin so froh, dass wir uns wiedergefunden haben! Und dass du nicht so einen Idioten wie Mitchell abbekommen hast, sondern deinen Howard! Wie geht es ihm eigentlich? Ich habe ihn noch gar nicht gesehen!“ Plötzlich versteifte Alison sich in Laurens Armen und wandte das Gesicht ab. „Alison, was ist los? Ich habe das Gefühl, dass ich gerade etwas ganz Blödes gesagt habe…“ Verunsichert blickte Lauren zu Alison. Als sie sich ihr wieder zuwandte, sah Lauren Tränen in ihren Augen schimmern. Auf einmal wurde es ganz eng in Laurens Brust.

Mit brechender Stimme entgegnete Alison: „Du weißt es gar nicht? Ich dachte, Sarah hätte es dir damals erzählt…“ Alison konnte die Tränen nicht mehr zurückhalten.

Lauren wurde stutzig bei der Erwähnung ihrer früheren Kollegin aus Erics Buchladen. Sarah war die einzige aus Maybury gewesen, mit der sie nach dem Umzug nach Boston noch Kontakt gehabt hatte. Jedenfalls bis zu dem Tag, als Sarah ihr gebeichtet hatte, dass sie Alison von Laurens und Mitchells bevorstehender Scheidung erzählt und ihr sogar Laurens neue Adresse gegeben hatte. Das hatte Lauren damals als derartigen Verrat empfunden, dass sie nie wieder mit Sarah gesprochen hatte. Alison war dann tatsächlich in Boston aufgetaucht und hatte mit Lauren sprechen wollen. Sie hatte sich von Mitchell, der gerade zufällig die letzten Sachen aus ihrer gemeinsamen Wohnung abgeholt hatte, verleugnen lassen, obwohl Alison tränenüberströmt vor der Tür gestanden hatte. Wenn Lauren jetzt an ihr schäbiges Verhalten dachte, überkam sie ein Brechreiz. Sie wurde das Gefühl nicht los, dass sie damals einen schrecklichen Fehler begangen hat. Zögerlich fragte sie: „Was hätte mir Sarah denn erzählen sollen?"

Alison wischte sich die Tränen aus dem Gesicht und atmete einmal tief ein und aus, bevor sie so gefasst wie möglich sagte: „Howard lebt nicht mehr. Kurz nachdem ihr nach Boston gezogen seid, bekam er die Diagnose Leukämie. Es ging ihm schnell sehr schlecht und die Ärzte hatten keine Hoffnung. Wir hatten noch ein paar Wochen, um uns zu verabschieden, und dann ist er von uns gegangen."

„Oh mein Gott, Alison! Das tut mir unendlich leid! Ich hatte keine Ahnung! Das war also damals der Grund, warum du nach Boston gekommen bist? Das wolltest du mir sagen? Scheiße, wie konnte ich nur so stur und dumm und verbohrt und eklig sein? Ich habe es wirklich nicht verdient, dass du mir verzeihst, wirklich nicht." Die beiden fielen sich erneut in die Arme und weinten gemeinsam.

Als keine Tränen mehr übrig waren, ergriff Alison das Wort: „Für mich ist damals die Welt zusammengebrochen – und das gleich zwei Mal. Erst gehst du und dann Howard. Ich war todunglücklich, tieftraurig und habe mich so unendlich einsam gefühlt. Und ich war so sauer auf dich, das kannst du mir glauben! Aber schon während Howards Krankheit hatte ich erkannt, welche Dinge wirklich wichtig sind im Leben, und das sind Familie, Freunde und Gesundheit. Deswegen wollte ich mich mit dir versöhnen, alles hinter mir lassen und von vorne anfangen. Ich bin nach Boston gefahren, um mit dir zu sprechen, aber du wolltest mich nicht sehen. Das war sehr hart." Alison schluchzte kurz auf. „Das hätte ich niemals erwartet und es hat mich noch mal völlig aus der Bahn geworfen. Obwohl ich rückblickend sagen würde, dass das eigentlich gar nicht mehr möglich gewesen war, so durcheinander wie ich damals war.“ Sie grinste schief. „In dem Moment musste ich einsehen, dass ich dich nicht zwingen konnte, dich mit mir auszusprechen, solange du nicht bereit dazu warst. Also habe ich mich zurückgezogen, mich auf meine eigene Heilung konzentriert und darauf vertraut, dass du kommen wirst. Ich wollte mein Leben nicht mit Hass, Zwietracht und Wut weiterleben, deswegen musste ich dir und mir alles verzeihen, auch diese Sache in Boston. Rückblickend klingt es einfacher, als es damals war. Ehrlich gesagt war es sogar ganz schön schwer und es hat einige Jahre gedauert. Aber ich wusste, dass es keine andere Möglichkeit gibt, also habe ich es getan. Und es tut unendlich gut, dass du jetzt hier bist und das gleiche tust.“ Aufmunternd sah Alison Lauren an, bevor sie mit einem kleinen Lächeln hinzufügte: „Und jetzt kannst du mir wieder vorwerfen, dass ich der größte Esoterik-Hippie der Welt bin! Aber was soll ich sagen? – Es funktioniert!“ Entschuldigend zuckte sie mit den Schultern und lachte dann so laut und befreiend, dass auch Lauren einstimmen musste.

Wieder lagen sie sich in den Armen und hüpften anschließend durch die Küche wie die Kinder, die sie waren, als sie *Freunde für immer* wurden.

13

Beschwingt verließ Kate ihren Arbeitsplatz in der Bibliothek, in der sie seit heute Morgen gearbeitet hatte. Sie machte extra etwas früher Schluss, um Auri von ihrem Tanzkurs abzuholen. Ihre Tochter hatte sich das gewünscht und Kate hatte gerne zugestimmt. Jetzt, wo der Start in Yale geschafft war und alles in einigermaßen geregelten Bahnen verlief, wollte sie sich endlich wieder mehr Zeit für Auri nehmen.

Das erste Kolloquium mit Ben lag bereits eine Woche zurück und seitdem hatte sie ihn kaum gesehen und außer einem flüchtigen Gruß auf dem Flur nicht mit ihm gesprochen. Die Fronten waren geklärt und Kate war froh darüber, dass er sich ihr nicht weiter aufdrängte. Anscheinend war ihr Wutausbruch ihm gegenüber nicht zu den Professoren durchgedrungen – jedenfalls hatte Professor Donovan nichts in diese Richtung gesagt.

Bevor sie nach Maybury fahren konnte, musste Kate noch eine Buchbestellung abholen, die nach zweiwöchiger Wartezeit endlich von einer anderen Universität eingetroffen war. Sie betrat die Eingangshalle des Bibliotheksgebäudes und stellte sich an der Schlange am Schalter an.

Anscheinend war momentan nur eine Bibliothekarin dort, die sich um die Anliegen der Studierenden kümmerte.

Kate nahm ihr Handy aus der Hosentasche, um Fin auf seine letzte Nachricht zu antworten. Als sie an ihn dachte, wurde das Lächeln auf ihrem Gesicht unwillkürlich breiter.

Seit ihrem ersten Kuss auf Appletree Manor hatte Kate aufgehört, Gründe zu suchen, warum sie keinen Mann in ihrem Leben wollte. Sie hatte beschlossen, sich auf diese Sache zwischen ihnen einzulassen, wo auch immer sie hinführen mochte.

Da Fin genauso wie Kate momentan viel zu tun hatte, hatten sie sich bisher nur ein weiteres Mal treffen können. Die vernünftige Stimme in Kates Kopf befand, dass dieses langsame Tempo gut war, um sich gegenseitig in Ruhe kennenzulernen und nichts zu überstürzen. Warum konnte sie es dann trotzdem kaum erwarten, ihn endlich wiederzusehen?

Kate scrollte hoch, um sich ihr Messenger-Gespräch noch einmal durchzulesen.

Fin: *Wann treffen wir uns das nächste Mal? Ich kann mich schon kaum mehr erinnern, wie du aussiehst, so lange ist unsere letzte Verabredung her…* 🙁

Kate schmeichelte es, dass er es offenbar auch nicht erwarten konnte, sie wiederzusehen. Sie konnte sich bildlich Fins Gesichtsausdruck vorstellen, den er beim Schreiben dieser Nachricht aufgesetzt haben musste.

Kate: *Wie wäre es am Sonntag? Da habe ich Zeit!* 😊

Fin: *Das klappt leider nicht. Ich fahre Sonntagmorgen los nach Wasco. Die Geschäftsreise, von der ich dir erzählt hatte.* 🙁

Kate: *Oh nein, wie soll ich nur eine ganze Woche lang ohne dich auskommen?*

Ein bisschen vermisste sie ihn tatsächlich jetzt schon, wenn sie an seine bevorstehende Abwesenheit dachte. Aber natürlich hatte Kate diese Nachricht ganz im Sinne ihres üblichen Geplänkels mit Absicht übertrieben dramatisch formuliert. Fins passende Antwort hatte nicht lange auf sich warten lassen:

Fin: *Das weiß ich auch nicht! Vielleicht vertreibst du dir die Zeit, indem du „Mrs Kate Wilkinson" mit kleinen Herzchen statt ı Punkten in dein Hausaufgabenheft schreibst und verträumt in der Gegend rumguckst?*

Kate hatte beinahe laut aufgelacht, als sie diese Nachricht heute Vormittag in der Bibliothek gelesen hatte. Nun tippte sie grinsend eine passende Antwort:

Kate: *Du hast offensichtlich nicht nur zu viele Romanzen für erwachsene Frauen, sondern auch für Teenies gesehen... Was ist da los, Fin? Brauchst du jemandem zum Reden?* 😉

Kaum hatte Kate die Nachricht verschickt, berührte sie jemand am Arm. Als sie aufblickte, sah sie Ben, der auf einmal hinter ihr stand. Das Lächeln auf ihrem Gesicht gefror. Mit einem Seufzen stellte sie fest, dass die Schlange vor ihr immer noch so lang war wie bei ihrer Ankunft.

„Hallo, Kate, wie geht's? Wartest du auch auf eine Fernleihe?", erkundigte sich Ben mit freundlichem Gesichtsausdruck.

Endlich hatte die Bibliothekarin die Bücher einer Studentin gefunden, die damit glücklich von dannen zog. Die Wartenden bewegten sich nach vorne, noch drei Personen vor Kate. Sie verdrehte innerlich die Augen, bemühte sich aber um einen neutralen Tonfall, als sie das Offensichtliche bestätigte: „Ja, genau."

Kate hatte überhaupt keine Lust auf gezwungenen Smalltalk, machte aber ganz im Sinne ihrer Abmachung mit Ben gute Miene zum bösen Spiel. Da sie beide aber anscheinend noch länger hier stehen würden, setzte Kate hinzu: „Ich habe diesen Tagungsband mit Aufsätzen zur Numismatik der römischen Provinzen in der Kaiserzeit bestellt, den wir nicht haben."

Ben wirkte erleichtert, dass Kate sich auf ein Gespräch mit ihm einließ, was Kate wiederum irritierte. „Ah ja, das war die Tagung von vor zwei Jahren in Athen, richtig? Ich wollte auch hinfahren, aber dann lag ich mit Grippe im Bett." Er zuckte mit den Schultern. „Shit happens."

Du Ärmster, dachte Kate sarkastisch bei sich, als sie sich daran erinnerte, dass Ben ein absoluter Hypochonder war. Sie wäre damals übrigens selbst gerne zu der Tagung gefahren, aber sie hatte ein zahnendes Kleinkind Zuhause und kein Geld für den Flug gehabt. Da Kate keine diplomatische Antwort einfiel, nickte sie vage, während ein weiterer Student mit seinen Büchern verschwand.

„Äh, Kate, es ist vermutlich nicht der richtige Ort, um jetzt mit diesem Thema anzufangen, aber..." Ben stockte und knetet nervös die Hände. „Aber ich wollte dich unbedingt nach Aurelia fragen. Bei unserem letzten Gespräch bin ich nicht mehr dazu gekommen und du sollst nicht denken, dass ich mich nicht für sie interessiere."

Erstaunt über sein plötzliches Interesse – schließlich hatte er sich in den letzten dreieinhalb Jahren nie nach ihr erkundigt – blickte Kate ihn mit hochgezogenen Augenbrauen an. *Reiß dich zusammen, Kate, und gib ihm nicht die gepfefferte Antwort, die er verdient hätte!*, ermahnte sie sich, während sie möglichst neutral antwortete: „Es geht ihr gut, sie lebt mit Lauren und mir in Maybury und geht jetzt in den Kindergarten."

Wieder verließ jemand die Schlange vor Kate mit einigen Büchern im Arm. Sie konnte nur hoffen, dass es weiterhin so schnell ging, damit sie dieses merkwürdige und nervenzehrende Gespräch mit Ben bald beenden konnte.

„Gut, gut, das klingt gut," meinte ihr Ex-Freund, bevor er zögerlich fortfuhr: „Vielleicht können wir uns ja mal außerhalb von Yale treffen und in Ruhe über alles sprechen?

Darüber würde ich mich sehr freuen! Außerdem gibt es da noch ein anderes Thema, etwas Wissenschaftliches, worüber ich gerne mit der reden würde… "

Kates spontane Reaktion auf seinen Vorschlag war ein dumpfes Gefühl in der Magengegend. Was wollte er bloß von ihr? Was führte er im Schilde? Trotz aller mehr als berechtigten Zweifel flammte wieder der Gedanke in ihr auf, dass sein Interesse ehrlich sein könnte und er sein Verhalten von vor fast vier Jahren tatsächlich bereute. Sie wusste selbst nicht mehr, was sie von ihrem Ex-Freund halten sollte. Barrys Worte, auf der Hut zu sein, hallten in ihrem Kopf nach.

Zum Glück war Kate nun endlich an der Reihe, ihre Buchbestellung abzuholen.

„Ich bin jetzt dran, also… Mach's gut, Ben, man sieht sich", antwortete sie schnell und ließ ihn einfach stehen.

Als sie ein paar Minuten später im Auto saß und entsetzt feststellte, dass sie viel zu spät dran war, hing ihr das Gespräch mit Ben immer noch nach. Was wollte er bloß mit ihr besprechen? Über alles Wissenschaftliche konnten sie doch auch in Yale reden!? Und woher kam bloß sein plötzliches Interesse an Auri? Sollte das etwa bedeuten, dass er ein Teil ihres Lebens sein wollte? Schockiert setzte Kates Herz einen Schlag aus. Sie hatte zwar das alleinige Sorgerecht für ihre Tochter, aber vermutlich konnte sie ihm ein Besuchsrecht im Zweifelsfall nicht verwehren. Und sich über Anwälte zu streiten, wie ihre Eltern es jahrelang getan hatten, kam für Kate nicht infrage.

Selbstverständlich tat es ihr für Auri leid, dass sie bisher ohne Vater aufgewachsen war. Aber Ben war sicherlich nicht der Mann, den sie sich als Daddy für ihre Tochter wünschte.

. . .

Nicht nur, dass Kate zu spät losgefahren war, der Verkehr von New Haven nach Maybury stellte sich als katastrophal heraus. Sie fluchte in einer Tour über die unfähigen Autofahrer, die es nicht schafften, sich vernünftig auf die eine Spur einzufädeln, die nach einem Unfall auf der anderen Spur noch frei war. Kate hatte in der Tanzschule anrufen wollen, aber zu allem Unglück war auch noch der Akku ihres Handys leer gewesen. Ein Gutes hatte das Verkehrschaos allerdings: Es lenkte sie davon ab, über Bens Vorschlag nachzudenken.

So hatte sie das merkwürdige Gespräch mit ihm beinahe vergessen, als sie eilig die Tür von *Dancing Queens (& Kings)* öffnete und hinein hastete.

Atemlos stand Kate nun im Vorraum der Tanzschule und sah sich suchend nach Auri um.

„Hallo? Auri? Bist du hier irgendwo?“, rief sie fragend. Sie beschloss, sich im Tanzsaal umzusehen, als die Tür des Saales von innen geöffnet wurde und ihr eine junge Frau entgegentrat.

„Hallo, haben Sie meine Tochter Aurelia gesehen? Ich wollte sie von der Tanzstunde abholen und habe ewig im Stau gestanden!“, kamen die Worte hastig über Kates Lippen.

„Ja, das habe ich, sie ist hier im Tanzsaal. Es geht ihr gut, machen Sie sich keine Sorgen!“, beruhigte die junge Frau die unausgesprochene Sorge, die Kate ins Gesicht geschrieben stand.

Kate atmete auf. „Gut, dann werde ich jetzt schnell zu ihr gehen. Vielen Dank…?“ Sie wollte sich bei der Frau bedanken, wusste aber ihren Namen nicht.

„…Abby. Keine Ursache! Alison musste schon los, daher bin ich bei Auri geblieben. Wir haben noch ein bisschen getanzt, während wir gewartet haben“, zwinkerte Abby und hielt Kate die Tür auf.

„Danke, Abby, das war wirklich sehr nett von Ihnen."

„Überhaupt kein Problem. Aurelia ist so süß und sie tanzt so gerne..."

Lauren hörte Abby nicht mehr richtig zu, als sie Auris Stimme aus dem Tanzsaal vernahm. Erleichtert stellte sie fest, dass ihre Tochter fröhlich vor sich hinplapperte. Sie wollte direkt zu ihr gehen, als sie eine weitere, männliche Stimme hörte. Sie erkannte sofort, dass es Fins war.

Kate hatte ihr Erstaunen über die Situation, die sich im Tanzsaal abspielte, offensichtlich nicht verbergen können, denn Abby sah sie aufmerksam an und erklärte: „Ach ja, Fin, Alisons Sohn, ist auch gerade gekommen, um etwas zu reparieren. Aurelia hat ihn sofort zum Mitmachen gezwungen." Abby zuckte entschuldigend mit den Schultern, während Kate grinste.

„Oh ja, das klingt nach meiner Tochter. Sie ist recht überzeugend, wenn sie sich etwas in den Kopf gesetzt hat."

„Das kann man wohl sagen", bestätigte Abby mit einem Lächeln. Dann trat sie ein Stück beiseite und machte Kate den Weg in den Tanzsaal frei. In diesem Moment wurde drinnen die Musik angestellt und Kate traute ihren Augen kaum: Vor den großen Spiegeln an der rechten Seite des Raumes standen Fin und Auri und bewegten sich zur Musik. Selbstbewusst tanzte ihre Tochter und man sah ihr die Freude dabei deutlich an. Fin versuchte, die Bewegungen so schnell wie möglich nachzuahmen, war aber natürlich immer etwas zu spät, da er den Tanz nicht kannte.

„Und jetzt: Wolle rollen, Wolle rollen, Wolle rollen...", ertönte Auris Stimme souverän, als sie die Anweisungen wiederholte, die sonst vermutlich Alison den Kindern gab. Dabei drehte sie ihre Fäuste vor ihrem Bauch umeinander und machte abwechselnd einen Schritt nach rechts und nach links. Kates Herz ging auf, als sie ihre kleine Tochter so begeistert tanzen sah. Dann fiel ihr Blick auf Fin, der hochkonzentriert Aurelias Vorgaben folgte und selbst so etwas wie „Wolle rollen, Wolle rollen“ zu murmeln schien.

Etwas flatterte in ihrer Magengegend. Barry würde sagen, dass das Schmetterlinge seien, und Kate grinste kurz. Fin wirkte geradezu niedlich, wie er sich bemühte, alle Tanzschritte richtig auszuführen und damit Aurelia eine Freude zu machen.

Zum zweiten Mal zogen Fins Tanzkünste Kate in den Bann. Natürlich war das hier etwas ganz anderes als bei ihrer ersten Begegnung vor ein paar Wochen, aber wieder war sie verzaubert und konnte nur fasziniert zuschauen.

Nun drehte Auri sich einmal um ihre eigene Achse und entdeckte dabei Kate und die Mitarbeiterin des Tanzstudios an der Tür. Sofort rief sie: „Mom, Abby, mitmachen, los!“

„Tut mir leid, Auri, ich habe noch einiges zu tun und muss jetzt ins Büro! Aber wir sehen uns nächste Woche, bis dann!“, antwortete Abby. Sie winkte kurz und verließ den Raum.

Die Musik war mittlerweile leiser gedreht worden und Auri lief auf ihre Mom zu. Kate nahm sie auf den Arm und vergrub für einen kurzen Moment ihr Gesicht in der Halsbeuge ihrer Tochter. Als sie den Blick hob, fiel er auf Fin, der sie beinahe verlegen ansah. Sie lächelte ihm zu und er trat ihnen ein paar Schritte entgegen.

Als sie Auri abgesetzt hatte, wandte die Kleine sich Fin zu: „Wenn du mehr übst, kannst du bei Dancegiving mitmachen. Ich frage Alison!“ Sie strahlte ihn an, aber bevor Fin etwas dazu sagen konnte, drehte Auri sich um und flitzte davon.

„Auri, wo willst du hin?“, rief Kate ihr hinterher.

„Meine Trinkflasche ist bei Abby!“, erwiderte die Kleine und war schon durch die Tür zum Vorraum verschwunden.

Nun waren sie allein im Tanzsaal. Für ein paar

Sekunden herrschte eine erwartungsvolle Stille zwischen ihnen, während der Kate Fin lächelnd ansah.

„Wow, deine Tochter ist ein richtiger Wirbelwind!", ergriff Fin das Wort und nickte anerkennend. Er wischte sich mit der Hand über die Stirn und lachte: „Sie hat mich richtig ins Schwitzen gebracht – gar nicht so einfach, dieser Tanz. Ich wollte eigentlich nur ein paar Glühbirnen austauschen, aber als ich hier reinkam, haben Abby und Aurelia getanzt. *‚Zuschauer gibt's nur bei Aufführungen – mitmachen oder rausgehen!*', hat deine Tochter zu mir gesagt und sie klang verdammt nach meiner Mutter." Fin grinste.

„Sie hat dir also keine Wahl gelassen, verstehe", sagte Kate und legte betont nachdenklich eine Hand ans Kinn. „Sah nicht so aus, als hätte sie dich besonders lange überreden müssen. Du kannst ruhig zugeben, dass du Kindertänze toll findest und am liebsten auch bei Dancegiving auftreten würdest. Das ist völlig okay, Fin." Verständnisvoll tätschelte Kate seine Schulter, bevor sie sich nicht länger zurückhalten konnte und in Lachen ausbrach.

„Hey, jetzt mach dich nicht über mich lustig, ich wollte einfach nur nett sein. Und dann hat es wirklich Spaß gemacht! Ich kann ja nichts dafür, dass mir das Tanzen im Blut liegt…" Hatte seine Antwort anfangs beinahe zerknirscht geklungen, so war am Ende wieder das freche Blitzen in seine Augen getreten, das Kate schon so gut kannte.

Fin trat ein Stück dichter zu ihr heran und legte seine Hände auf ihre Arme. Die Wärme, die von seiner Berührung ausging, breitete sich in Kates ganzem Körper aus und sie konnte nicht verhindern, dass sie kurz die Luft anhielt.

Fins Gesicht war ihrem ganz nah, als er fragte: „Aurelia ist bei Abby, oder?"

„Mhm", bestätigte Kate, während sie nur Augen für seine Lippen hatte.

Kurz darauf küsste Fin Kate und zog sie in eine enge Umarmung. Mit einem kleinen, wohligen Seufzen erwiderte sie den Kuss und genoss seine Nähe. Ihre Zungen trafen einander und neckten sich spielerisch, bis der Kuss eine andere Intensität gewann. Mit einem Mal war das Freche und Verspielte einer tieferen Intimität gewichen. Kate konnte nicht einmal sagen, woran sie das genau festmachte, sie fühlte es einfach. Als sich ihre Lippen voneinander trennten, blickte Fin sie ernst an. Sie lagen sich nach wie vor in den Armen und die intime Verbindung des Kusses bestand weiterhin zwischen ihnen.

„Du hast wirklich eine tolle Tochter, Kate. Ich freue mich, dass ich sie kennen gelernt habe. Ich hoffe, das ist okay für dich?“

Fragend blickte Fin zu Kate und fing damit ein Thema an, über das sie noch nie gesprochen hatten: Aurelia. Fin hatte zwar von Anfang an gewusst, dass es Auri gab, aber Kate kannte seine Meinung dazu nicht. Sollte es zwischen ihnen ernst werden, würde es Kate nur im Doppelpack geben.

Verunsichert sah Kate zu Fin auf. Er erwiderte ihren Blick eindringlich und sie verstand, welche unausgesprochene Botschaft hinter seinen Worten steckte. Sie lächelte, als ihr klar wurde, dass er überhaupt kein Problem mit Auris Existenz hatte, sondern sich im Gegenteil darum sorgte, ob sie, Kate, damit einverstanden war, dass er ihre Tochter schon kennen gelernt hatte.

Wieder flatterte etwas in ihrer Magengegend. Möglicherweise tatsächlich Schmetterlinge.

„Ja, klar ist es okay für mich. Das war ja nun ein Zufall, für den keiner etwas kann. Und Auri scheint dich nett zu finden und sie weiß ja auch gar nicht, dass wir zwei… äh, also, dass wir zwei uns gerade *kennen lernen* und sowieso…“ Irgendwie hatte Kate den Faden verloren. Sie wedelte unbeholfen mit der Hand in der Luft herum und lief rot an.

Fin lächelte und wirkte auch etwas verlegen, als er sagte: „Ich weiß, wir haben noch gar nicht über uns gesprochen und es ist alles noch ganz neu und frisch... Ich will nur sagen, dass ich für alles offen bin und es gerne auf mich zukommen lassen möchte, was auch immer aus uns werden wird. Also, kein Stress, alles ganz locker." Fahrig strich er sich die Haare zur Seite, die immer wieder in seine Stirn fielen, und löste sich aus ihrer Umarmung. „Ich wollte nur sagen, dass ich vollstes Verständnis dafür habe, dass Aurelia für dich immer an erster Stelle steht. Und dafür, dass du dir sicher sein musst, wen du ihr vorstellst und wen nicht. Aber wahrscheinlich mache ich mir auch viel zu viele Gedanken, denn wie du sagst, weiß Aurelia gar nicht von uns und so weiter..." Nun schien er den Faden verloren zu haben.

Fins ehrliche Worte nahmen Kate die Nervosität und sie lächelte ihn an. „Danke für dein Verständnis, das bedeutet mir viel." Sie drückte zur Bestätigung seinen Arm.

Eine kurze Pause entstand, bis etwas in Kates Blick aufblitzte: „Dann werde ich Auri gleich nachher erzählen, dass sie heute ihren neuen Daddy kennen gelernt hat. Sie wird sich wahnsinnig freuen!"

Fin brauchte eine Sekunde, in der er Kate perplex anstarrte, um zu verstehen, dass sie scherzte. Dann lachte er auf und es herrschte wieder eine gelöste Stimmung zwischen ihnen.

Nickend erwiderte er: „Das ist nur logisch! Denn du würdest ihr das Herz brechen, wenn sie mich nun nie wiedersehen dürfte." Er griff sich theatralisch an die Brust.

„Und mich wirst du jetzt auch nicht mehr so schnell los, schließlich hast du meine Tochter kennen gelernt!" Übermütig pikste Kate Fin in den Bauch und lachte.

„Oha, da habe ich mir ja ein Eigentor geschossen!", erwiderte Fin mit erschrockener Miene, die er beinahe perfekt hinbekam. Kate verdrehte nur die Augen und knuffte Fin in den Oberarm.

Gemeinsam gingen sie aus dem Tanzsaal, um Aurelia von Abby abzuholen.

14

„Können wir als erstes zu den Pferden?“ fragte Auri, als sie den Eintritt für die Erlebnis-Farm bezahlt hatten und sich nun auf dem Lageplan einen Überblick über das weitläufige Gelände verschafften. Die Kleine war schon den ganzen Morgen aufgeregt gewesen und hatte auf der Fahrt kaum still sitzen können.

„Die Pferdeweide liegt ein Stück entfernt. Wir können gerne dorthin gehen und auf dem Weg noch die Hängebauchschweine und die Ziegen im Streichelzoo angucken“, antwortete Lauren bei einem weiteren Blick auf den Plan.

„Na gut“, brummte Auri und lief los.

Der Besuch auf dem Erlebnis-Bauernhof war der erste Familienausflug seit Monaten. Kate freute sich darauf, den ganzen Tag mit ihrer Mutter und ihrer Tochter zu verbringen. Die Zeit zu dritt war in den letzten Wochen zu kurz gekommen.

Langsam setzten sich auch Kate und Lauren in Bewegung. Sie wussten, dass Auri nicht zu weit von ihnen weglaufen würde, denn dazu gab es links und rechts des Weges viel zu viele Dinge zu entdecken. Jetzt blieb sie bei einem Beet stehen und bewunderte die herbstlichen

Blumen, bis sie auf dem Boden Eicheln und Kastanien entdeckte, die sie einsammelte.

Der gemütliche Spaziergang bot Kate die Gelegenheit, mit ihrer Mutter zu sprechen. Denn seit etwa einer Woche war Lauren wie ausgewechselt. Sie strahlte übers ganze Gesicht und lief fröhlich pfeifend durchs Haus. Kate hatte beinahe gedacht, ihre Mutter sei von einer nächtlichen Eskapade mit Chris zurückgekommen, als sie vor ein paar Tagen um acht Uhr morgens durch die Küchentür ins Haus geschlüpft war. Aber Lauren hatte direkt verkündet, dass sie bei Alison gewesen war und sie sich ausgesprochen hatten. Das war es also gewesen, was Lauren die ganze Zeit bedrückt hatte.

Trotzdem interessierte es Kate natürlich, was genau geschehen war. „Mom, erzähl doch mal, wie es mit Alison gelaufen ist! Ich bin schon so gespannt! Vor ein paar Tagen warst du noch überhaupt nicht gut auf sie zu sprechen und jetzt ist alles vergeben und vergessen?“

Lauren grinste schief. Es schien, als müsste sie kurz überlegen, wo sie anfangen sollte, weil es so eine lange Geschichte war. „Tja, was soll ich sagen? Im Prinzip ist es so.“ Schließlich offenbarte Lauren ihrer Tochter die ganze Story.

Sie waren glücklicherweise an einem Spielplatz vorbeigekommen, auf dem auch andere Kinder spielten. Dort wollte Auri bleiben – die Pferde waren vorübergehend in Vergessenheit geraten – und sie hatte mit den anderen geschaukelt und im Sand gebuddelt. Sonst hätte Lauren bestimmt nicht so ungestört erzählen können.

Kate hatte gespannt zugehört und war ebenso wie Lauren völlig geschockt, als sie von Howards Tod hörte. Sie musste natürlich sofort an Fin denken und empfand tiefes Mitgefühl für ihn. Auch wenn sie ebenfalls ohne Dad groß geworden war, war es natürlich etwas ganz anderes, wenn der Vater früh verstarb.

„Kate, es hat so gutgetan, sich endlich alles von der Seele zu reden! Bis vor Kurzem war mir gar nicht bewusst gewesen, dass mich die Situation mit Alison so belastet schließlich ist das alles schon über zwanzig Jahre her. Aber wie du sicherlich gemerkt hast, war ich seit unserer Rückkehr nach Maybury nicht besonders gut drauf –“

„Oh ja, das kann ich bestätigen!“ warf Kate ein.

„– und das tut mir leid, bitte entschuldige. Wie ich jetzt weiß, habe ich einfach ein bisschen gebraucht, um all diese Dinge zu verstehen. Aber jede einzelne kleine Erkenntnis, jeder kleine Schritt war notwendig, damit ich begreifen konnte, was damals wirklich passiert ist. Und damit ich vergeben und mit der Vergangenheit endlich richtig abschließen konnte. Nun kann ich befreit im Hier und Jetzt leben, mit meiner Familie und meiner besten Freundin – das ist so ein wunderbares Gefühl!“ Lauren stutzte kurz. „Jetzt klinge ich schon wie Alison!“, lachte sie. „Ach, was soll`s, sie hatte ja auch recht!“

Kate sah ihre Mutter begeistert an: „Ich freue mich sehr für euch, dass ihr alles klären konntet und eurer Freundschaft eine neue Chance gebt. Danke, dass du mir davon erzählt hast, Mom, das bedeutet mir sehr viel.“ Kate umarmte ihre Mutter fest und konnte förmlich spüren, wie die ganze Anspannung der letzten Wochen von ihrer Mutter, aber auch von ihr, abfiel. Endlich wusste sie, was passiert war. Von nun an würde es keine Geheimnisse mehr geben, was für eine Erleichterung!

Siedend heiß fiel Kate ein, dass sie ihrer Mom bald von Bens Rückkehr nach Yale erzählen musste. Und davon, dass sie Fin doch weiterhin treffen würde. Aber jetzt war nicht der richtige Zeitpunkt dafür, beschloss Kate.

Sie wollte sich gerade nach Auri umsehen, als ihre

Tochter sie am Bein berührte und sagte: „Ich will auch kuscheln!“ Lachend hoben Kate und Lauren Auri hoch, schlossen sie in ihre Arme und bedeckten sie übermütig im ganzen Gesicht mit Küsschen. Irgendwann wurde es der Kleinen zu bunt und sie zappelte und wollte wieder runter: „Mommy, Granny, nicht so viel küssen! Ich will zu den Pferden!“

Fröhlich verließen sie den Spielplatz. Als sie auf dem Weg bei den Hängebauchschweinen ankamen, die frei herumliefen und die Besucher beschnüffelten, holte Kate ihr Handy aus der Tasche, um ein Foto von Aurelia mit den Schweinen zu machen. Auf dem Display wurden ihr mehrere Nachrichten von Fin angezeigt und ihr Herz machte wie immer einen kleinen, aufgeregten Hüpfer.

Fin: *Hallo, Süße, wie geht's dir? Ich wollte fragen, ob du spontan heute Abend Zeit für ein gemeinsames Essen hast? Würde mich freuen, wenn wir uns vor meiner Geschäftsreise noch mal sehen!*

Fin: *Ach ja, ich koche selbst und habe mir schon ein Menü ausgedacht. Bei mir Zuhause. So um acht?*

Fin: *Okay, gut, du kannst dir auch was wünschen! Ich kann alles kochen.*

Kate lächelte über Fins Nachrichten. Sie konnte sich täuschen, aber sie hatte das Gefühl, dass er ein bisschen aufgeregt war und das fand sie süß. Sie fragte kurz ihre Mom, ob sie heute Abend auf Auri aufpassen könnte. Lauren bejahte und grinste wissend.

Kate: *Hi, mir geht's gut. Ich komme gern heute Abend und lasse mich, was das Essen und das Rahmenprogramm angeht, überraschen.* 😉

Fins Antwort kam postwendend: *Rahmenprogramm? Alles klar, das wird ein interessanter Abend.* 😉

Kate machte schmunzelnd das Foto von Auri und steckte das Handy wieder ein.

„So selig grinsend wie du in den letzten Tagen durch die Gegend gelaufen bist, habe ich mir schon gedacht, dass das mit Fin doch noch nicht vorbei ist. Hast du heute Abend ein heißes Date mit ihm?“, fragte Lauren mit wackelnden Augenbrauen und machte sogar Knutschgeräusche nach.

Kate lachte und verdrehte spaßeshalber die Augen. Zum Glück führte die Tatsache, dass sie Fin weiterhin sah, nicht zu einem erneuten Streit mit ihrer Mom. Erleichterung durchströmte Kate, denn sie hatte Lauren bisher noch nichts davon erzählt.

Außerdem fühlte sie sich ein bisschen wie ein Teenager, der von seinen Eltern über seinen neuesten Schwarm ausgefragt wird. „Mom, lass das, du bist peinlich! Aber ja, Fin und ich haben ein Date. Ich kann dir allerdings noch nicht sagen, wie heiß es wird.“

Laurens Neugier war geweckt: „Habt ihr euch denn schon geküsst?“

„Ja, haben wir.“

„Und wie war es?“

„Du bist ja gar nicht neugierig! Aber, wenn es dich befriedigt: Es war sehr schön!“

„Na, die Hauptsache ist ja wohl, dass es dich befriedigt hat!“, feixte Lauren und zwinkerte Kate noch einmal frech zu, bevor sie zu Auri ging, die ihre Granny gerufen hatte.

„Gerade eben fand ich die neue Lauren noch super, aber jetzt bin ich mir nicht mehr so sicher!“, rief Kate ihrer Mom hinterher. Deren Antwort war ein breites Grinsen und eine rausgestreckte Zunge.

Nachdem sie endlich bei den Pferden angelangt waren und Auri sogar auf einem Pony gesessen hatte, suchten sie sich einen Platz für ihr Mittagspicknick. Am Angelteich, der auch zur Erlebnis-Farm gehörte, gab es Bänke und Tische mit Blick auf den See. Obwohl für heute leichte Regenschauer angesagt waren, schien bisher die Sonne. Entspannt setzten sie sich und packten ihre Sandwiches, etwas Obst, Getränke und ein paar Süßigkeiten aus. Gemütlich aßen und tranken sie und genossen die herrliche Aussicht auf den See. Nach dem Essen musste Aurelia mal und Kate begleitete sie zu den Toiletten. Lauren blieb auf der Bank sitzen und genoss den ruhigen Moment. Sie streckte das Gesicht in die Sonne und erfreute sich an den vielleicht letzten warmen Strahlen dieses Jahr.

Sie ließ ihren Blick über den kleinen See schweifen, der an der gegenüberliegenden Seite von Bäumen gesäumt war. Die Blätter hatten bereits herbstliche Farben angenommen und leuchteten gelb, orange und rot in der Oktobersonne. Rechts von ihr lag in einigen Metern Entfernung eine Angelstelle. Ein kleiner Steg führte ins Wasser und bot sich bei wärmeren Temperaturen für einen Sprung ins kühle Nass an.

Auf einmal sah sie dort eine Person ans Ufer treten, die ihr direkt bekannt vorkam. Sie beugte sich vor und kniff die Augen zusammen, um mehr erkennen zu können. Der gut gebaute Mann stellte einen Angelkoffer auf dem Steg ab, drehte sich um und verschwand wieder zwischen den Bäumen, vermutlich, um weitere Utensilien zu holen. Ganz in der Nähe lag ein Parkplatz, den Lauren vorhin auf dem Lageplan entdeckt hatte. Sie konnte zwar nur kurz das Gesicht des Mannes sehen, aber das reichte aus, um zu erkennen, dass es niemand anderes als Chris war, der dort drüben angeln wollte.

In einem Anflug plötzlicher Schüchternheit sprang sie unwillkürlich auf und ging hinter dem Tisch in Deckung, damit er sie nicht sehen konnte, wenn er zurückkam. Warum Lauren das tat, war ihr selbst nicht ganz klar. Außenstehende würden vermutlich denken, dass es daran lag, dass sie Chris doch mehr mochte, als sie zugeben wollte. Aber hätte jemand so etwas Abwegiges behauptet, hätte Lauren abgewunken und verächtlich geschnaubt.

Keine drei Sekunden später kam Chris zurück auf den Steg. Jetzt trug er einen faltbaren Campingstuhl und eine Kühltasche und stellte sie neben dem Angelkoffer ab.

Lauren begann gerade, sich dämlich vorzukommen, wie sie zusammengekauert hinter dem Picknicktisch hockte, als plötzlich eine junge Frau zu Chris trat und ihn überschwänglich begrüßte. Die Frau war wirklich sehr jung und die Begrüßung sehr überschwänglich. Sie fielen sich in die Arme und Chris hob sie sogar vom Boden hoch und wirbelte sie einmal im Kreis herum.

Fehlte nur noch, dass er sie von oben bis unten abknutschte! Laurens Herz, das bei Chris' Anblick kurz schneller geschlagen hatte, rutschte ihr in die Hose. Bevor sie überlegen konnte, was sie jetzt tun sollte, verließ die junge Frau das Seeufer wieder und ließ Chris alleine zurück, der sich seelenruhig mit seiner Angelausrüstung beschäftigte.

Lauren dachte fieberhaft nach, wie sie hinter dem Picknicktisch wegkommen sollte, ohne dass Chris sie sah. Die einzige Möglichkeit war leider, über den Boden zum nächstgelegenen Gebüsch zu krabbeln, auch wenn das wirklich kein besonders ruhmreicher Abgang war.

Sie setzte sich gerade auf allen Vieren in Bewegung, als eine belustigte Stimme hinter ihr erklang: „Mom, was machst du denn da?"

Erschrocken drehte Lauren sich um. „Kate, scht, sei leise! Schnell, duck dich! Man darf uns nicht sehen!"

Kate, die Aurelia auf dem Arm trug, guckte ihre Mutter verwirrt an und hielt nach der vermeintlichen Gefahr, vor der sie sich verstecken sollte, Ausschau. Schnell entdeckte sie Chris, der von dem ganzen Spektakel nichts mitbekam, und die Erkenntnis leuchtete in ihrem Gesicht auf.

„Ist das dein Ernst, Mom? Das ist doch nur Chris. Lass uns zu ihm gehen und Hallo sagen." Amüsiert kräuselte Kate den Mund.

„Nein, nein, es ist nicht *nur* Chris. Kommt runter! Er ist mit einer Frau da." Laurens Stimme wurde immer höher und panischer, obwohl sie sich bemühte, leise zu sprechen.

Mittlerweile hatte auch Auri verstanden, dass es um ihren Kumpel aus dem Baumarkt ging. Als sie ihn sah, rief sie so laut sie konnte: „Hallo, Chris! Hallo, hier sind wir!" Sie winkte mit beiden Händen und wand sich in Kates Armen, damit sie sie auf den Boden ließ.

Chris drehte sich überrascht um, als er seinen Namen hörte. Er freute sich offensichtlich, Auri zu sehen, die ihm bereits entgegenkam. Mit verwundertem Blick schaute er zum Picknicktisch rüber: Lauren rappelte sich vom Boden auf und Kate stand kopfschüttelnd daneben.

Aurelia plapperte schon beim Laufen drauf los: „Hallo, Chris, guckst du dir auch die Pferde und die Bauchhängeschweine und die Ziegen an? Ich war auf einem Pony! Und ich war auf dem Spielplatz. Und wir haben Sandwiches gegessen und Mommy kauft mir jetzt ein Eis!"

Kate und Lauren folgten ihr. Als sie beim Steg ankamen, hörten sie Auri gerade fragen: „...Und Granny hat gesagt, hier ist eine Frau. Wer ist das?"

„Aurelia!", entfuhr es Lauren erschrocken. Sie wurde auf der Stelle feuerrot.

Die Kleine hielt kurz inne und sah ihre Großmutter mit großen Augen an: „Aber das hast du doch eben gesagt, als du dich hinter dem Tisch versteckt..."

In einer Kurzschlussreaktion legte Lauren Auri eine Hand auf den Mund, damit die Kleine aufhörte zu reden. Kate prustete auf, erntete aber sofort einen strafenden Blick von Lauren, so dass sie versuchte, ihr Lachen zu unterdrücken.

Auri gefiel es überhaupt nicht, dass sie den Mund halten sollte und machte sich von der Hand ihrer Oma frei. „Granny, das ist gemein. Mit mir spielst du nie verstecken, aber mit Chris schon…"

Chris, der sich das Ganze schweigend angesehen hatte, kämpfte ebenfalls mit einem Lachanfall. Er hatte sicherlich bemerkt, wie hochnotpeinlich Lauren die Situation war, denn er riss sich zusammen und wandte sich an Aurelia: „Auri, wie schön dich zu sehen! Ich kann verstehen, dass du enttäuscht bist, dass deine Granny nicht mit dir Verstecken spielt. Aber mit mir tut sie es auch nicht. Ich glaube, sie hat nur etwas fallen lassen und wollte es vom Boden aufheben." Aufmunternd sah er Kates Tochter an, die nachdenklich seinen Worten lauschte.

„Na gut… Spielst du dann jetzt mit mir Verstecken?" Ein erwartungsvoller Ausdruck lag auf Auris Gesicht.

Bevor er etwas antworten konnte, ergriff nun Kate das Wort: „Süße, das geht leider nicht. Chris möchte angeln. Und wir wollten dir doch ein Eis holen."

Chris nickte und sagte: „Und außerdem bin ich ja auch nicht alleine hier, wie deine Granny schon bemerkt hat."

Er zwinkerte Lauren zu, die sofort seinem Blick auswich und angelegentlich auf ihre Füße starrte. Die Situation konnte wirklich nicht noch peinlicher werden!

Chris fuhr fort: „Ich habe Besuch von meiner Nichte Clara. Als mein Bruder sich von seiner Frau getrennt hat, hat Clara einige Wochen bei uns gelebt und seitdem ist sie wie eine Tochter für mich. Sie ist die junge Frau, die Lauren vorhin gesehen hat."

Lauren traute ihren Ohren kaum und war erleichtert, dass die junge Frau nicht seine Freundin war. Allerdings konnte sie nach ihrer Versteck-Aktion wohl davon ausgehen, dass sie selbst es auch nicht werden würde.

Da Lauren noch immer nichts sagte, sprang Kate in die Bresche: „Wie schön! Dann wollen wir euch nicht länger stören und der jungen Dame hier endlich das versprochene Eis besorgen. Mach's gut, Chris, wir sehen uns bestimmt in Maybury." Sie nahm Auri auf den Arm und zog Lauren förmlich mit sich, die vor lauter Peinlichkeit erstarrt war.

Sie hatten kaum den Steg verlassen, als sie Chris' Stimme hörten: „Lauren, warte mal kurz, bitte!"

Kate ließ den Arm ihrer Mutter los und schenkte ihr einen aufmunternden Blick. „Wir gehen schon mal vor. Mom, du schaffst das." Und schon hatten sich Kate und Auri wieder in Bewegung gesetzt.

„Lauren, ich habe ein ganz schlechtes Gewissen", hörte sie Chris sagen. *Er hatte ein schlechtes Gewissen? Warum das denn?,* schoss es durch ihren Kopf, aber sie unterbrach ihn nicht. Die Gefahr, dass sie in seiner Gegenwart nur noch mehr dummes Zeug redete, war zu groß.

„Ich habe mich nach unserem gemeinsamen Essen gar nicht mehr gemeldet, obwohl ich es sehr schön fand und es gerne wiederholen möchte. Ich musste oft an dich denken, aber wollte dich nicht unter Druck setzen... Hast du Lust?", fragte Chris und wirkte fast schüchtern.

Das hatte Lauren nun wirklich nicht erwartet. Tatsächlich waren fast drei Wochen seit ihrem gemeinsamen Abendessen vergangen, in denen sie sich ein, zwei Mal zufällig in Maybury getroffen hatten. Keiner von beiden hatte sich getraut, ein neues Treffen vorzuschlagen, und Lauren hatte die Hoffnung schon beinahe aufgegeben. Dann hatte sie seine Zurückhaltung wohl falsch interpretiert, zum Glück. Ihr wurde ganz warm ums Herz.

„Oh... Du willst dich... Du willst dich noch mal mit mir

treffen? Trotzdem? Also, trotz gerade eben?“ Auch in Laurens Ohren klang ihre Antwort wirr.

Aber Chris schien sie verstanden zu haben: „Nicht trotzdem, sondern gerade deswegen. Also, wie sieht es bei dir nächste Woche aus?“

Den ersten Teil seiner Antwort hatte sie zwar nicht wirklich verstanden, aber was soll's: Lauren freute sich über Chris‘ Idee: „Lass uns gerne noch mal telefonieren. Du hast ja meine Nummer.“

Bevor sie noch irgendetwas sagen oder tun konnte, was ihn davon abbringen könnte, sich mit ihr treffen zu wollen, verabschiedete sie sich lieber schnell und eilte hinter Kate und Auri hinterher.

15

Vergnügt vor sich hin summend legte Fin das Besteck auf den Tisch, stellte Wassergläser dazu und zündete die Kerzen an. Zufrieden betrachtete er sein Arrangement und ließ den Blick noch einmal durch den Raum schweifen. Wenn Kate gleich zum Abendessen kam, sollte alles ordentlich und gemütlich aussehen.

Der schwere Esstisch aus Holz stand in seinem offenen Wohnbereich, der neben einer großen, bequemen Sitzecke auch über einen Kamin verfügte. Durch die bodentiefen Fenster konnte man die von einer Lampionlichterkette beleuchtete Terrasse und den dahinter liegenden Garten erkennen. Fin hatte den Kamin angemacht und das prasselnde Feuer sorgte für eine heimelige Atmosphäre. Dazu noch ruhige Hintergrundmusik und das Ambiente war perfekt.

Fin grinste über sich selbst, dass er sich so viel Mühe mit diesem Rendezvous gab. Er überlegte, wann er sich zuletzt so für eine Frau ins Zeug gelegt hatte, aber es fiel ihm keine Gelegenheit ein.

Er rückte ein letztes Mal die Gabeln und Messer zurecht. Mit Kate war einfach alles anders. So unkompliziert und leicht und witzig und genau auf einer Wellenlänge. Zum Glück hatte er die Sache mit Penelope gleich nach dem Treffen mit Kate im Supermarkt beendet. Mit ihr war es immer mühselig gewesen, überhaupt ein Gesprächsthema zu finden, über das sie sich länger als fünf Minuten hatten unterhalten konnen. Kein Vergleich zu dem Schlagabtausch, den Kate und er sich immer lieferten.

Ja, er musste es sich eingestehen: Er war drauf und dran, seine langjährige Überzeugung, alleine glücklicher zu sein, über Bord zu werfen. Erstaunlicherweise fiel ihm das überhaupt nicht schwer.

Als es an der Tür klingelte, warf er noch einen letzten Blick in den Backofen in der Küche. Beruhigt stellte er fest, dass die Rosmarinkartoffeln noch nicht zu dunkel geworden waren.

Er öffnete die Tür und bat Kate nach einer Umarmung und einem Kuss herein. Als sie ihren Mantel ablegte, war er für einen Moment baff. Sie sah einfach fantastisch in ihrer lässigen Bluse, die ihm einen tiefen Blick in ihren Ausschnitt gewährte, und dem enganliegenden Rock aus, der sich elegant an ihre Kurven schmiegte. Sie lächelte und schien sich genauso auf diesen Abend zu freuen wie er. Gemeinsam gingen sie durch das Wohnzimmer in die Küche. Kate hatte sich bewundernd umgeschaut und ihm ein Kompliment für seine schöne Wohnung gemacht. Sie schien sich wohlzufühlen, wie Fin mit Erleichterung registrierte.

„Was hältst du von einem trockenen Nero d'Avola?" Fin hielt ihr das Glas entgegen.

„Vielen Dank, den nehme ich gern." Während Fin Kate einschenkte, erzählte sie: „Das ist einer der Lieblingsrotweine meiner Mutter. Wenn sie jetzt da wäre, müssten wir uns ihre alten Geschichten von ihrem Auslandssemester in Neapel anhören. Anscheinend hat sie dort hauptsächlich

Pizza gegessen, Wein getrunken und mit den Italienern geflirtet, während vom Studium nur auffällig selten – genau genommen nie – die Rede ist." Kate grinste, ebenso wie Fin.

„Dann hat sie doch alles richtig gemacht, würde ich sagen! Das klingt nach einer sehr schönen Zeit. Was hat deine Mutter denn studiert? Auch die alten Römer wie du?" Fin wollte Kate gerne besser kennen lernen und interessierte sich für ihre Familie. Von ihren Eltern hatte sie bisher noch nichts erzählt. Nebenbei holte er das Blech mit den Rosmarinkartoffeln aus dem Ofen und verteilte sie auf zwei Teller.

„Sie hat in New York Kunstgeschichte studiert und dann in Boston eine Galerie geleitet, bevor wir hergekommen sind", erwiderte Kate.

Kates Worte ließen Fin innehalten. „Das ist ja erstaunlich. Meine Mutter hatte mal eine *beste Freundin*, die genau dasselbe gemacht hat." Er konnte nicht verhindern, dass er bei *beste Freundin* angeekelt das Gesicht verzog. Zu sehr verabscheute er auch nach über zwanzig Jahren noch die Frau, die seine Mutter damals in ihrer dunkelsten Stunde hängen lassen hatte, indem sie einfach verschwunden war und den Kontakt abgebrochen hatte.

Kate hatte seinen komischen Tonfall anscheinend bemerkt, denn sie war leicht zusammengezuckt. Ihre Antwort klang ein bisschen wackelig: „Das ist ja wirklich ein Zufall. Ach, ich denke, diesen Werdegang haben wohl viele. Was soll man schließlich auch sonst mit einem Kunstgeschichte-Studium machen?"

„Da hast du wohl recht", entgegnete Fin nachdenklich auf ihre rhetorische Frage. Innerlich bemühte er sich darum, die aufkeimenden schlechten Erinnerungen zu unterdrücken. Schließlich wollte er sich nicht selbst die Stimmung vermiesen. Er häufte konzentriert Gemüse auf die Teller und stellte sie auf der Arbeitsplatte ab, atmete einmal tief ein und aus. Dann wandte er sich mit einem verschmitzten Lächeln wieder Kate zu: „Im Backofen habe ich Rosmarinkartoffeln und Käse im Chili-Blätterteig – ich hoffe, du magst es heiß und scharf?"

Kate schien ebenfalls aufzuatmen und entgegnete mit einem Augenzwinkern: „Na klar, es kann gar nicht heiß und scharf genug sein!"

„Es schmeckt wirklich sehr lecker, vielen Dank für das tolle Essen!" Kate schob sich eine weitere Gabel mit dem köstlichen Käse in den Mund, seufzte genießerisch und leckte sich einen Krümel Blätterteig von den Lippen. Fins Blick blieb bei dieser unschuldigen Geste an ihren Lippen hängen. Er konnte nicht verhindern, dass sich eindeutig nicht unschuldige Gedanken in seinem Kopf regten. Offensichtlich hatte Kate ihm das angesehen, denn sie schmunzelte wissend und sah ihm tief in die Augen.

„Ich habe ja gesagt, dass ich kochen kann – hast du das etwa nicht geglaubt?", beeilte er sich zu erwidern, um zu verhindern, dass sich auch in anderen Körperregionen etwas regte.

„Doch, doch, natürlich. Ich habe nie etwas anderes behauptet, falls du dich erinnerst. Hast du das auch von deiner Mutter gelernt so wie das Tanzen?", wollte Kate wissen.

„Allerdings! Meine Mom hat immer für uns gekocht und meine Schwester und mich regelmäßig zum Mitmachen animiert. Die Küche sah danach zwar immer wie das reinste Schlachtfeld aus, aber so durften wir uns ausprobieren und haben beide Spaß am Kochen gefunden. Das rechne ich ihr hoch an. Tatsächlich ist mein Interesse noch größer geworden, als ich mit 16 festgestellt habe, dass man damit bei den

Mädels ordentlich Eindruck schinden kann.“ Fin grinste schelmisch.

„Warum überrascht mich das überhaupt nicht?“, wunderte sich Kate und runzelte nachdenklich die Stirn.

Lachend meinte er: „Mach du dich nur lustig über mich, aber ich kann dir sagen: Es funktioniert. Damals in der High School habe ich Joanna Goldsmith, das schönste Mädchen aus dem Jahrgang über mir, so mit meinen Kochkünsten beeindruckt, dass wir ein paar Monate miteinander ausgegangen sind. Dann hat sie ihren Abschluss gemacht und ist aufs College gegangen und es war aus, aber glaub mir, das war die beste Zeit überhaupt! Alle anderen Jungs haben mich beneidet und ich war echt verknallt in Joanna.“ Schwärmerisch seufzte Fin.

„Und als sie dich verlassen hat, warst du am Boden zerstört?“, wollte Kate wissen.

„Naja, natürlich war ich etwas traurig, aber ehrlich gesagt, war ich selbst überrascht, wie lange es gehalten hatte. Irgendwo war mir wohl auch klar gewesen, dass wir nicht ewig zusammenbleiben würden... Da habe ich einfach das genommen, was ich kriegen konnte, und die Zeit genossen.“ Fin zuckte mit den Achseln, um zu verdeutlichen, dass es keine große Sache gewesen war.

„Das klingt ziemlich vernünftig und erwachsen, aber auch ein bisschen deprimierend. Die junge Liebe sollte doch bedingungslos und stürmisch und dramatisch sein und nicht so abgeklärt, wie es bei dir klingt“, meinte Kate und sah ihn mit gerunzelter Stirn an.

„Genau das hat meine Mom damals auch gesagt. Ihr habt wohl beide zu viele romantische Komödien gesehen?!“ Fin lachte und es klang vermutlich etwas unbeholfen. Langsam wurde es ihm unangenehm, über sein Liebesleben zu sprechen. Er war einfach noch nie besonders gut darin gewesen, tiefe Gefühle und enge Beziehungen zuzulassen, und darüber zu reden schon gar nicht.

„Da brauche ich keinen Film zu gucken, das weiß ich aus eigener Erfahrung!“, entgegnete Kate, was ihm glücklicherweise die Möglichkeit bot, von sich selbst abzulenken.

„Das möchte ich gerne genauer wissen – erzähl mir von den Leiden der jungen Kate!“

Sie verdrehte grinsend die Augen. „Naja, so eine tolle Geschichte ist es nun auch nicht, aber gut... Meine erste große Liebe habe ich auf dem College kennen gelernt – Benjamin Richards. Ich war auf den ersten Blick in ihn verknallt. Wir sind uns nach einem langen Abend in der Bibliothek nähergekommen, nachdem ich ihn schon wochenlang aus der Ferne angehimmelt hatte. Wir waren so glücklich zusammen und ich dachte wirklich, er wäre der Mann meines Lebens!“ Kate hielt kurz inne und schien an diese Zeit zurückzudenken.

„Und dann...?“, fragte Fin vorsichtig.

„Und dann hat er sich als der größte Mistkerl auf diesem Planeten erwiesen, als ich ungeplant schwanger wurde und er einfach abgehauen ist. Er ist Aurelias Dad, wie du dir vermutlich denken kannst. Wir hatten seitdem keinen Kontakt mehr.“ Kate hob den Blick und sah Fin direkt an. „Ist es nicht verrückt, wie blind die Liebe einen machen kann? Ich war so verliebt in ihn und habe viel zu spät gemerkt, dass er immer nur seine Karriere im Kopf hatte. Und als es dann hart auf hart kam, hat er mich sitzen lassen. Im Prinzip genau wie mein Dad. Er hat meine Mutter und mich auch verlassen und dann mit einer anderen eine neue Familie gegründet.“ Kate schüttelte traurig den Kopf.

„Das tut mir wirklich leid, Kate.“ Mitfühlend strich Fin über ihre Hand, während heiße Wut in ihm aufwallte. Anscheinend war ihr Vater genauso ein Idiot wie dieser Mistkerl Ben! Empört meinte Fin: „Das ist doch einfach nur kacke! Dich zurückzulassen und sich kein Stück für die eigene Tochter zu interessieren – was für ein armseliges Verhalten, sowohl von Ben als auch von deinem Dad!"

Kate nickte resignierend und zuckte mit den Schultern, als wollte sie sagen, dass sie drüber hinweg sei. Fins Zorn tat das zwar keinen Abbruch, aber da dieser ihr auch nicht weiterhelfen würde, versuchte er, sich zurückzuhalten: „Zum Glück liegt das alles hinter dir und du kannst unbekümmert nach vorne blicken."

Kates Gesicht nahm einen zerknirschten Ausdruck an. „Nicht so ganz, fürchte ich…"

Fin legte fragend den Kopf schief.

„Ben ist wieder in Yale aufgetaucht. Er wurde als wissenschaftlicher Mitarbeiter angestellt und ist jetzt mit für die Doktoranden und Doktorandinnen verantwortlich."

Fin verstand sofort: „Das heißt, er ist jetzt sowas wie dein Vorgesetzter?" Ungläubig sah er Kate an.

„Ich konnte es auch kaum fassen, als ich davon gehört habe… Und da er leider auch an der Beurteilung meiner Doktorarbeit beteiligt sein wird, muss ich mich stark zusammenreißen, ihm nicht jedes Mal, wenn wir uns sehen, die Augen auszukratzen. Ich habe ihm einmal gehörig die Meinung gesagt und wir haben uns auf einen Waffenstillstand geeinigt. Aber er verhält sich so übertrieben freundlich, dass ich fast das Kotzen kriege, wenn ich nur dran denke… Er interessiert sich auf einmal für Aurelias und mein Leben und hat sich sogar für sein damaliges Verhalten entschuldigt. Ich kann es mir zwar eigentlich nicht vorstellen, aber vielleicht hat er sich wirklich geändert, wer weiß…" Ratlos, empört und überfordert sah Kate zu Fin.

Bei Kates Worten war ein Gedanke in seinem Kopf aufgeblitzt, der ihm im ersten Moment abwegig erschienen war. Aber er hielt sich hartnäckig und wurde immer präsenter: Was, wenn dieser Ben Kate und Aurelia zurückwollte?

Und was, wenn Kate ihn auch in irgendeiner Weise in ihrem Leben wollte? Sie wetterte zwar jetzt gegen ihn, aber wer weiß, wie dieser Typ sie umgarnen würde? Und was Kate alles Aurelia zuliebe tun würde? Mit einem Kopfschütteln vertrieb Fin seine seltsamen Befürchtungen, war aber trotzdem unfähig, etwas zu Kates Bericht über Bens Verhalten zu sagen.

Nach einigen weiteren Sekunden meinte Kate mit einem Hauch Verzweiflung in der Stimme: „Und weißt du, was das Verrückteste an der ganzen Sache ist? Bisher wurde ich von den Männern in meinem Leben nur enttäuscht und ich glaube immer noch an die große Liebe! Ist das nicht naiv?“ Kate lachte selbstironisch, während Fin sie nachdenklich ansah. Es tat ihm leid, dass Kate so etwas widerfahren war. Am liebsten würde er sie in seine Arme schließen und nie wieder loslassen, damit ihr niemand mehr so weh tun könnte.

Schließlich antwortete er aufrichtig auf ihre rhetorische Frage: „Ich finde nicht, dass es naiv ist, sondern von großem Optimismus und dem Vertrauen in das Gute im Menschen zeugt. Und das sind doch tolle Eigenschaften, oder?“ Er wollte seinen Respekt für ihren Mut, die Hoffnung nicht aufzugeben, ausdrücken. Kate hatte sich offen und verletzlich gezeigt und auch wenn er das Gespräch eigentlich nicht auf sich lenken wollte, vertraute er ihr an: „Ich selbst bin da wesentlich vorsichtiger, muss ich zugeben. Wenn du tief liebst, kannst du tief verletzt werden, das weiß ich aus eigener Erfahrung.“

Seine Worte schienen Kate zu erschrecken. „Oh mein Gott, Fin, was ist denn passiert, dass du zu so einer Überzeugung kommst?“

Fin grinste schief, aber Kate konnte den Schmerz in seinen Augen vermutlich trotzdem erkennen. Da er sie nicht mit ausweichenden, leeren Phrasen abspeisen wollte, erzählte er Kate die Geschichte, die er noch mit keiner Frau vor ihr geteilt hatte: „Als ich noch ein Kind war, gerade neun Jahre alt, ist mein Vater an Leukämie gestorben. Für mich, meine Mom und meine Schwester ist die Welt zusammengebrochen. Zur gleichen Zeit ist eine langjährige Freundschaft meiner Mutter in die Brüche gegangen. Die beiden kannten sich schon seit Kindheitstagen und waren immer die besten Freundinnen gewesen, aber seit einiger Zeit hatte es auch bei ihnen immer wieder Streit gegeben. Ich weiß nicht mal genau, warum, aber schließlich wurde meine Mom von ihr im Stich gelassen." Selbst in seinen Ohren klang seine Stimme rau. Fin versuchte den Kloß in seinem Hals zu ignorieren und rieb sich die Nasenwurzel. „Und wenn dir deine große Liebe durch eine fiese Krankheit genommen wird und dann ein weiterer Mensch geht, dem du dein Leben anvertraut hättest, was bleibt dann noch? Auf wen kann man sich dann noch verlassen? Ich war damals so sauer auf meinen Dad, dass er einfach von uns gegangen ist, aber ich weiß natürlich, dass er nichts dafür konnte. Aber auf Lauren, so hieß die Freundin meiner Mutter, bin ich heute noch wütend! Sie hat meine Mom in ihrer schwersten Zeit am absoluten Tiefpunkt alleine gelassen. Und naja, was soll ich sagen? Ich habe schon damals meine Schlüsse aus diesen Ereignissen gezogen."

Kate war bleich um die Nase geworden und Fin befürchtete, dass er sie mit seiner Geschichte verschreckt hatte. Sofort bereute er seine Offenheit und schalt sich innerlich, dass niemand sein Rumgeheule über die Vergangenheit hören wollte. Aber eine leise Stimme wisperte, dass es noch nie geschadet hatte, ehrlich mit seinen Gefühlen zu sein, und an diesem Hoffnungsschimmer klammerte er sich fest.

Fin sah, wie Kate den Mund öffnete, um etwas zu erwidern. Da er jetzt keine mitleidigen Worte ertragen konnte, sprach er einfach weiter: „Aber genug von diesen alten, deprimierenden Geschichten! Die sind ja wirklich kein Gesprächsthema für ein Date. Erzähl mir lieber von etwas Schönem! Was wolltest du zum Beispiel als Kind werden, wenn du groß bist? Mein Traumberuf war immer Feuerwehrmann, aber ich habe ein bisschen Höhenangst und als die Feuerwehr einmal die Katze von unseren Nachbarn, den Millers, aus einem ziemlich hohen Baum retten musste, wusste ich, dass das doch nichts für mich ist." Um den Themenwechsel zu unterstreichen, stand Fin vom Esstisch auf und fing an, das Geschirr zu stapeln.

Kate war heiß und kalt geworden, als Fin ihr vom Tod seines Vaters erzählt hatte. Es schmerzte sie, dass der junge Fin so etwas hatte miterleben müssen und dass der erwachsene Fin es anscheinend immer noch nicht verarbeitet hatte. Natürlich wäre das der richtige Zeitpunkt gewesen, um Fin aufzuklären, dass es sich bei Alisons *bester Freundin* um ihre Mutter handelte, aber irgendetwas hielt Kate zurück. Vielleicht lag es an dem komischen Verhalten von Lauren vor Kates und Fins erstem Date; vielleicht auch daran, welche Verachtung vorhin in seiner Stimme gelegen hatte. Oder daran, dass sie befürchtete, mit der Wahrheit alles, was gerade zwischen ihnen entstand, direkt zu zerstören.

Sein Zorn auf ihre Mom erinnerte sie sehr an Laurens Wut auf Alison. Kate hatte von vorneherein geahnt, dass ein Mann für Unruhe in ihrem Leben sorgen würde, aber dass gleich so alte Wunden aufgerissen werden könnten, hätte sie nicht erwartet. Sie konnte nur hoffen, dass Fin diesen Groll nicht auf sie, Kate, projizieren würde – aber selbst wenn er es nicht tat, verkomplizierte es ihr dringend nötiges Geständnis, dass sie Laurens Tochter war, erheblich.

Aber wenn ihre Mutter es hinbekommen hatte, die

Vergangenheit hinter sich zu lassen, würde Fin es hoffentlich auch schaffen.

Gerade, als Fin so abrupt das Thema gewechselt hatte, hatte Kate wirklich etwas sagen wollen. Sie wusste, dass sie sich feige verhielt, aber die Gelegenheit zu einem Geständnis war verstrichen.

Kate bemühte sich, ihre Sorge zu verbergen. Leichthin erwiderte sie auf Fins Feuerwehrmann-Geschichte: „Gut, dass du das frühzeitig erkannt hast und dir etwas anderes suchen konntest. Ich bin als Kind sehr gerne auf Bäume geklettert, je höher, desto besser. Mein größter Wunsch war damals ein großes Baumhaus, in dem man spielen und lesen und übernachten konnte. Mit richtigen Wänden und Fenstern und Möbeln und Teppich und allem. Mein Vater hatte versprochen, dass er mir eines bauen würde, aber dazu ist es nie gekommen." Kate wollte deswegen nicht traurig sein, wie sie es schon so oft gewesen war. All die nicht eingelösten Versprechen ihres Vaters und die damit einhergehende Enttäuschung nagten von Zeit zu Zeit an ihr.

Umso besser fand Kate daher die Idee, die ihr spontan kam: „Wenn ich genauer darüber nachdenke, hätte ich immer noch gerne ein Baumhaus! Wie gut, dass ich nicht mehr auf meinen Vater angewiesen bin und das einfach selbst machen kann! Oh, das wird wunderbar, Aurelia wird es lieben!" Ihre Augen leuchteten vor Vorfreude, als sie Fin mit ein paar Schüsseln in die Küche folgte.

„Eine sehr gute Idee – selbst ist die Frau! Sag mir Bescheid, wenn ich helfen kann, ich bin ja sozusagen vom Fach!", bot Fin seine Unterstützung an, während er begann, das Geschirr in die Spülmaschine zu räumen.

„Naja, ich glaube, deine Höhenangst hilft uns dabei nicht wirklich weiter!" Kate streckte Fin die Zunge raus, woraufhin er die Augen verdrehte.

„Das meinte ich ja auch nicht, sondern meine Fähigkeiten als Gartenlandschaftsarchitekt!"

„Oh, ach so, ich wusste gar nicht, dass Baumhäuser dazu gehören! Hattest du dazu etwa auch Vorlesungen am College? Sowas wie ‚*Kirschrot oder Grasgrün - Welche ist die beste Farbe für ein Baumhaus?*' oder ‚*Maximale Belastbarkeit von Baumhäusern mit Kindern und Spielzeug – Das Statik-Einmaleins*' oder ‚*Wie viele Stufen...*'"

Sie konnte den Satz nicht beenden, da Fin plötzlich vor ihr stand und sie einfach küsste. Und wie!

Der Kuss war eine süße Qual voller Leidenschaft, von der Kate gar nicht gewusst hatte, dass sie sich schon den ganzen Abend danach gesehnt hatte. Ein kleines Stöhnen entfuhr ihr, als Fin seine Arme um sie schlang und Kate eng an sich zog. Ihr Körper reagierte sofort auf seine Nähe, seinen männlichen Geruch und seine Lippen. Sie neckten sich gegenseitig mit ihren Zungen und kosteten diesen intimen Moment voll aus.

Während Fin dazu überging, zarte Küsse auf Kates Hals zu verteilen, sagte er: „Entschuldige den Überfall, aber ich wusste nicht wie ich dich sonst davon abhalten sollte, dich weiter über mich lustig zu machen." Sie spürte sein Grinsen an ihrem Hals.

„Bei so einem Kuss stelle ich die Hintergründe nicht infrage, keine Angst!", erwiderte Kate atemlos. Sie konnte sich sowieso kaum auf ihre Worte konzentrieren, denn Fin hatte gerade eine besonders empfindliche Stelle hinter ihrem Ohr entdeckt und liebkoste sie mit seinen Lippen. Ihre Hände glitten wie von selbst unter sein Hemd und erforschten seinen heißen Körper. Auch Fin konnte die Hände nicht von ihr lassen. Er fuhr die Konturen ihres Oberkörpers nach, umfasste ihren Hintern und hob sie einfach hoch, um sie vor sich auf die Küchenarbeitsplatte zu setzen.

Kate entfuhr ein überraschtes, erregtes Keuchen, das Fin offensichtlich gefiel. Er grinste sie kurz mit glühendem Blick an, bevor er ihre Bluse nach oben schob und über ihren Kopf zog. Kate gefiel, wie sie etwas erhöht vor ihm saß und sich wie eine Königin auf einem Thron fühlte. Sie sonnte sich in dem Verlangen, das man Fin eindeutig ansehen konnte, und genoss seine geschickten Berührungen auf ihrer Haut. Sie stützte sich mit ihren Armen hinter sich ab, bog den Rücken durch und bot ihm ihre Brüste an.

Fin verstand die Aufforderung sofort und öffnete Kates BH. Als das störende Kleidungsstück endlich auf dem Boden lag, bewunderte er den Anblick, der sich ihm darbot, und Kate fühlte sich so sexy und begehrenswert wie schon lange nicht mehr. Fin streichelte ihre Brüste, schien jeden Zentimeter genau erforschen zu wollen und ging schließlich dazu über, sie zu küssen. Kate empfand pure Lust, als er begann, an ihren Nippeln zu saugen. Sie ließ den Kopf in den Nacken fallen und stöhnte genießerisch auf. Das war ein Nachtisch nach ihrem Geschmack und sie wollte auf jeden Fall mehr davon!

Fin schien die gleiche Idee zu haben, denn er knöpfte sein Hemd auf, ohne von ihren Brüsten abzulassen. Nach dem zweiten Knopf stöhnte er entnervt auf, weil das viel zu lange dauerte und zog es sich kurzerhand über den Kopf. Kate hielt unwillkürlich den Atem an, als sie seinen perfekten nackten Oberkörper sah. Sie hatte ja schon seit ihrer ersten Begegnung im Tanzstudio gewusst, dass er sich sehen lassen konnte, aber dieser Anblick war einfach für die Götter. Er war durchtrainiert, aber nicht zu muskulös, hatte Haare auf der Brust, aber nicht zu viele (oder zu wenige) und er genoss ihren begierigen Blick genauso wie sie vorhin seinen.

Er trat wieder einen Schritt auf sie zu und schob ihren Rock nach oben, damit Kate ihre Beine um seine Hüften schlingen konnte. Sie spürte seine Erregung und küsste ihn voller Verlangen. Sie wollte ihm gerade ins Ohr raunen, dass sie nichts dagegen hätte, sein Schlafzimmer kennenzulernen, als es plötzlich an der Tür klingelte.

Kate fühlte sich, als hätte ihr jemand einen Eimer Eiswasser über den Kopf gekippt und Fin sah sie so entgeistert an, als ginge es ihm genauso.

„Wer auch immer das ist, er hätte sich keinen schlechteren Zeitpunkt aussuchen können!", fluchte Fin entnervt und küsste Kate weiter.

Der abendliche Besucher ließ sich nicht so leicht ignorieren, denn er klopfte nun laut gegen die Tür und man hörte seine gedämpfte Stimme: „Fin, mach auf, ich weiß, dass du da bist! Schließlich kann man von der Straße aus in die Küche gucken und äh... alles sehen!" Jetzt wirkte der Mann etwas verlegen.

Kate musste kichern wie ein Teenie, der gerade von seinen Eltern beim heimlichen Knutschen erwischt wurde. Dann fiel ihr Blick zum Küchenfenster und ihr wurde klar, dass sie sich wirklich kaum einen schlechteren Platz hätten aussuchen können. Jetzt war Kate die Situation doch etwas unangenehm und die Röte stieg ihr ins Gesicht.

Fin stöhnte auf und verdrehte die Augen. „Oh nein, was macht Theo denn hier!? Er hat besser einen guten Grund für sein Auftauchen." Er blickte Kate entschuldigend an. „Ich befürchte, ich muss die Tür aufmachen, denn Theo wird nicht gehen, bevor er das bekommen hat, was er will. Da ist er leider ein unverbesserlicher Sturkopf." Fins Freund und Geschäftspartner hämmerte immer noch an die Tür und verlieh Fins Worten damit Nachdruck.

„Das werde ich ihm nie verzeihen!", sagte Kate mit einem Augenzwinkern und glitt von der Arbeitsfläche. Sie schnappte sich ihren BH und ihre Bluse und zog beides an.

Fin klaubte ebenfalls sein Hemd vom Boden auf und warf es sich auf dem Weg zur Tür über.

Kurz darauf kehrte er mit Theo im Schlepptau zurück und stellte Kate seinen Kumpel vor. Sie wusste nicht, wo sie hingucken sollte, als sie ihm die Hand schüttelte. Zu Theos Verteidigung musste man sagen, dass es ihm offensichtlich ebenso peinlich wie Kate war, dass er die beiden in so einem pikanten Moment gestört hatte. Er entschuldigte sich ungefähr zwanzig Mal und beteuerte, dass sein Besuch absolut unvermeidlich war. „Es tut mir wirklich unglaublich leid, dass ich zu so später Stunde vorbeikommen muss. Aber ich wusste ja nicht, dass Fin Damenbesuch hat! Sonst weiß ich eigentlich immer Bescheid, was bei ihm so los ist…“

Fin knuffte Theo in die Seite, damit der aufhörte, aus dem Nähkästchen zu plaudern. Das verfehlte seine Wirkung allerdings total, denn Theo ließ sich nicht beirren: „Wenn ich jetzt allerdings so darüber nachdenke, ergibt das doch alles einen Sinn… Fin war außergewöhnlich gut gelaunt die letzten Tage, nicht so miesepetrig wie sonst immer…“

Kate, die sich Fin beim besten Willen nicht als Miesepeter vorstellen konnte, schmunzelte. Sie entspannte sich wieder und fand Theos Ausführungen ungemein interessant. „…da hätte ich wirklich früher darauf kommen können, dass eine Frau dahinter steckt! Fin kam schon immer gut beim anderen Geschlecht an, aber wenn mich nicht alles täuscht, hast du ihm ganz schön den Kopf verdreht, Kate! Es geschehen also noch Zeichen und Wun-…“

„Theo, warum bist du noch gleich vorbei gekommen?“ Fin, dem das Gerede seines Freundes sichtlich peinlich war, schnitt ihm kurzerhand das Wort ab.

Kate hatte keine Schwierigkeiten, sich Fin als Frauenheld vorzustellen. Der Gedanke versetzte ihr einen kleinen

Stich. Doch sie wollte nicht darüber nachdenken, was das zu bedeuten hatte, und erwiderte stattdessen das verschwörerische Grinsen, das Theo ihr zuwarf.

„Ach ja, das hätte ich beinahe vergessen", wandte sich Theo an Fin. „Mrs Gunderson hat mich vorhin angerufen und mich etwa eineinhalb Stunden lang mit ungefähr dreihundert Änderungswünschen bezüglich ihres Gartens behelligt. Sie wusste, dass du morgen nach Wasco aufbrichst und sie möchte jetzt doch andere Rosen und eine andere Anordnung und überhaupt alles anders als bisher geplant. Und weil du morgen schon in aller Früh losfährst, wollte ich das lieber noch persönlich mit dir besprechen, da es wichtig für deine Reise ist. Tut mir leid, ihr hattet euch den Abend bestimmt anders vorgestellt."

„Das kannst du aber laut sagen!", bestätigte Fin und raufte sich die Haare. Er wandte sich an Kate: „Ich kann kaum glauben, dass ich das wirklich sage, aber ich befürchte, ich muss das tatsächlich mit Theo besprechen. Du weißt ja, dass der Auftrag von Mrs Gunderson sehr wichtig für unsere Firma ist. Da dürfen wir uns keinen Fauxpas leisten, auch wenn sie als Kundin etwas äh... herausfordernd ist – nett ausgedrückt."

Kate lächelte verständnisvoll und antwortete: „Ich hatte mir den Ausgang des Abends zwar etwas anders vorgestellt, aber ich kann verstehen, dass ihr die Sache besprechen müsst. Also dann werde ich mich mal auf den Weg machen. Ich hoffe, wir sehen uns, wenn du von deiner Reise zurück bist?" Sie küsste Fin auf die Wange und wand sich zum Gehen.

„Darauf kannst du Gift nehmen!", antwortete Theo übermütig an Fins Stelle und handelte sich dafür einen weiteren Knuff ein.

16

„Harvey Lowell, der alte Schürzenjäger, hat sich gestern eine Ohrfeige von Marilyn eingehandelt! Du kannst es dir nicht vorstellen, das war vielleicht eine Aufregung!" Enthusiastisch berichtete Alison Lauren von den neuesten Ereignissen in Maybury, während sie gemeinsam Petes Pizzeria betraten.

Ungläubig guckte Lauren ihre Freundin an: „Du meinst Marilyn Cooper? Unsere Marilyn aus dem Supermarkt? Die liebe, bodenständige Marilyn, die keiner Fliege etwas zu Leide tut? Was hat der lüsterne Lowell getan, dass es so eskaliert ist?"

Alison kicherte. „Er wurde übermütig und hat ihr vor allen in den Hintern gekniffen und gesagt: ‚*Frisch und knackig wie der Salat in deinem Laden!*'" Alison konnte nicht mehr an sich halten und prustete los. Auch Lauren musste lachen, obwohl ihr die arme Marilyn ein bisschen leid tat.

Als sie sich an die Theke setzten und Alison wieder Luft bekam, führte sie weiter aus: „Er will wohl schon länger was von ihr und hat sie über Wochen beinahe täglich im Supermarkt besucht und ihr den Hof gemacht, wie er es nennt. Sie nennt es allerdings ‚*Belästigung*', wie wir alle während ihres lautstarken Streits hören konnten, der nach dem Kneifen ausbrach. Marilyn hat ihm an den Kopf geworfen, dass er endlich aufhören soll, ihr Blumen zu schicken und ihr im Laden nachzustellen. Sie wolle jetzt auch nicht mehr mit ihm ausgehen und sowieso – Achtung, jetzt wird es interessant – sei das im Sommer alles ein furchtbarer Fehler gewesen!" Alison rüttelte aufgeregt an Laurens Arm. Ihr Redefluss war nicht mehr zu stoppen: „Laurie, kannst du dir das vorstellen? Die liebe Marilyn und der Schürzenjäger Harvey haben eine gemeinsame Vergangenheit! Was da wohl im Sommer zwischen den beiden gewesen ist? Das wüsste ich zu gerne! Bestimmt haben die beiden beim Mittsommernachtsfest zu viel Erdbeerbowle getrunken und sind sich dabei nähergekommen! Oder beim Open-Air-Kino-Abend? Ich glaube, ich habe die beiden sogar nebeneinander auf ihren Klappstühlen sitzen sehen. Und ich habe damals noch gedacht, was für ein komischer Zufall, dass Marilyn und Harvey beieinandersitzen, aber jetzt weiß ich, dass es gar kein Zufall war! Meinst du, die beiden sind miteinander im Bett gelandet? Das kann ich mir bei Marilyn nämlich gar nicht vorstellen." Alisons Augen glänzten vor Aufregung und Neugier.

Lauren zog sie immer damit auf, dass sie wie ein altes Waschweib tratschte, aber Alison hielt es gewissermaßen für ihre Bürgerpflicht, in ihrer Kleinstadt über alles und jeden bestens informiert zu sein.

Glücklicherweise kam nun Pete zu ihnen und ersparte es somit Lauren, eine Antwort auf Alisons Frage zu Marilyns Bettgeschichten geben zu müssen.

„Hallo, meine beiden Hübschen, wie geht`s uns heute?" Er umarmte die beiden Freundinnen überschwänglich. „Ich freue mich schon den ganzen Tag auf unser Treffen *come ai vecchi tempi* – ganz wie in alten Zeiten!" Sofort machte er sich daran, für sie alle einen Ramazotti einzuschenken.

Während Alison Pete ebenfalls von der Affäre, wie sie es mittlerweile nannte, zwischen Harvey und Marilyn berichtete – Pete war genauso neugierig wie Alison –, ließ Lauren den Blick durch den Raum schweifen. Sie hatte sich immer wohl in Petes urigem Restaurant gefühlt und erinnerte sich gerne an so manchen ausgelassenen Abend zurück, an dem sie gefeiert, getrunken und gelacht hatten. Und es hatte auch Abende gegeben, an denen Lauren einfach Zuhause raus gemusst hatte, an denen sie traurig und enttäuscht von ihrem Ehemann dringend einen Freund zum Reden und einen Ramazotti gebraucht hatte.

Dankbar für diese Freundschaft lächelte sie in sich hinein, bevor sie das Wort ergriff: „Ihr wisst aber schon, dass es euch eigentlich überhaupt nichts angeht, was zwischen Marilyn und Harvey vorgefallen ist?" Sie grinste, da sie wusste, wie sehr diese Frage ihre Freunde provozieren würde.

Wie erwartet brach Alison geradezu schockiert mitten im Satz ab und drehte sich mit vor Empörung weit aufgerissenen Augen zu Lauren um, genau wie Pete. Alison setzte sofort zu ihrer Verteidigung an: „Laur, ich glaube, du hast zu lange in Boston gelebt. Dort, in der Großstadt, gibt es unzählige Vergnügungen und Ablenkungen vom öden Alltag, aber hier, in unserem Kleinstadtkaff, da passiert im Prinzip gar nichts und wir langweilen uns zu Tode. Und dann geschieht einmal etwas halbwegs Spannendes und wir sollen nicht darüber reden? Klatsch und Tratsch sind das einzige, was uns noch bleibt! Das einzige, was uns noch Freude bereitet, quasi unser Lebenselixier!" Ihre Antwort hätte kaum dramatischer sein können und wurde von ausschweifender Gestikulation begleitet. Auch Pete wirkte bestürzt und pflichtete Alisons Ausführungen mit nachdrücklichem Nicken und einem „Amen" am Ende bei.

Eine kurze Stille entstand, während der sie sich gegenseitig in die Augen blickten. Kurz darauf brachen sie gleichzeitig in lautes Lachen aus und prosteten sich mit ihrem Ramazotti zu.

„Pete, wie läuft es eigentlich bei dir mit den Frauen? Gibt es da vielleicht eine, von der wir noch nicht wissen?" Alison wackelte vielsagend mit den Augenbrauen und wartete wie Lauren gespannt auf Petes Antwort.

„*Mamma mia*, Alison, deine Neugier kennt wirklich keine Grenzen!", lachte der Italiener. „Aber ich muss dich leider enttäuschen, im Moment gibt es niemanden bei mir. Dabei würde ich wirklich gerne mal wieder eine tolle Frau kennen lernen!"

„Das ist aber schade, Pete. Vielleicht solltest du dich mal wieder beim Tanztee blicken und dort deinen Charme spielen lassen?", schlug Alison vor.

„Das ist grundsätzlich eine gute Idee, aber leider bin ich sonntags immer zum Familienessen bei meiner Schwester eingeladen. Da kann ich nicht fehlen", entgegnete Pete.

Lauren hatte eine andere Idee: „Dann melde dich doch auf so einer Dating-Plattform im Internet an. Das machen die jungen Leute heute doch alle!"

Pete grinste. „Du sagst es, Laurie, die *jungen* Leute! Das bin ich eindeutig nicht mehr, auch wenn ich noch nicht zum alten Eisen gehöre. Außerdem finde ich das im Internet so unpersönlich – wer weiß, an wen man da gerät? Mein Vetter Bernardo hat das letztens ausprobiert und als er sich mit der jungen, blonden, vollbusigen Annabella getroffen hat, wollte die ihm bloß Potenzmittel vom Schwarzmarkt verkaufen und war überraschenderweise nicht an der großen Liebe interessiert. Nein, danke, das brauche ich nicht."

Das konnten Lauren und Alison gut verstehen. Sie überlegten, wie oder wo Pete sonst noch Frauen kennen lernen könnte.

„Ich hab`s!", unterbrach Alison das Grübeln. „Wir organisieren ein Speed-Dating! Das wird super! Wir können das gerne bei mir in der Tanzschule machen – es könnte sogar ein Tanz-Speed-Dating werden! Oh ja, das ist ja noch viel besser! Man tanzt und redet fünf Minuten miteinander und dann wird gewechselt. Das ist perfekt! Beim Tanzen merkt man doch sowieso am besten, ob man miteinander harmoniert oder nicht!" Alison war ganz berauscht von ihrer Idee, die sie sofort in die Tat umsetzen wollte.

Pete und Lauren lachten über ihren übersprudelnden Tatendrang – typisch Alison –, bevor Pete sagte: „Das klingt tatsächlich nach einer guten Idee, Alison! Falls das wirklich stattfindet, bin ich dabei. Apropos, Tanzen und Harmonie: Da weiß Lauren von uns allen wohl am besten drüber Bescheid, oder?" Er zwinkerte Lauren kurz zu, die natürlich sofort wusste, dass er auf ihren Tanz mit Chris vor ein paar Wochen anspielte.

Alison hingegen hatte keine Ahnung und wollte selbstredend sofort wissen, was ihr vorenthalten wurde. Sie witterte eine gute Geschichte und sah aus, als würde sie sich am liebsten erwartungsvoll die Hände reiben, als sie Lauren aufforderte, mehr zu erzählen.

Die winkte ab: „Ach, Pete übertreibt maßlos. Es gab da letztens ein rein freundschaftliches Treffen mit Chris; wir haben hier bei Pete etwas gegessen. Und durch mehrere Zufälle hat es sich ergeben, dass Chris und ich im Restaurant kurz getanzt haben. Keine große Sache."

„*Keine große Sache!?*" Entrüstet sah Pete Lauren an. „Das ist die Untertreibung des Jahrhunderts!" Er wandte sich nun an Alison, von der er sich mehr Zuspruch für seine Version der Geschichte erhoffte: „Al, du hättest dabei sein müssen! So etwas habe ich vorher noch nie gesehen! Die beiden sind durch den Raum geschwebt, als hätten sie nie etwas anderes gemacht. Es war magisch! Sie hatten nur Augen füreinander und haben uns alle in ihren Bann gezogen. Ich habe Lauren noch nie so tanzen gesehen, voller Leichtigkeit und Leidenschaft, als gäbe es außer ihr und Chris niemand anderen auf dieser Welt. Chris sah so glücklich aus wie noch nie. So, als erfüllte sich gerade ein jahrzehntelang gehegter Traum."

Petes Schwärmen ließ Lauren erröten. Sie hatte nicht gewusst, dass man so deutlich hatte sehen können, dass es auch für sie ein ganz besonderer Moment gewesen war.

Alison klebte geradezu an Petes Lippen und bestätigte seine Vermutung: „Ich denke, damit könntest du Recht haben. Das war definitiv die Erfüllung eines lang gehegten Traumes! Wie kommt es, dass ich erst jetzt davon erfahre?" Tadelnd sah sie zu Lauren.

Die wollte gerade zu einer Antwort ansetzen, als Pete dazwischen fuhr: „Du hast es doch gehört, sie meint, es sei nicht der Rede wert gewesen. Das ist natürlich Quatsch, wenn du mich fragst, und ich denke, wir müssen Lauren einen kleinen Schubs in die richtige Richtung geben, damit sie und Chris endlich zueinander finden. Wird ja auch langsam mal Zeit!" Verschwörerisch zwinkerte Pete Alison zu, die diese Geste der Verbrüderung erwiderte.

Lauren gefiel das alles ganz und gar nicht. „Ihr zwei solltet euch wirklich mehr um eure eigenen Angelegenheiten kümmern! Wie die Klatschtanten macht ihr aus jeder Mücke gleich einen Elefanten. Chris und ich sind nur Freunde, zwischen uns war nie etwas und ist auch nach wie vor nichts! Und jetzt würde ich mich sehr darüber freuen, wenn wir das Thema wechseln könnten!"

Pete grinste, als Alison sich an ihn wandte: „Pete, hast du das gerade auch bemerkt? Würde man nicht normalerweise sagen: ‚Zwischen uns war nichts, ist nichts und *wird auch nie etwas sein*'? Meiner Meinung nach hat unsere liebe Lauren den letzten Teil gerade voller Absicht vergessen, nicht wahr? Würdest du mir da zustimmen, Pete?" Geradezu feixend blickten Pete und Alison zu Lauren, die sich in die Ecke gedrängt fühlte.

Warum ritten Alison und jetzt auch noch Pete ständig auf dieser angeblichen Sache zwischen Chris und ihr herum? Ja, okay, sie fand ihn sehr anziehend und genoss seine Aufmerksamkeit, aber das hieß ja noch lange nicht, dass da wirklich etwas zwischen ihnen war. Alison und Pete sollten sich wirklich etwas beruhigen.

Wie Lauren aus Erfahrung wusste, würden sie das aber erst tun, wenn sie einlenkte und die beiden in dem Glauben ließ, dass sie ihre Hilfe in dieser Angelegenheit benötigte. Mit beschwichtigender Miene sagte Lauren daher: „Okay, okay, jetzt kommt mal ein bisschen runter. Ich habe nichts mit Absicht ausgelassen, das könnt ihr meinetwegen glauben oder auch nicht. Ich gebe ja zu, dass der Tanz etwas Besonderes war und dass ich Chris sehr sympathisch und auch attraktiv finde. Aber trotzdem läuft da nichts zwischen uns." Lauren wand sich bei den nächsten Worten: "Unter Umständen wäre ich eventuell nicht ganz abgeneigt, ihm vielleicht ein wenig näher zu kommen, aber er macht keine Anstalten in diese Richtung. Ich kann ihm aber trotzdem eine Nachricht schreiben und nach einem weiteren Treffen fragen, wenn euch das glücklich macht. Das hatten wir sowieso ausgemacht, als wir uns zufällig auf dieser Erlebnis-Farm gesehen haben..."

Lauren wartete nur auf die empörten Ausrufe ihrer Freunde, da sie noch nichts von diesem spontanen Treffen mit Chris erzählt hatte. Als nichts kam, blickte sie die beiden irritiert an, die allerdings wie erstarrt an ihr vorbei guckten. Alisons Mundwinkel zuckten und Pete hielt sichtlich angestrengt die Luft an.

Was zum Teufel ist hier eigentlich los?, fragte sich Lauren, als Alison flüsterte: „Das nennt man dann wohl *‚zur richtigen Zeit am richtigen Ort'*..." Verwirrt runzelte Lauren die Stirn und drehte sich um, um zu sehen, was so Spannendes hinter ihr war.

Sie wäre am liebsten im Boden versunken, als sie Chris entdeckte, der auf sie zukam und sie offen anlächelte. Oh nein, wie viel hatte er wohl von ihrem Monolog mitbekommen? Den Gesichtern ihrer Freunde nach zu urteilen, mehr als Lauren lieb war...

„Entschuldigt die Störung, ich habe Licht gesehen und dachte, dass ich noch auf ein Glas Wein hereinkommen könnte. Ich wusste nicht, dass ihr hier nur noch zu dritt seid und schon offiziell geschlossen ist."

Er wandte sich zum Gehen, als Alison Pete in die Seite knuffte und eilig einwarf: „Also, genau genommen, haben Pete und ich noch einiges zu besprechen, bei dem wir Lauren gar nicht gebrauchen können. Es geht um meine neueste Erfindung, das Tanz-Speed-Dating! Das können wir besser bei mir Zuhause tun, nicht wahr, Pete?"

Pete verstand schnell, worauf Alison hinauswollte. Er sprang von seinem Stuhl auf, legte seine Schürze ab und kramte in seinen Taschen. „Alison hat Recht, wir wollten gerade gehen." Er drückte dem verdutzten Chris einen Schlüssel in die Hand, während Alison ihn schon hinter sich herzog. „Macht einfach das Licht aus und schließt ab, wenn ihr fertig seid. Nehmt euch zu trinken, was ihr wollt. Heute geht alles aufs Haus!" Pete zwinkerte Lauren zu und drehte im Vorbeigehen die italienische Popmusik lauter, die den ganzen Abend leise im Hintergrund gelaufen war.

Mit einem Rums flog die Tür ins Schloss und Lauren und Chris waren allein.

Chris ergriff zuerst das Wort: „Wow, das war ja mal ein Abgang! Ich fühle mich wie von einem Tornado getroffen." Er lächelte leicht und schien sich wie Lauren kurz an die überraschende Wendung des Abends gewöhnen zu müssen.

„Oh ja, für ihre dramatischen Auftritte sind Alison und Pete landesweit bekannt“, bestätigte Lauren mit einem zaghaften Lächeln.

„Trotzdem bin ich froh, herein gekommen zu sein – sonst hätte ich schließlich nie erfahren, dass du *unter Umständen eventuell vielleicht ein kleines bisschen* Interesse an mir hast.“ Chris grinste und nahm Laurens Hand, deren Finger er sanft streichelte.

Lauren blickte angelegentlich auf seine Hand in ihrer und sagte: „Du hast es also gehört... Peinlicher kann es ja kaum noch für mich werden. Ich denke, ich gehe jetzt besser.“ Lauren wollte sich von Chris losmachen, um ihre Jacke anzuziehen und das Restaurant zu verlassen, aber er hielt ihre Hand fest umschlossen. Überrascht sah sie ihm endlich in die Augen. Sein Blick hielt sie ebenso fest wie seine Hand und war voller Ernsthaftigkeit.

„Schon bei unserer letzten Begegnung bist du gegangen, ohne dass wir richtig reden konnten. Das passiert mir nicht noch mal. Lauren, ist das wahr, was du gerade eben zu Pete und Alison gesagt hast?“

Lauren konnte die Augen nicht abwenden, selbst wenn sie es gewollt hätte, so eindringlich sah Chris sie an. Sie sah, dass er aufgeregt auf ihre Antwort wartete, als bedeutete sie ihm alles. Er war immer aufrichtig und ehrlich zu ihr gewesen und hatte die Wahrheit verdient.

„Ja, es ist wahr“, erwiderte Lauren knapp, aber dadurch nicht weniger bedeutungsschwer. Zu ihrer Überraschung verspürte sie eine große Erleichterung. Sie hatte gerade nicht nur Chris ihre Gefühle eingestanden, sondern auch sich selbst. Sie fuhr fort: „Und genau genommen kann man die ganzen Eventualitäten und die Umstände und die Vielleichts auch streichen und es sagen, wie es ist: Ich möchte dich gerne näher kennen lernen, und zwar nicht nur als Freunde!" Hoffnungsvoll lächelte sie Chris an, der über das ganze Gesicht strahlte und wie der glücklichste Mann auf der ganzen Welt wirkte.

„Du hast vorhin gesagt, dass du nicht weißt, ob ich überhaupt dasselbe will. Ich kann dir versichern: Ich will ganz eindeutig und schon viel länger als vermutlich gut für mich ist, dass wir zwei uns näherkommen!"

Lauren grinste bei diesem Geständnis und trat unbewusst ein Stückchen dichter an Chris heran, der immer noch ihre Hand hielt. Ihre Blicke vertieften sich und als ihre Lippen sich zum Kuss trafen, fühlte sich Lauren, als wären sie zwei Hälften, die zu etwas Ganzem verschmolzen. Etwas, das sich einfach richtig anfühlte, gleichzeitig gewohnt und neu, beruhigend und aufregend, selbstverständlich und verrückt.

Aber vor allem war es das Gefühl, endlich nach Hause zu kommen.

17

Fin hatte gerade das Haus verlassen, als sein Handy klingelte – seine Mom rief an. Er bog in die kleine Straße ein, die zu dem belebteren Teil seines Viertels in Hartford führte, und nahm den Anruf entgegen. Sicherlich wollte Alison wissen, wie die Geschäftsreise nach Wasco gelaufen war, von der er vor einer guten Stunde zurückgekehrt war. Außerdem hatte er in den letzten zwei, drei Wochen, genau genommen, seit er Kate das erste Mal geküsst hatte, kaum mit ihr gesprochen. Er hatte einfach keine Zeit und andere Sachen (oder Personen) im Kopf gehabt, stellte er grinsend fest. Morgen würde er Kate endlich beim Tanztee wiedersehen.

„Hallo, Mom, wie geht's? Sorry, dass ich mich in letzter Zeit so wenig gemeldet habe!", war sein Versuch, ihre Standpauke abzumildern, die bestimmt folgen würde.

„Jaja, kaum sind die Kinder aus dem Haus, vergessen sie ihre armen, alten Mütter und lassen nichts mehr von sich hören! Womit habe ich nur dieses traurige Schicksal verdient?", erklang Alison am anderen Ende der Leitung mit einem dramatischen Schniefen – und einem unverkennbaren Grinsen in der Stimme. Wieder einmal wurde

Fin deutlich vor Augen geführt, von wem er den Hang zum Übertreiben und zum Scherzen hatte.

Während er an einer Kreuzung links abbog, antwortete er lachend: „Arm und alt?! Dass ich nicht lache! Wurdest du nicht erst letztens auf Anfang 40 geschätzt? Ich meine, ich habe da so etwas gehört…“ Fin erinnerte sich noch deutlich daran, wie Alison, die mittlerweile 57 Jahre alt war, ungefähr eine Woche lang kein anderes Thema gekannt hatte als ihr jugendliches Aussehen, nachdem ihr Steuerberater sie für 41 gehalten hatte.

„Lenk nicht vom Thema ab, mein Sohn! Ich weiß genau, was du vorhast: Mich mit Komplimenten einzulullen, bis ich vergessen habe, dass du dich eine Ewigkeit nicht bei mir gemeldet hast.“ Sie machte eine kurze Pause, um ihren Worten Nachdruck zu verleihen. „Obwohl du natürlich recht hast, ich sehe offensichtlich wirklich 15 Jahre jünger aus als ich bin. Deine alte Mom ist top in Form!“

Fin lächelte und konnte sich bildhaft vorstellen, wie Alison zum Beweis ihrer Aussage einen Arm hob und den Bizeps wie ein Bodybuilder anspannte. Das musste man ihr lassen: Durch ihr Tanz- und Yoga-Training war sie wirklich sehr sportlich und fitter als so manche Dreißigjährige. Außerdem ließ ihre fröhliche, beinahe alberne Art sie viel jünger erscheinen, als sie tatsächlich war.

„Das weiß ich doch, Mom! Habe ich nie infrage gestellt.“ Fin drückte den Knopf an einer Fußgängerampel und wartete auf das Signal zum Überqueren der Straße. Der kleine Spaziergang tat ihm nach dem langen Sitzen im Flieger gut.

„Sehr schön, dann bin ich ja beruhigt“, antwortete Alison. „Ich wollte mal hören, wie deine Reise lief? Hat alles gut geklappt?“

„Ja, sie war ein voller Erfolg, auch wenn es mit den vielen Terminen stressig war. Ich habe einige Rosenzüchter besucht und konnte gute Kontakte knüpfen. Und natürlich habe ich nur die besten Pflanzen für Mrs Gundersons Garten ausgesucht. Sie wird ganz begeistert sein!“

„Das freut mich zu hören“, meinte seine Mom und fügte nach einer kurzen Pause hinzu: „Die Geschäftsreise war nicht das einzige, worüber ich mit dir sprechen wollte. Ich habe selbst auch tolle Neuigkeiten!“ Ihre Stimme klang aufgeregt und hocherfreut.

Fin war mittlerweile im Zentrum seines Viertels angelangt und ging an den vielen Geschäften, Cafés und kleinen Restaurants entlang. Er wollte sich bei seinem Lieblingsitaliener eine schöne Portion Pasta gönnen, nachdem er den ganzen Tag noch nichts Vernünftiges gegessen hatte.

„Na dann schieß mal los“, sagte Fin überflüssigerweise, denn Alison war sowieso nicht mehr zu bremsen:n„Also, eigentlich ist es eine längere Geschichte, aber ich versuche mich kurz zu fassen.“

Fin verdrehte grinsend die Augen, denn das klappte nie bei seiner Mom.

„Vor zwei Monaten sind doch unsere Nachbarn, die Millers, ausgezogen. Das Haus gehört nach wie vor meiner alten Freundin Lauren, die kennst du ja noch von früher... Jedenfalls steht das Haus nicht leer, sondern eine Familie ist Anfang September dort eingezogen. Und jetzt rate mal, wer das ist!“

„Mom, komm zum Punkt, bitte“, stöhnte Fin. Die Erwähnung dieser Lauren versetzte seiner guten Laune prompt einen Dämpfer. Außerdem war er vor *Da Luigi* angekommen und wollte endlich in Ruhe essen. Er stand draußen vor den großen Fenstern des Lokals und sah hinein. Einige Plätze waren besetzt und ein weiblicher Gast kam ihm irgendwie bekannt vor.

Die Stimme seiner Mutter lenkte seine Aufmerksamkeit

wieder auf das Telefonat und er drehte sich vom Fenster weg.

„Es ist Lauren selbst!“, jubelte Alison. „Und das beste an der ganzen Sache ist, dass wir uns nach ein paar Startschwierigkeiten endlich ausgesprochen haben und wieder beste Freundinnen sind – so wie früher! Ist das nicht fa-belhaft?“

Wie bitte? Hatte er das gerade richtig verstanden? *Die* Lauren, diese furchtbare Person, auf die er selbst nach Jahrzehnten noch so wütend war wie am ersten Tag, war jetzt wieder die beste Freundin seiner Mutter? Das konnte nur ein schlechter Scherz sein.

„Das ist doch nicht dein Ernst, Mom! Hast du etwa vergessen, was diese Frau dir angetan hat? Wie kannst du ihr das jemals verzeihen?“, fragte Fin aufgebracht. Er begann, unruhig vor dem Restaurant auf und ab zu gehen.

Seine Mutter seufzte. „Baby, Lauren war nicht die einzige, die damals Fehler gemacht hat – ich bin auch nicht unschuldig an dem, was passiert ist. Ich hatte ihr schon lange vergeben, denn diese Last der Wut wollte ich nicht mein Leben lang mit mir herumschleppen. Vielleicht solltest du dir das als Rat zu Herzen nehmen, mein Sohn“, meinte Alison und ließ sich von Fins zornigem Tonfall nicht beeindrucken.

Abrupt blieb Fin stehen. „So ein Schwachsinn, aus was für einem esoterischen Selbsthilfebuch hast du den Quatsch denn?“

Zu seiner Überraschung fing seine Mom an zu lachen, was Fin überhaupt nicht witzig fand. Wütend blickte er wieder durch die Fensterscheibe des Restaurants, ohne wirklich etwas zu erkennen. Die Frau, die ihm eben aufgefallen war, war in das Gespräch mit ihrem Gegenüber vertieft und wandte Fin den Rücken zu.

„Komisch, genau das hat Lauren mir am Anfang auch

vorgeworfen! Vermutlich würdet ihr euch besser verstehen, als ihr denkt!" Alison kicherte, bevor ihr Tonfall ernster wurde: „Ich halte es übrigens wirklich für eine gute Idee, dass du und Lauren euch ebenfalls aussprecht. Komm doch einfach nächste Woche mal vorbei und dann gehen wir zusammen zu ihr rüber. Dann kannst du auch ihre Tochter Kate und ihre Enkelin Aurelia kennen lernen. Die Kleine ist dreieinhalb und zuckersüß und tanzt bei mir im..."

Ihre Tochter Kate und ihre Enkelin Aurelia?

Schlagartig wich alle Farbe aus Fins Gesicht und es rauschte in seinem Kopf. Die Stimme seiner Mutter nahm er kaum noch wahr. Konnte es wirklich sein, dass Kate – seine Kate – Laurens Tochter war? Die Tochter seiner erklärten Erzfeindin? Verwirrt ließ er das Handy sinken und beachtete die Stimme seiner Mom nicht mehr, die leise aus dem Gerät drang.

Ja, irgendwie passte alles zusammen. Als er Kate das erste Mal begegnet war, war es Anfang September gewesen und sie hatte ihm gesagt, dass sie gerade hergezogen sei. Und so viele Kates mit Töchtern, die Aurelia hießen und dreieinhalb Jahre alt waren, gab es in Maybury schließlich nicht.

Was war er nur für ein Vollidiot! Er war drauf und dran gewesen, sich in Kate zu verlieben, hatte sich sogar schon eine gemeinsame Zukunft mit ihr ausgemalt und dann das! Er fühlte sich belogen und verraten. Bei ihrem Abendessen hatten sie doch sogar über ihre Mütter gesprochen. Warum hatte sie nichts gesagt?

Er starrte immer noch abwesend ins Fenster von *Da Luigi*.

Die Frau drehte den Kopf zur Seite, was Fin dazu brachte, sie genauer anzusehen. Ihm blieb der Mund offenstehen, als er erkannte, wer dort saß und anscheinend eine Verabredung mit einem anderen Mann hatte. Niemand anderes als Kate ließ sich gerade Wein von dem Kerl ihr gegenüber einschenken.

Was passierte hier gerade? Irgendjemand verarschte ihn doch! Fin wurde das Gefühl nicht los, dass er in eine ganz verquere Schmierenkomödie geraten war.

Kate war Laurens Tochter und ging außerdem mit einem anderen aus.

Fassungslos blickte Fin noch einmal durchs Fenster – vielleicht hatte er sich ja geirrt. Aber nein, dort saß noch immer Kate und hörte dem gestikulierenden Typen vor sich zu, der mit seinen wirren blonden Locken und seiner schief sitzenden Brille wie ein durchgeknallter Professor wirkte.

Er stutzte. Diese blonden Locken hatte er schon mal gesehen, erst letztens bei seiner Mom im Tanzstudio, als er mit Aurelia getanzt hatte. *Aurelia!* Seine Augen weiteten sich, als ihm das Offensichtliche klar wurde: Dieser Mann musste Ben sein, Kates bescheuerter Ex-Freund, Aurelias Vater!

Wie hatte er nur so dumm und naiv sein können? Erst vor einer Woche hatte Kate ihm beim Abendessen von Bens Annäherungsversuchen erzählt.

Wütend ballte Fin die Hand zur Faust und schlug gegen den Fensterrahmen. Das Geräusch ließ die Gäste im Restaurant aufschrecken. Fluchend schüttelte er seine Hand und machte auf dem Absatz kehrt. Der Appetit war ihm gründlich vergangen.

Es stimmte eben doch: Wer tief liebt, kann tief verletzt werden.

Erschrocken drehte sich Kate um, als sie hinter sich einen lauten Knall hörte. Es klang, als wäre ein Vogel gegen die Fensterscheibe geflogen. Sie blickte aus dem Fenster, konnte aber nichts erkennen. Die Straße war nur durch Laternen und das Licht der anderen Geschäfte und Restaurants erhellt. Schemenhaft sah sie einen Mann, der schnellen Schrittes davon ging.

Schulterzuckend wandte sie sich wieder Ben zu, der vor ihr saß und seit einer halben Stunde von seiner Zeit in der Schweiz und seinen wissenschaftlichen Erfolgen erzählte. Sie konnte seine Selbstbeweihräucherung langsam nicht mehr ertragen.

Ben hatte ihr gestern spontan eine Nachricht geschickt und sie zum Essen in dieses Restaurant in Hartford eingeladen. Er hatte etwas Wichtiges besprechen wollen und obwohl Kate überhaupt keine Lust auf dieses Treffen hatte, hatte sie zugesagt. Wenn er irgendetwas im Schilde führte, wollte sie wenigstens wissen, was los war.

Er hatte immer noch nicht gesagt, was er von ihr wollte, und die Ungewissheit machte sie allmählich nervös. Daher fragte sie ihn jetzt rundheraus: „Ben, warum sind wir heute hier? Was wolltest du mit mir besprechen?“

Erstaunt sah Ben sie an und verstummte mitten in seinen Ausführungen über Schweizer Käse, den er besonders lecker fand.

„Ach so, ja, stimmt… Ich wollte dich noch etwas fragen.“ Sein Gesichtsausdruck nahm einen Zug an, den Kate nicht deuten konnte. Unbeirrt fuhr er fort: „Weißt du noch, als du mir damals kurz nach unserem Kennenlernen deine Masterarbeit zum Lesen gegeben hattest, weil ich mich in einem Teil meiner Doktorarbeit mit derselben Materie beschäftigt hatte?“

Kate blinzelte überrascht. Mit diesem Thema hatte sie nun wirklich nicht gerechnet.

„Ja, daran kann ich mich erinnern“, erwiderte sie zögerlich. Schlagartig fiel ihr ein, wie er ihr Werk damals abfällig als *nette, kleine Hausarbeit* bezeichnet hatte – nur einer von viele Kommentaren in diese Richtung. Kate hatte sich irgendwann als völlige Versagerin gefühlt, in ihrer Verknalltheit damals aber nicht verstanden, dass es nicht an ihr lag, sondern Ben daran schuld war. Schnell verdrängte sie diese Erinnerung wieder. Worauf wollte er bloß hinaus?

„Jedenfalls ist mir deine Arbeit kürzlich wieder in die Hände gefallen und dabei habe ich bemerkt, dass sie einige interessante Thesen enthält, auf die ich in meiner Doktorarbeit nicht weiter eingehen konnte. Jetzt habe ich mich allerdings eingehender damit beschäftigt – quasi mit meinem Gehirnschmalz aus deinem Kohlenstaub Diamanten gemacht – und will das Ganze publizieren. Und nett wie ich bin, wollte ich dich als Co-Autorin nennen, schließlich bist du ja doch wider Erwarten in die Wissenschaft zurückgekehrt und kannst ein bisschen Starthilfe gut gebrauchen. *Dr. Benjamin Richards* hilft eben, wo er kann!"

Er grinste von sich selbst überzeugt, während Kate gar nicht so schnell begriff, was er gerade alles von sich gegeben hatte. Was passierte hier? Wenn sie das richtig verstanden hatte, hatte er sie gerade ziemlich beleidigt und stellte sich selbst als großen Gönner dar. Das sah diesem Schweinehund ähnlich!

Das größte Problem an der Sache war allerdings, dass ihre Doktorarbeit eine Fortführung und Erweiterung ihrer Masterarbeit darstellte – was Ben genau wusste. Wenn er jetzt irgendetwas in dieser Richtung veröffentlichte, würde es am Ende heißen, sie habe von ihm abgeschrieben und ihre Doktorarbeit sei ein Plagiat. Dann wäre ihre ganze Arbeit, ihre Mühen der letzten Jahre, völlig umsonst gewesen, das musste Kate verhindern. Aber wie?

Kate beschlich ein ungutes Gefühl. Es war eben doch wahr: Ben tat nichts ohne Hintergedanken. Und sie hatte wirklich für einen kurzen Moment geglaubt, er hätte sich geändert und würde sich für ihr Leben und für seine

Tochter interessieren. Was für ein großer Mist! Fieberhaft überlegte sie, wie sie jetzt reagieren sollte.

„Es ist wirklich, äh, nett von dir, dass du mich als Co-Autorin in Betracht ziehst...", meinte Kate langsam, obwohl es einer Herkulesaufgabe gleich kam, diese Worte auszusprechen. Sie wollte ihn in dem Glauben lassen, dass er eine ganz hervorragende Idee habe. Er sollte keinen Verdacht schöpfen, dass Kate ihm nicht so leicht auf den Leim ging, wie er dachte.

Sie musste wissen, was er geschrieben hatte! Es bestand immer noch die – wenn auch verschwindend geringe – Möglichkeit, dass er zu ganz anderen Erkenntnissen gelangt war als sie. In dem Fall wäre es auch nicht weiter tragisch, etwas zu veröffentlichen. Wie konnte sie Ben dazu bewegen, seinen Entwurf herauszurücken?

Es ging ihr nur schwer über die Lippen, aber schließlich sagte sie: „Ich würde mich freuen, das Werk gemeinsam mit dir zu publizieren. Schick mir doch gerne den Entwurf, dann lese ich Korrektur und überprüfe die Zitate." Kate wusste, wie sehr Ben diese lästigen Aufgaben hasste.

Ben wirkte mehr als zufrieden, als er antwortete: „Sehr gut, so machen wir's! Ich wusste doch, dass auf dich Verlass ist, Kate!"

Mit einem selbstgefälligen Grinsen hob er sein Glas und prostete Kate zu, die nur mit größter Mühe ein schmales Lächeln auf ihr Gesicht zwingen konnte.

18

Kate zog ein rotes, weißgepunktetes Kleid mit Tellerrock an, der beim Tanzen schön schwingen würde, und steckte sich die Haare dazu passend im Sixties-Look hoch. Sie hatte extra den Dirty-Dancing-Soundtrack angemacht, um die Gedanken an den furchtbaren gestrigen Abend zu verdrängen und sich für den Tanztee in die richtige Stimmung zu bringen. Sie konnte immer noch nicht fassen, was Ben da von sich gegeben hatte, und wartete gespannt darauf, dass er ihr den Entwurf zuschicken würde. Bis dahin zwang sie sich im Sinne des Waffenstillstands und der Ratschläge ihres Professors, Ruhe zu bewahren.

Aurelia tanzte mit Kate vorm Spiegel und wollte am liebsten mit zu *Dancing Queens (& Kings)* kommen. Fröhlich erzählte sie: „Mommy, der Tanzunterricht macht so viel Spaß! Wir üben für Dancegiving und ich bin ein Maiskolben!"

Aurelias Stimme war so von kindlichem Stolz erfüllt, dass Kate unwillkürlich lachen und ihre süße Tochter knuddeln musste. „Dabei magst du doch gar keinen Mais! Ist das trotzdem in Ordnung für dich?" Halb grinsend, halb besorgt sah sie Auri an.

Die machte sich aus der Umarmung ihrer Mutter frei und warf Kate einen tadelnden Blick zu. Mit einer Ernsthaftigkeit, wie sie nur eine Dreieinhalbjährige an den Tag legen konnte, erwiderte Auri: „Mom, ich bin kein Baby mehr. Im Kindergarten gibt es oft Mais. Alison hat gesagt, Mais ist wichtig für viele Menschen auf der Welt." Die Kleine schüttelte ihren Kopf über die Unwissenheit ihrer Mutter und stapfte dann mit den Worten „Ich gehe zu Granny in die Küche" nach unten.

Kate prüfte noch einmal ihr Aussehen im Spiegel und warf einen Blick auf ihr Handy. Seit gestern Vormittag hatte sie nichts mehr von Fin gehört. *Eigentlich ungewöhnlich*, dachte Kate, *aber bestimmt hat er einfach viel zu tun gehabt und war im Rückreisestress gewesen*. Unbekümmert steckte sie ihr Handy in ihre Handtasche und verließ schließlich fröhlich das Haus, nachdem sie sich von Aurelia und Lauren verabschiedet hatte.

Voller Vorfreude betrat Kate das rosa Gebäude der Tanzschule, aus der ihr bereits *Let`s twist again* entgegen dröhnte. Sie erkannte schnell, dass Fin vollkommen recht gehabt hatte, dass hier eher die älteren Semester der Stadt unterwegs waren. So jung hatte sie sich wirklich lange nicht mehr gefühlt.

Während sie noch am Rand stand und den Raum nach Fin absuchte, kam ein älterer Herr mit zurückgekämmten, von Pomade glänzenden Haaren auf sie zu. Er musterte sie von oben bis unten und fühlte sich dabei offensichtlich wie der tollste Hecht im ganzen Teich, denn obwohl er locker ihr Großvater sein könnte, sagte er großspurig: „Wen haben wir denn da? So eine junge Dame wie Sie haben wir ja ewig nicht hier gehabt! Gestatten Sie mir einen Tanz?"

Kate war sofort klar, dass sie an Mr Lowell geraten sein musste, der für seine besonders offene Art bekannt war. Daher antwortete sie: „Ich fühle mich wirklich geschmeichelt, aber ich muss leider absagen. Ich bin heute verabredet." Vielleicht hätte sie tatsächlich eine Runde mit ihm getanzt, wenn er sich mehr Mühe gegeben hätte, nicht die ganze Zeit lüstern auf ihre Brüste zu starren. Mit einem knappen „Dann eben ein anderes Mal" verschwand Mr Lowell glücklicherweise.

Wie sehr freute Kate sich stattdessen darauf, mit Fin zu tanzen! Aber wo blieb er nur? Er war bereits eine Viertelstunde zu spät und langsam begann sie, sich unwohl zu fühlen.

Da sie nicht länger wie bestellt und nicht abgeholt herumstehen wollte, ging Kate in den leeren Eingangsbereich der Tanzschule und setzte sich dort auf einen der bequemen Sessel. So konnte sie in Ruhe auf Fin warten und war vor übergriffigen älteren Herren sicher. Sie holte ihr Handy aus ihrer Handtasche, um nachzusehen, ob Fin sich gemeldet hatte – Fehlanzeige.

Langsam beschlich sie ein ungutes Gefühl. Sie rutschte noch tiefer in den Sessel und beschloss, noch zehn Minuten zu warten und dann zu gehen.

Nach zwei Minuten hörte sie plötzlich eine Stimme hinter sich: „Hallo? Warum versteckst du dich hier im Vorraum und kommst nicht zum Tanzen rein? So ein tolles Kleid ist doch viel zu schade, um es beim Sitzen zu verknittern!"

Kate drehte sich erschrocken um und sah in das sympathische Gesicht einer älteren Frau, die direkt ihre Hand ergriff und sie auf die Füße zog. Freundlich sagte sie: „Hi, ich bin Alison und du kommst mir wahnsinnig bekannt vor! Kann es sein, dass du Kate, Laurens Tochter, bist? Du siehst ihr ähnlich!" Die Frau strahlte sie offen und erwartungsvoll an.

Nun fiel auch bei Kate der Groschen und sie erkannte Alison wieder, die ein grünes, kaftanartiges Kleid und goldene Tanzschuhe trug. Obwohl sie Nachbarinnen waren, waren sich Kate und Alison noch nicht in Maybury über den Weg gelaufen. Kate freute sich über das Wiedersehen nach über zwanzig Jahren und ihre Sorgen wegen Fin traten in den Hintergrund.

„Du hast recht – ich bin Kate! Wie schön, dass wir uns endlich treffen! Ich höre immer so viel von Mom über dich und freue mich total, dass ihr euch versöhnt habt! Sie ist seitdem wie ausgewechselt und das haben wir nur dir zu verdanken!“ Es sprudelte nur so aus Kate heraus, die inzwischen von Alison in eine feste Umarmung gezogen worden war.

„Ich kann dir gar nicht sagen, wie dankbar ich bin, dass ich meine alte Lauren wiederhabe. Es wurde aber auch langsam Zeit, dass sie zur Vernunft kommt. Wir alten Schachteln werden schließlich nicht jünger!“ Alison zwinkerte Kate zu. „Apropos alte Schachteln – was machst du auf dieser Rentner-Veranstaltung, wenn ich mal die Worte meines Sohnes verwenden darf?“

Kate zuckte kurz zusammen, als Alison Fin erwähnte, fasste sich aber sofort wieder und entgegnete: „Du wirst es kaum glauben, aber ich war verabredet und wurde versetzt.“

Alison sah bestürzt aus. „Oh nein, das tut mir leid, meine Liebe! Ich will ja nicht neugierig sein, aber warst du etwa mit Mr Lowell verabredet? Er hat letzte Woche beim Treffen des Buchclubs die ganze Zeit damit angegeben, dass er ein heißes Date für den Tanztee hat.“

Kate musste unwillkürlich lachen. „Ich habe zwar schon Mr Lowells fragwürdige Bekanntschaft gemacht, aber verabredet waren wir nicht. Kann es sein, dass er ein recht großes Selbstvertrauen in Hinblick auf seine Wirkung auf Frauen hat?“

„Das hast du wirklich nett ausgedrückt, Schätzchen, aber wir können es ruhig sagen, wie es ist: Harvey Lowell ist ein alter Lustmolch! Ich muss hier immer die Anstandsdame spielen, wenn er da ist. Gut, dass du es sagst – ich sollte wohl besser reingehen und nach dem Rechten sehen. Wie wäre es, wenn du im Laufe der Woche einfach mal bei mir vorbeikommst, dann können wir ein bisschen plaudern?"

„Das werde ich gerne tun. Bis bald, Alison!"

Als Alison im Tanzsaal verschwunden war, verließ Kate *Dancing Queens (& Kings)*. So sehr sie sich freute, Alison wiedergetroffen zu haben, so enttäuscht und traurig war sie, dass Fin sie einfach sitzen gelassen hatte. Sie konnte sich keinen Reim darauf machen und zermarterte sich das Hirn, was nur passiert sein könnte. Ihm war doch hoffentlich nichts zugestoßen? Sie versuchte, ihn auf dem Handy zu erreichen, aber er nahm nicht ab.

Zuhause traf sie auf ihre Mom und Auri, die gerade in der Küche an Auris Maiskolben-Kostüm für Dancegiving bastelten.

„Hallo, Kate, wieso kommst du denn so früh zurück? Ist alles in Ordnung?" Überrascht und etwas besorgt sah Lauren ihre Tochter an.

Die antwortete mit einer Gegenfrage: „Mom, hat Alison zufällig irgendwas gesagt, dass Fin etwas passiert ist? Liegt er vielleicht mit einem gebrochenen Bein und ohne Handy im Krankenhaus?" Kate bemühte sich, nicht in Tränen auszubrechen.

Lauren verstand sofort, was los war: „Er hat dich sitzen gelassen! Ich glaube es einfach nicht! Was ist nur mit diesen Männern los?! Einer unzuverlässiger als der andere! Nein, Alison hat nichts dergleichen gesagt." Aufgebracht war Lauren vom Tisch aufgestanden und umarmte Kate tröstend.

Auri, die auch bemerkt hatte, dass etwas nicht stimmte, schloss sich der Umarmung an.

„Katie, willst du drüber reden? Oder lieber allein sein?"

„Ich wäre jetzt lieber allein, sorry, Mom. Ich werde dir bald alles erzählen." Kate wollte gerade die Küche verlassen, als ihr noch etwas einfiel: „Mom, bitte sag Alison nichts von Fin und mir und dass er mich sitzen gelassen hat. Ich habe sie vorhin in der Tanzschule getroffen und wir haben kurz gesprochen, aber es war mir unangenehm, dass ihr Sohn mich versetzt hat. Deswegen habe ich ihr nichts gesagt."

„Süße, vor Alison braucht dir das nicht unangenehm zu sein, aber ich respektiere natürlich deinen Wunsch. Meine Lippen sind versiegelt." Lauren fuhr sich mit den Fingern über den Mund, als würde sie einen Reißverschluss verschließen.

Mit hängenden Schultern schlich Kate aus der Küche.

Die Tage vergingen, ohne dass Kate irgendetwas von Fin hörte. Sie hatte noch einige Male versucht, ihn anzurufen, und etliche Nachrichten geschrieben, aber es kam kein Lebenszeichen von ihm. Seufzend starrte sie auf ihr Handy, als ob das etwas bewirken würde.

Barry, die neben ihr in der Bibliothek saß, stupste sie an und sah fragend zu ihr rüber: „Immer noch nichts von Fin gehört?"

Kates missmutige Antwort bestand aus einem Schulterzucken und einem verächtlichen „Was habe ich nur gedacht? Dass er die große Ausnahme sein wird?"

Barry flüsterte: „Und ich hatte so gehofft, dass er anders als Ben sein würde! Und du hast wirklich keine Ahnung, was passiert sein könnte?"

Die beiden waren die Ereignisse immer wieder durchgegangen und kamen zu keinem sinnvollen Ergebnis. Vielleicht hatte er tatsächlich einen Unfall gehabt und war nicht in der Lage, sich zu melden? Leider war das wohl die unwahrscheinlichste Möglichkeit. Kate hatte Barry auch von Fins schrecklichen Erlebnissen in seiner Kindheit erzählt und den Schlüssen, die er daraus für sich gezogen hatte. Aber Kate war sich sicher, dass er ihr wenigstens eine kurze Nachricht geschrieben hätte, wenn ihm auf einmal alles zu viel und zu eng geworden wäre.

Sie wurde das ungute Gefühl nicht los, dass Fin durch irgendeinen dummen Zufall erfahren hatte, dass sie Laurens Tochter war. Vielleicht war seine Wut auf ihre Mom der Grund für sein Schweigen, auch wenn es dafür keinen rational nachvollziehbaren Grund gab. Schließlich war sie nicht Lauren und hatte nichts mit dem Zerwürfnis ihrer Mütter vor 20 Jahren zu tun. Aber gut – Wut war in den wenigsten Fällen rational nachvollziehbar.

Das einzige, was Kate aus ihrer Sicht falsch gemacht hatte, war, ihm nicht direkt zu sagen, dass Lauren ihre Mutter war. Aber ihrer Meinung nach war das kein hinreichender Grund, sich überhaupt nicht mehr zu melden. Vor allem nicht, nachdem sie sich so gut verstanden hatten und sich so nahe gekommen waren.

Kate bemühte sich, wie Barry leise zu sprechen, als sie ihrer Freundin ihre letzten Gedanken mitteilte. Anscheinend gelang ihr das nicht besonders gut, denn eine strebsam aussehende Studentin am Nachbartisch strafte sie mit genervten Blicken.

Barry überging das mit einem Augenrollen und wandte sich im Flüsterton an Kate: „Ganz ehrlich, wenn er seine Wut auf dich projiziert, dann hat er dich auch nicht verdient. In meinen Augen verhält er sich ziemlich kindisch – sich einfach nicht zu melden… Natürlich hättest du ihm sagen können, wer du bist, aber das ändert ja nichts an der Tatsache, dass er seine Vergangenheit selbst verarbeiten muss. Da kannst du ja nichts für."

Dankbar für die Unterstützung ihrer Freundin drückte

Kate Barrys Arm und erwiderte: „Danke, dass du das sagst. Hauptsächlich ärgere ich mich über mich selbst, dass ich so einfach meine Prioritäten über Bord geworfen habe, obwohl ich wusste, dass es nur kompliziert werden würde. Mal abgesehen davon, dass es sich echt beschissen anfühlt, sitzen gelassen zu werden! Und ich hatte ihm auch noch erzählt, dass ich in dieser Hinsicht ein gebranntes Kind bin und er tut mir das trotzdem an – ist schon ein bisschen fies, oder?"

„Psst! Manche Leute wollen hier arbeiten!", ertönte es entnervt vom Nebentisch.

„*Manche Leute* haben wohl keine Freunde, mit denen sie reden können", war Barrys bissige Antwort, während sie ihre Sachen zusammenklaubte und Kate bedeutete, ihr nach draußen zu folgen, wo sie ungestört sprechen konnten.

Als sie im Gang angekommen waren, verschwand Barry kurz auf die Toilette. Kate wartete auf ihre Freundin, als ihr Professor Donovan entgegenkam. Leider wirkte er nicht besonders erfreut, als er sie erblickte.

„Kate, endlich treffe ich Sie auch mal hier an! Vorgestern wäre ihr Bericht zu Ihren vorläufigen Forschungsergebnissen fällig gewesen, bis heute habe ich ihn nicht bekommen. Ich hoffe, es gibt einen triftigen Grund für dieses Versäumnis?"

Kate wurde heiß und kalt – den Bericht hatte sie bei dem Trubel um Fin und Ben schlichtweg vergessen. „Professor Donovan, es tut mir unendlich leid. Ich hatte in den letzten Tagen so viel mit der Vorbereitung meiner Veranstaltungen zu tun..." Kate brach ab. Sie bemerkte selbst, dass das kein besonders stichhaltiger Grund war – und gelogen war er noch dazu. „Sie haben den Bericht noch heute vorliegen, das verspreche ich. Entschuldigen Sie bitte!"

Der Professor nahm zwar ihre Entschuldigung an,

wirkte aber immer noch verstimmt, als er sie im Gehen ermahnte, ihr Versprechen einzuhalten.

Kaum war er weg, kam Barry zurück und sah eine völlig niedergeschlagene Kate vor sich. „Ich war nur drei Minuten weg – was ist in dieser kurzen Zeit passiert?“, fragte sie alarmiert.

„Ich habe den Bericht zu meinem Forschungsstand vergessen! Gerade ist mir Professor Donovan begegnet und er war richtig sauer!“ Kate hatte das Gefühl, dass sie gleich in Tränen ausbrechen würde. Barry nahm sie in den Arm.

„Süße, das wird schon. Der alte Donovan wird dir sicher verzeihen. Alles wird gut.“

„Das sagst du so leicht!“ Kate schluchzte an Barrys Schulter. „Wenn das wenigstens mein einziges Problem hier an der Uni wäre...“

„Was meinst du?“

Kate berichtete ihrer Freundin von dem Abendessen mit Ben am Samstag und von seinem Vorhaben. Wut flammte in Barrys Blick auf und eindringlich redete sie auf Kate ein: „Ben ist so ein selbstgefälliges Arschloch! Du musst unbedingt mit Donovan darüber sprechen, unabhängig davon, was Ben geschrieben hat! So wie ich ihn kenne, kann dabei nichts Gutes herauskommen! Hat Ben dir den Entwurf schon geschickt?“

„Ja, hat er tatsächlich...“, antwortete Kate schwach.

„Und? Was steht drin?“, wollte Barry aufgeregt wissen.

Kate zuckte mit den Schultern. „Ich habe noch nicht reingesehen. Ich hatte die letzten Tage einfach keine Energie dazu...“

„Kate, ich verstehe, dass es dir gerade wegen Fin schlecht geht, aber bitte, du darfst Ben diese Sache nicht durchgehen lassen! Wenn du willst, kann ich mir auch seinen Entwurf ansehen – wir müssen wissen, was er vorhat!“, bot Barry an.

„Schon gut, du hast selbst genug zu tun... Ich werde mich in den nächsten Tagen darum kümmern", meinte Kate kraftlos. Als Barry sie skeptisch ansah, fügte sie „Versprochen!" hinzu.

„Na gut, ich werde dich dran erinnern, damit du es nicht vergisst!", meinte Barry nachdrücklich.

Kate verdrehte die Augen und sah ihre Freundin dann traurig an: „Ich habe es von vornherein gewusst: Ein Mann macht alles nur komplizierter! Und ich habe sogar zwei Exemplare, die mich verrückt machen. Der eine mit seiner Anwesenheit und der andere mit seiner Abwesenheit. Und beide lenken mich vom Wesentlichen ab. Viel schlimmer kann es ja wohl kaum noch werden!"

„Ach, Ben werden wir schon in seine Schranken verweisen und das mit Fin wird sich auch noch aufklären... Immerhin hast du dich nicht in ihn verliebt, also wird das ganze Drama bald vergessen sein!", wollte Barry ihrer Freundin Mut machen.

Als Kates Augen sich daraufhin erneut mit Tränen füllten, sah Barry sie erstaunt an. Anscheinend bemerkte sie, dass sie einen wunden Punkt getroffen hatte, denn sie fragte sofort nach: „Du hast dich in ihn verliebt? Oh nein! Davon hast du noch kein Wort gesagt!"

Kate schluckte. „Naja, was heißt schon *verliebt*? Ein kleines bisschen verguckt vielleicht... Ich wollte es ja selbst nicht wahrhaben, aber warum sollte mich das sonst so aus der Bahn werfen? Ich habe noch nie einen Bericht oder eine Hausarbeit oder eine Email oder Professor Donovans Geburtstag vergessen, das muss also etwas zu bedeuten haben", antwortete sie unter Schluchzern.

„Oh Mann, hätte ich das gewusst... Es ist wirklich komplizierter, als ich dachte", resümierte Barry.

„Sage ich ja!"

„Gut, dann werden wir uns eben etwas einfallen lassen,

wie wir das mit Fin wieder hinbekommen“, meinte Barry optimistisch wie eh und je. „Vorausgesetzt, er entschuldigt sich bei dir und verhält sich nicht länger wie ein trotziges Kleinkind!“

„Darauf können wir anscheinend lange warten“, brummte Kate.

„Und während wir das tun, kannst du endlich Bens Manuskript lesen!“, fügte Barry streng hinzu.

„Jaja, ist ja gut“, lenkte Kate ein und wandte sich wieder dem Bibliothekseingang zu. Sie wies mit einem Kopfnicken darauf und meinte zu Barry: „Kommst du wieder mit rein? Ich habe noch einen Bericht zu schreiben...“

Kates Stimmung war mittlerweile auf dem Tiefpunkt angekommen. Nachdem sie mit dem Bericht für Professor Donovan fertig gewesen war, hatte sie auf dem Rückweg von Yale bei Appletree Manor Halt gemacht. Sie hatte gehofft, Fin dort anzutreffen und endlich mit ihm sprechen zu können. Aber er war nicht dort gewesen und sie hatte bloß kurz mit Theo geredet, der ihr sichtlich verunsichert gegenübergetreten war. Er hatte behauptet, nicht zu wissen, was mit Fin los sei, und ihr geraten, Fin bei sich zu Hause aufzusuchen.

Das war der Tropfen gewesen, der das Fass zum Überlaufen gebracht hatte: Kate sah es nicht mehr ein, Fin länger hinterherzurennen. So langsam musste auch mal etwas von ihm zurückkommen, denn sein Verhalten war auch nicht gerade vorbildlich gewesen.

Als sie Theo gesehen hatte, waren ihr unwillkürlich seine Worte, wie gut Fin bei den Frauen ankam, wieder ins Gedächtnis getreten. Bestimmt hatte Fin, der ja selbst gesagt hatte, dass er nicht zu einer festen Beziehung taugte, längst eine neue flüchtige Bekanntschaft gefunden!

Verächtlich schnaubte Kate.

Auch wenn sie den Entschluss gefasst hatte, dass Fin ihre Bemühungen nicht länger verdient hatte, bedeutete das natürlich noch lange nicht, dass es ihr besser ging. Ganz im Gegenteil: Sie war mittlerweile richtig wütend auf Fin, dass er sie in jeder Hinsicht so hängen ließ. Und noch viel schlimmer war, dass sie trotzdem noch etwas für ihn empfand und sich wünschte, dass sich alles aufklärte. Sie verfluchte ihr dämliches, naives Herz, das immer noch auf ein Happy End hoffte.

Da Kate nicht wusste, was sie mit sich anfangen sollte, war sie kurzerhand zu Chris in den Baumarkt gefahren. Sie musste dringend auf andere Gedanken kommen und hatte dort wahllos Holzlatten, Nägel und Werkzeug gekauft, um mit dem Bau ihres Baumhauses im Garten anzufangen. Die körperliche Arbeit würde ihr sicherlich guttun und sie ablenken. Leider hatte Kate die Rechnung ohne das kalte, regnerische Oktoberwetter gemacht.

Jetzt stand sie völlig planlos mit dem ganzen Baumaterial im strömenden Regen, hatte keine Ahnung, wie man überhaupt ein Baumhaus baute und hämmerte in blinder Wut Nägel in das Holz. Man sollte meinen, dass sie sich so etwas abreagieren konnte, aber das Gegenteil war der Fall: Mit jedem weiteren Nagel wuchs ihre Wut.

Auf das beschissene Wetter.

Auf ihre verdammte Ahnungslosigkeit vom Baumhausbau.

Auf den blöden Fin.

Auf den blöden, unzuverlässigen Fin.

Auf den blöden, unzuverlässigen, wahnsinnig heißen Fin.

Plötzlich erklang eine Stimme hinter ihr, die ihre düsteren Gedanken unterbrach: „Hallo, Kate, ich habe dein Hämmern gehört und mich gewundert, wer hier im Regen werkelt." Alison tauchte an der Gartenpforte auf und sah Kate besorgt an. „Mach doch eine kleine Pause und trink eine Tasse Tee mit mir. Es ist ganz schön ungemütlich hier draußen."

In ihrer Raserei unterbrochen, bemerkte Kate, wie sie vor Kälte zitterte und bis auf die Knochen durchnässt war. Das Angebot ihrer Nachbarin klang verlockend und Kate folgte ihr ins Haus.

Alison gab ihr trockene Sachen zum Anziehen und bereitete Tee zu, während Kate kein Wort über die Lippen brachte. Sie fand ihr schweigsames Verhalten Alison gegenüber selbst unhöflich, war aber noch so in ihrer Wut gefangen, dass sie nicht sprechen konnte. Kate sah Alison entschuldigend an und hatte das Gefühl, dass die beste Freundin ihrer Mutter ihre Verzweiflung auch ohne viele Worte verstand.

Mit einem Nicken gab die ältere Frau Kate zu verstehen, dass alles in Ordnung sei und sie sich Zeit lassen konnte, um sich zu beruhigen. Ein paar leise Tränen rannen über Kates Wangen – ein wenig aus Wut, aber hauptsächlich aus Erleichterung und Dankbarkeit für Alisons Verständnis.

Die beiden setzten sich an den runden Küchentisch und Kate entspannte sich langsam etwas.

„Alison, es tut mir leid, dass du mich mit so einer unterirdischen Laune antriffst. Danke für die Rettung aus dem Regen und den heißen Tee. Und deine Ruhe und Geduld." Kate lächelte schief.

„Sehr gerne, meine Liebe. Manchmal überrennen uns die Emotionen und dann muss man sie erst einmal alle rauslassen und fühlen, um sie bewältigen zu können. Ich hoffe, es geht dir jetzt etwas besser?"

„Ja, danke, es wird..." Kates Wut war einer dumpfen Traurigkeit und bleierner Erschöpfung gewichen.

„Darf ich fragen, was passiert ist, dass du wie wild im

strömenden Regen Nägel in das unschuldige Holz gehauen hast?" Alison sah Kate etwas besorgt und ehrlich interessiert an.

Kate dachte daran, wie es ihr vor ein paar Tagen noch unangenehm gewesen war, vor Alison zuzugeben, von deren Sohn versetzt worden zu sein. Sie stellte fest, dass es ihr mittlerweile völlig egal war und dass ihr ein Gespräch mit Alison vielleicht helfen könnte, Fins Verhalten zu verstehen. Mit einem resignierenden Seufzer sagte sie daher: „Wenn ich das so genau wüsste, wäre ich ein ganzes Stück schlauer... Es geht – wie könnte es anders sein? – um einen Mann. Genauer gesagt, um Fin." Gespannt auf deren Reaktion blickte Kate die andere Frau an. Sie konnte förmlich sehen, wie es in Alison Kopf arbeitete. Sie wirkte erstaunt, wenn nicht sogar ein bisschen erschrocken.

„Fin? Du meinst meinen Sohn Fin? Woher kennt ihr zwei euch denn?"

„Wir haben uns zufällig in deiner Tanzschule kennengelernt und haben uns dann verabredet. Wir sind uns etwas näher gekommen, als ursprünglich geplant..." Kate hielt kurz inne. „Er war es, der mich beim Tanztee hat sitzen lassen und sich daraufhin nie wieder gemeldet hat."

„Was? Wie ist das denn möglich? Das sieht ihm gar nicht ähnlich..." Alison sah bestürzt aus und schien angestrengt über etwas nachzudenken. Sie drehte unruhig ihre Teetasse in ihren Händen, während sie weitersprach: „Am Abend vor dem Tanztee habe ich noch mit ihm telefoniert, als er gerade von seiner Geschäftsreise zurückkam. Ich habe ihm erzählt, dass Lauren, du und Aurelia wieder in der Stadt seid und dass Lauren und ich uns versöhnt haben... Und dann ist er auf einmal seltsam ruhig geworden und hat einfach aufgelegt. Erst jetzt, wo ich es dir erzähle, merke ich, wie merkwürdig das war... Auch wenn dir die Frage vielleicht komisch vorkommt: Hast du ihm gesagt, dass du

Laurens Tochter bist?" Gespannt blickte Alison Kate an, der bei ihren Worten ganz anders wurde. Fin hatte also herausgefunden, wer sie war. Und wie Kate befürchtet hatte, war das offensichtlich der Grund für sein Verhalten.

„Nein, das habe ich nicht. Zunächst hielt ich es nicht für wichtig und dann hatte er so eine Wut auf meine Mutter und was sie dir damals angetan hat, dass ich mich kaum getraut habe. Ich wollte es ihm natürlich trotzdem sagen, aber irgendwie kam es nicht dazu… Ich weiß, das war feige von mir…" Dieses Geständnis fiel Kate nicht leicht. Bedrückt hielt sie den Blick auf die Tischplatte gesenkt.

„Oh, Kate, du hättest es ihm wirklich sagen sollen", stimmte Alison ihr zu und schüttelte betrübt den Kopf, bevor sie fortfuhr: „Es tut mir so leid, dass ihr unter Laurens und meinem Zerwürfnis leidet! Ich hatte ja keine Ahnung, dass Fin immer noch so sehr in diesen alten Gefühlen festhängt. Ich dachte, er hätte sich, so wie ich, schon lange davon gelöst. Und jetzt verbauen sie ihm eine Beziehung zu dir. Das ist ja geradezu tragisch!"

Kate hatte damit gerechnet, dass Alison ihr Vorwürfe machen würde, dass sie die Wahrheit über ihre Identität verheimlicht hatte, umso überraschter war sie über deren Entschuldigung und ihr Bedauern. Sie wusste nicht, wie sie reagieren sollte.

„Ja, irgendwie schon, wenn du es so sagst… Aber du kannst ja auch nichts dafür. Immerhin habe ich jetzt eine Erklärung dafür, dass er sich nicht mehr meldet. Auch wenn ich es ziemlich unfair finde, wie er mich behandelt. Ja, natürlich hätte ich ihm sagen sollen, wer ich bin, aber ich kann doch nichts für das Verhalten meiner Mutter von vor über 20 Jahren! Warum überträgt er das auf mich?" Ratlos schaute Kate Alison an, die ihre Hand nahm und sie beruhigend tätschelte.

„Ich befürchte, das weiß er selbst nicht genau, meine

Liebe. Vermutlich hat er die Vergangenheit noch nicht hinter sich gelassen und ist außerdem mit seinen Gefühlen zu dir überfordert. Ich weiß, dass es eigentlich seine Aufgabe ist, sich mit seinen Emotionen auseinanderzusetzen… Aber vielleicht kannst du trotzdem noch mal mit ihm reden? Auch wenn es viel verlangt ist?“

Bei Alisons Aufforderung, das Gespräch mit Fin zu suchen, versteifte sich etwas in Kate. *Ich habe doch schon alles versucht!*, rief eine Stimme in ihrem Inneren verzweifelt und ein bisschen trotzig. Auch wenn es ihr im Herzen weh tat, konnte sie sich nicht weiter für Fin zum Affen machen.

„Ich habe ihn bereits ungefähr eine Million Mal angerufen und ihm geschrieben, ihn sogar auf Appletree Manor gesucht, aber von ihm kommt keine Antwort. Ich glaube nicht, dass ich die Kraft habe, mich weiter um ihn zu bemühen.“

„Das verstehe ich, Katie, wirklich. Fin ist so ein unendlicher Sturkopf! Bitte probiere es doch noch einmal! Oder soll ich vielleicht mal mit ihm…?“ Vorsichtig wollte Alison ihre Hilfe anbieten, aber Kate ließ sie den Satz nicht beenden.

„Auf keinen Fall! Am Ende denkt er, ich bin zu dir gekommen, weil ich meine Angelegenheiten nicht alleine auf die Reihe kriege. Nein, völlig ausgeschlossen. Entweder bekommen wir es selbst hin oder das war es eben!“ Die Wut keimte wieder in Kate auf.

„Dann versuch du es noch ein letztes Mal, Kate, bitte! Ich könnte es nicht ertragen, dass ihr beide unglücklich werdet“, flehte Alison inständig und ergriff abermals Kates Hand.

„Ich weiß, du meinst es nur gut, aber mein Entschluss steht fest: Ich werde Fins unreifes Verhalten nicht länger akzeptieren. Er ist an der Reihe, ein Lebenszeichen von sich zu geben!“, antwortete Kate bestimmt.

Alison setzte einen herzzerreißenden Dackelblick auf, aber Kate ließ sich nicht erweichen: „Ich habe mir nach dem Reinfall mit Aurelias Vater geschworen, mich nicht mehr schlecht von Männern behandeln zu lassen. Eigentlich wollte ich überhaupt keine mehr in meinem Leben… Auch wenn das nicht geklappt hat, muss ich ab sofort wieder besser auf mich selbst aufpassen. Es tut mir leid, aber ich werde Fin wohl oder übel aus meinem Leben streichen – genau wie er es mit mir getan hat.“

19

Lauren wartete bei *Dancing Queens (& Kings)*, um Aurelia von ihrer Tanzstunde abzuholen. Sie las sich interessiert das ausgehängte Kursangebot durch und entdeckte einen Standard-Tanzkurs für Paare, immer Montagabends. Sie dachte direkt daran, Chris zu fragen, ob er mit ihr hingehen wollte, und grinste selig. Endlich hatte sie jemanden, mit dem sie diese Leidenschaft teilen konnte!

Lauren sprach gerade mit Abby, Alisons Mitarbeiterin, wegen des Kurses, als Aurelia mit den anderen Mädchen aus dem Tanzsaal stürmte.

„Granny, du sollst zu Alison, sie will dich was fragen!", war ihre Begrüßung an Lauren. Da Auri sowieso noch aufgeregt mit ihren Freundinnen quatschte und die Tanzschritte aus ihrem Kurs übte, ging Lauren in den Saal. Abby versicherte ihr, ein Auge auf Auri zu werfen.

Unwillkürlich musste Lauren daran denken, wie unwohl sie sich bei ihrem ersten Besuch bei *Dancing Queens (& Kings)* gefühlt hatte. Mittlerweile war sie zum Glück meilenweit davon entfernt und schloss Alison fröhlich in die Arme, die ihr entgegenkam.

„Laurie, wie geht's dir? Du siehst fabelhaft aus! Jaja,

verliebt müsste man sein...“, begrüßte Alison ihre Freundin mit einem schelmischen Grinsen. Lauren verdrehte die Augen, aber schaffte es beim besten Willen nicht, ihr seliges Lächeln abzuschalten. Wollte sie auch gar nicht, es fühlte sich nämlich viel zu gut an.

„Du siehst auch gut aus, nur ein bisschen verschwitzt! Die Mädels halten dich wohl ganz schön auf Trab, was?“, erwiderte Lauren augenzwinkernd.

„Das kann man so sagen! Sie sind schon so aufgeregt wegen ihres Auftritts in ein paar Wochen... Aber lenk nicht vom Thema ab! Du hast noch gar nicht davon erzählt, wie es mit Chris weitergegangen ist, nachdem Pete und ich verschwunden sind. Dein Lächeln spricht zwar Bände, aber es überrascht dich vermutlich nicht, dass ich es genauer wissen will!“ Gespannt sah Alison Lauren an.

„Das tut es in der Tat nicht!“, erwiderte Lauren amüsiert. „Wie soll ich sagen, wir haben festgestellt, dass wir beide gewisse Gefühle füreinander haben und dass wir uns noch näher kennen lernen möchten. Ach ja, und wir haben uns geküsst.“

Alisons erste Reaktion war ein lautes, aufgeregtes Quietschen, als sie von dem Kuss hörte. „Und wie war es? Kann er gut küssen? Auf einer Skala von eins bis zehn? Weißt du noch, wie wir damals als Teenies ein Notizheft über die Männer – man müsste wohl eher Jungs sagen – geführt haben, die wir geküsst hatten?“ Alison lachte, als sie sich daran erinnerte, und steckte Lauren an.

„Oh ja, das Kussbuch! Wir haben genau festgehalten, wann der Kuss wo mit wem passiert ist! Mit Foto, ausführlicher Beschreibung und natürlich den Punkten. Bei dir hat lange der blöde Jesse-Jacob die Rangliste angeführt, das weiß ich noch!“ Lauren grinste und überlegte dann kurz. „Ich müsste das Kussbuch noch irgendwo haben, ich werde mal in den Kartons auf dem Dachboden nachsehen. Dann können wir die fehlenden Männer nachtragen." Sie zögerte. „Allerdings bin ich mir nicht sicher, ob wir die ausführliche Beschreibung des Kusses wirklich noch brauchen. Ich weiß noch, dass du den Kuss mit diesem Simon aus dem Jahrgang über uns in allen Einzelheiten beschrieben hast – und das klang echt widerlich!" Lauren schüttelte sich und verzog das Gesicht, bevor sie wie Alison wieder lachte.

„Das lag daran, dass es echt widerlich *war*! Simon hatte eine Beschleunigung von null auf Hundert wie ein Sportwagen oder wie eine Waschmaschine im Schleudergang – übrigens auch genauso nass wie eine Waschmaschine... Ich krieg jetzt noch Gänsehaut, wenn ich dran denke, aber keine gute. Aber genug von Simon. Wie war es denn jetzt mit Chris?" Alison riss vor Neugier die Augen auf.

„Chris bekommt eine glatte zehn! Es war einfach grandios!", schwärmte Lauren.

„Sehr gut, alles andere wäre auch eine zu große Enttäuschung gewesen, nachdem er sich so lange nach dir verzehrt hat. Wie geht's denn jetzt weiter mit euch? Wann wird wieder geknutscht?", fragte Alison mit wackelnden Augenbrauen.

„Wir wollen es langsam angehen lassen und uns in Ruhe näher kennen lernen... Ich habe gerade gesehen, dass du hier einen Standard-Kurs anbietest – den würde ich gerne gemeinsam mit Chris besuchen. Ich werde ihn mal fragen", antwortete Lauren.

„Das klingt doch großartig! Der Kurs wird euch gefallen. Colin aus Greenlyn, ein Freund von mir, leitet ihn – ein begnadeter Tänzer." Jetzt sah Alison ein bisschen verträumt aus und Lauren fragte sich, ob da mehr dahintersteckte. Aber bevor sie ihren Gedanken aussprechen konnte, redete Alison schon weiter: „Was ich dich außerdem noch fragen wollte: Wie geht es Kate? Ich habe sie vor ein paar Tagen ganz aufgelöst im Garten vorgefunden und mache mir ein bisschen Sorgen...“

„Es geht ihr etwas besser, aber sie ist immer noch verletzt und wütend. Sie hat mir erzählt, dass sie dir von Fin und sich berichtet hat. Ich wusste gar nicht, dass sie ihm gar nicht gesagt hatte, wer sie ist. Ich hätte nie gedacht, dass das zu solchen Problemen führen könnte... Sie hat sich jedenfalls voll in die Arbeit an der Uni gestürzt und will an nichts anderes mehr denken...“ Lauren hielt kurz inne, bevor sie fortfuhr: „Ich weiß nicht, ob das der richtige Weg ist, den Kate eingeschlagen hat... Die Rückkehr nach Maybury, unsere Versöhnung, das Kennenlernen mit Chris – das alles hat mir gezeigt, dass es niemals gut sein kann, seine Gefühle aus verletztem Stolz heraus oder wegen kleiner Fehltritte zu unterdrücken. Findest du nicht auch?“ Auf Bestätigung wartend sah Lauren Alison an.

„Du hast ja so recht! Die beiden stehen doch eindeutig aufeinander – und sich selbst im Weg! Ich hatte Kate angeboten, mal mit Fin zu sprechen, aber davon wollte sie partout nichts wissen. Ich kann verstehen, dass sie nicht möchte, dass ich mich einmische, und ich gebe ihr recht, dass Fin sich unmöglich verhält... aber gibt es nicht vielleicht trotzdem eine Möglichkeit, die beiden an einen Tisch zu bekommen?“ Nachdenklich sah Alison Lauren an, die ebenfalls überlegte, was sie tun könnten. Schließlich hatte Lauren eine Idee und die beiden schmiedeten einen Plan.

Seit dem Tanztee waren mittlerweile zwei Wochen vergangen, in denen Kates Zorn auf Fin allmählich verraucht war. Auch wenn sie ihre Entscheidung, ihm nicht länger hinterherzulaufen und sich stattdessen wieder auf sich zu konzentrieren, nach wie vor richtig fand, dachte sie viel zu oft an ihn. Jedes Mal kam Traurigkeit in ihr auf und sie verspürte einen Stich im Herzen.

Kate vertiefte sich in die Arbeit an ihrer Doktorarbeit. Sie musste wirklich damit vorankommen und wollte sich und Professor Donovan zeigen, dass sie wieder ganz bei der Sache war. Siedend heiß fiel ihr ein, dass sie noch nicht mit ihm über Bens geplante Veröffentlichung gesprochen hatte. Gleich nachher würde sie ihm eine Email schreiben und um einen Termin bitten.

Vor ein paar Tagen hatte sie Jorge kennengelernt, Barrys Freund, der nun für einige Zeit hier bleiben würde. Die zwei waren die absoluten Turteltäubchen und obwohl Kate sich wahnsinnig für ihre Freundin freute, konnte sie es nicht lange mit den beiden in einem Raum aushalten. Zu viel Händchenhalten, Knutschen und verliebte Blicke – das konnte sie gerade nicht ertragen. Vor allem, weil es Zuhause in Maybury nicht anders aussah: Lauren lief genau wie Barry mit diesem verknallten, grenzdebilen Gesichtsausdruck durch die Gegend. Und als wäre das noch nicht genug, hatte auch Aurelia behauptet, dass sie in Joshua aus ihrer Kindergartengruppe verliebt sei. Kate hatte das gesamte letzte Wochenende damit verbracht, mit ihrer Tochter Herzbilder für Joshua zu malen und langsam gingen ihr die ganzen Verliebten um sie herum ziemlich auf den Senkel. Selbstredend freute sich Kate auch für ihre Mom und für Auri, aber nervig war es trotzdem.

Heute sollte Kate mit Lauren und Auri in der Tanzschule beim Requisitenbau für die Dancegiving-Show helfen. Ihre Motivation hielt sich zwar in Grenzen – besonders im Gegensatz zu der ihrer Mom und ihrer Tochter –, aber sie hatte sich fest vorgenommen, sich das nicht anmerken zu lassen. Sie wollte den anderen nicht die Stimmung vermiesen und helfen, so gut sie konnte. Schließlich kümmerte sich sonst hauptsächlich Lauren um Auris Angelegenheiten, da wollte sich Kate diese Möglichkeit, ihren Teil beizutragen, nicht entgehen lassen.

Kaum waren sie bei *Dancing Queens (& Kings)* angekommen, trat ihnen eine hochmotivierte Alison entgegen. Sie hatte Abby im Schlepptau und fing direkt an, allen Aufgaben zuzuteilen: „Auri, du kannst mit Abby mitgehen und mit den anderen Kindern den Bühnenhintergrund bemalen. Lauren, du hilfst Chris, die Deckendekorationen anzubringen." Alison hielt kurz inne und sah Kate mit einem komischen Grinsen an, das sie nicht einordnen konnte. Dann fuhr sie fort: „Und du, Kate, du kannst erst mal mit mir kommen. Ich zeige dir unseren Schuppen, dort wird noch ein kleiner Bühnenaufbau gebaut. Du kennst dich ja mit Hammer und Nägeln aus, wie ich letztens gesehen habe. Das ist die perfekte Aufgabe für dich!"

Kate stöhnte innerlich auf. Wenn man eines bei ihrer Garten-Hämmer-Aktion gesehen hatte, dann ja wohl, dass sie sich überhaupt nicht damit auskannte! Aber Alison zog sie schon hinter sich her und wirkte nicht, als ob sie einen Widerspruch akzeptieren würde. Also fügte Kate sich in ihr Schicksal, auch wenn sie lieber mit Auri gemalt oder ihrer Mom geholfen hätte.

Die beiden Frauen verließen das Tanzschulgebäude und traten in den Hinterhof. Neben einer Sitzbank und einem Fahrradständer befanden sich hier Parkplätze für die Angestellten und der besagte Schuppen. Noch vor dem Betreten konnte Kate hören, dass bereits jemand im Inneren arbeitete. Sägegeräusche und laute Musik drangen aus dem kleinen, etwas baufällig wirkenden Gebäude.

Kurz bevor sie die Tür erreicht hatten, hatte Alison es plötzlich sehr eilig, zur Tanzschule zurückzukommen. Sie drehte sich mit einem kurzen Schulterklopfen und einem leisen „Viel Glück!" um und stiefelte davon. Kate schüttelte den Kopf über Alisons merkwürdiges Verhalten. Anscheinend würde die Person im Schuppen ihr alles weitere erklären.

Kate öffnete die Tür und warf einen Blick ins Innere. Offensichtlich wurden dort auch alte Requisiten und in Plastiktüten verpackte Kostüme aufbewahrt. Im hinteren Bereich des Raumes stand eine große Werkbank mit allerlei Werkzeug und Baumaterial. Insgesamt beherrschten das Chaos und die laut dröhnende Rockmusik – Kate erkannte *Hells Bells* von ACDC – den Schuppen.

Sie betrat das Gebäude und blickte sich suchend um, sah aber zunächst niemanden. Auf einmal bewegte sich etwas hinter einem großen Stapel Holz und Kate hielt überrascht die Luft an, als sie sah, wer ihr nun gegenüberstand.

Niemand Geringeres als Fin blickte ihr plötzlich entgegen. Sein Gesichtsausdruck verfinsterte sich sofort, als er sie erkannte.

Lauren traf Chris im Tanzsaal und da niemand sonst im Raum war, begrüßten sie sich mit einem tiefen Kuss. Sie hatten sich in den letzten Wochen so oft wie möglich gesehen, waren im Kino und Essen gewesen oder hatten sich einfach so auf ein Glas Wein getroffen. Chris hatte ihr sogar dabei geholfen, den Garten winterfest zu machen und ihr über seinen Laden säckeweise Blumenerde und Saatgut bestellt. Seit dem Eingeständnis ihrer Gefühle war es, als wäre der Damm gebrochen, und beide konnten die gemeinsame Zeit befreit genießen.

Glücklich strahlten sie sich an, während Chris begann, Lauren zu erklären, was sie zu tun hatten. Alison wollte, dass Thanksgiving-typische Dinge wie ein Truthahn und mehrere Kürbisse aus Pappmaschee, Maiskolben und Getreideähren sowie eine riesige Girlande aus Blättern in herbstlichen Farben und Trockenblumen von der Decke hingen und so das Bühnenbild einrahmten. Chris kletterte eine Leiter hinauf und schraubte Haken in die Decke. Lauren reichte ihm dann die Dekorationen an, damit er sie aufhängen konnte. Sie arbeiteten einvernehmlich Hand in Hand und sprachen über Dies und Das. Lauren entging nicht, dass Chris ihr bei jeder Gelegenheit mindestens einen verliebten Blick, wenn nicht ein kurzes Streicheln oder einen kleinen Kuss schenkte, und sie genoss seine Aufmerksamkeit sehr.

Mit einem schiefen Grinsen musste sie daran denken, dass Kate vermutlich Würgegeräusche machen und so tun würde, als ob sie sich übergeben müsste, wenn ihre Tochter sie und Chris so sehen würde. Leider hatten Kate und Fin immer noch nicht miteinander gesprochen, aber Lauren war davon überzeugt, dass sich das *bald* ändern würde. Die beiden würden sicherlich ihre Probleme überwinden können und dann wäre Kate genauso glücklich wie sie! Das hoffte Lauren wenigstens und lächelte Chris strahlend an, als er die Leiter herunterstieg.

„Was geht dir durch den Kopf, dass du so schelmisch grinst?", fragte Chris.

„Ach, ich habe nur gerade an Kate gedacht und wie kitschig sie uns beide finden würde", antwortete Lauren.

„Wir sind nicht kitschig, wir sind verliebt und ich finde das einfach wunderbar!" Übermütig schlang Chris die Arme um Lauren und flüsterte in ihr Ohr: „Ich fand dich schon toll, als du das erste Mal in Maybury aufgetaucht bist! Die erfolgreiche Collegeabsolventin, so kultiviert, intelligent und weltgewandt – ganz anders, als die Frauen von hier. Nur deinen Ehemann, den hättest du nicht mitbringen müssen!" Chris lachte leise. „Ich bin so froh, dass wir uns gefunden haben…", fuhr er fort und küsste sie auf den Hals. Ein angenehmes Prickeln lief über ihren Rücken.

„Ich auch", raunte Lauren. „Ich wusste gar nicht, dass du

schon damals so empfunden hast… Ich wünschte nur, Kate hätte das gleiche Glück wie ich, aber leider hat sie momentan Pech mit den Männern…"

Chris sah sie fragend an und forderte Lauren damit auf, ins Detail zu gehen.

„Du kennst doch Fin, Alisons Sohn? Kate hat ihn kennengelernt und sich ein bisschen verguckt – so happy habe ich sie schon lange nicht mehr gesehen! Aber anscheinend hasst er mich und ist immer noch wütend, dass ich Alison damals so eine schlechte Freundin war. Deswegen will er nichts mehr mit Kate zu tun haben. Er redet nicht mehr mit ihr, seit er herausgefunden hat, dass Kate meine Tochter ist." Betroffen blickte Lauren auf ihre Füße.

Chris überlegte kurz, was er von dieser Sache halten sollte, und meinte dann: „Aber Alison und du, ihr habt über alles gesprochen, jeden Streit beigelegt und die Vergangenheit hinter euch gelassen. Warum klammert sich Fin dann so daran fest?"

„Das ist die Frage, die wir uns alle stellen… Die beiden könnten so glücklich miteinander sein und stehen sich selbst im Weg. Alison und ich haben da eine kleine Sache eingefädelt, damit sie sich endlich aussprechen." Verschwörerisch grinsend weihte Lauren Chris in den Plan ein.

„Und ihr glaubt, dass das funktionieren wird? Meint ihr nicht, dass die beiden möglicherweise sauer werden, weil ihr euch in ihre Angelegenheiten einmischt?", wandte Chris zweifelnd ein.

„Das Risiko gehen wir ein. Denn am Ende werden sie glücklich und zufrieden sein und niemand wird mehr an die Umstände denken", erwiderte Lauren, die natürlich mit einem Wutanfall von Kate rechnete.

Chris grinste und beeilte sich zu sagen: „Also, versteh mich nicht falsch: Wenn die beiden zusammengehören, dann sollen sie auch zusammenkommen! Ich wünsche niemandem, dass er oder sie womöglich Jahrzehnte auf das Glück warten muss so wie ich. Auch wenn es gewagt ist, drücke ich die Daumen, dass euer Plan aufgeht."

„Ich wusste es! War ja klar, dass die Sache einen Haken hat! Sonst hat Mom nie meine Hilfe für den Requisitenbau benötigt...", stieß Fin wütend hervor. Er schrie beinahe, um die Musik zu übertönen.

Kate war so erschrocken, Fin hier zu begegnen, dass nach kurzer Schockstarre ihr Fluchtreflex einsetzte. Mit einem sarkastischen „Ich freue mich auch sehr, dich zu sehen!" machte sie auf dem Absatz kehrt und setzte sich in Richtung Tür in Bewegung.

Als plötzlich die Musik ausgeschaltet wurde, hielt Kate inne. Die Stille wirkte beinahe bedrohlich. Langsam drehte sie sich zu Fin um.

„Hast du das etwa eingefädelt?" Fin spuckte die Frage mit so viel Verachtung aus, dass Kate eine Gänsehaut bekam. Unwillkürlich musste sie an die letzte Gelegenheit denken, als Fin eine Gänsehaut bei ihr hervorgerufen hatte. Nur war das eine ganz andere, wesentlich angenehmere Situation gewesen...

Innerlich aufgewühlt versuchte sie ihm so kühl und abweisend wie möglich zu antworten: „Nein. Ich bin genauso überrascht wie du. Aber keine Sorge, ich gehe sofort wieder und lasse dich in Ruhe. Das willst du ja offensichtlich eh, wie dein Verhalten in den letzten Wochen gezeigt hat."

Fin schnaubte verächtlich, während Kate ihren Weg zur Tür des Schuppens fortsetzte. Sie war beinahe an ihrem Ziel angelangt, als sie hörte, wie von außen ein Schlüssel im Schloss herumgedreht wurde. Schockiert legte sie die letzten Meter zur Tür im Laufschritt zurück und rüttelte an der Klinke. Die Tür bewegte sich keinen Zentimeter. Kate sah durch die kleine Glasscheibe in der Tür nach draußen, ob sie dort den Übeltäter entdecken konnte. Plötzlich tauchten Alisons und Laurens Gesichter direkt davor auf und Kate schreckte zurück. Sie prallte gegen Fin, der hinter sie getreten war und vermutlich ebenfalls wissen wollte, was hier vor sich ging. Sie spürte seinen festen, muskulösen Körper an ihrem Rücken und ihr Herz setzte einen Schlag aus.

„Mom!", riefen Fin und Kate vorwurfsvoll. Erstaunt, dass sie beide gleichzeitig gesprochen hatten, sahen sie sich für einen kurzen Moment an. Kate fing sich als erste und wand sich wieder ihren beiden Müttern zu: „Was soll das? Macht sofort die Tür wieder auf! Das ist nicht witzig!" Sie rüttelte nochmals an der Tür, leider vergeblich.

„Wir finden, dass es an der Zeit ist, dass ihr euch aussprecht! Wir wollten euch ja wirklich nicht einsperren, aber anscheinend geht es nicht anders." Entschuldigend zuckte Lauren mit den Schultern. Alison stand neben ihr und nickte nachdrücklich. „Genau!", pflichtete sie ihrer Freundin bei. „Aber keine Panik, in einer Stunde lassen wir euch wieder raus. Bis dahin sollte ja wohl alles geklärt sein!"

Feixend sah Alison Lauren an, die ihr wiederum verschwörerisch zuzwinkerte und ihr anerkennend auf die Schulter klopfte.

Nun hämmerte Fin mit der Faust an die Tür und rief verärgert: „Was für eine Scheiße! Mom, schließ sofort wieder auf!"

Aber Alison und Lauren schenkten seinem Gezeter keine Beachtung und zogen in Richtung Tanzschule davon.

Entnervt schlug Fin noch einmal gegen die Tür, drehte sich dann um und ging zur Werkbank zurück. Dort drehte er die Lautsprecherbox bis zum Anschlag auf und wieder ertönte ACDC in ohrenbetäubender Lautstärke.

Offensichtlich hatte er vor, Kate für die nächste Stunde zu ignorieren und das Ganze auszusitzen. Das sollte Kate nur Recht sein, schließlich wollte sie auch nicht mit ihm reden.

Wie Fin kochte Kate vor Wut auf ihre Mom und Alison. Wie konnten die beiden sich nur so in ihre Angelegenheiten einmischen? Das würde ein ordentliches Donnerwetter geben, sobald sie hier wieder raus waren.

Unruhig stand Kate neben der Tür und wusste nichts mit sich anzufangen. Sie tigerte ein paar Minuten auf und ab. Immer wieder sah sie aus dem Augenwinkel zu Fin herüber. Der bearbeitete wie ein Wahnsinniger ein Stück Holz mit einem Hobel. Da er dabei ins Schwitzen gekommen war, hatte er sein Hemd ausgezogen. Das Unterhemd, das er jetzt trug, erlaubte es Kate, das Muskelspiel seiner kräftigen Arme und seiner Brust zu beobachten. Sie musste widerwillig zugeben, dass er unverschämt heiß aussah.

Sie brauchte unbedingt eine Ablenkung, damit sie ihn nicht weiter wie eine irre Nymphomanin anstarrte – oder noch schlimmer: wie eine liebeskranke Vollidiotin. Kurzentschlossen ging sie zur Werkbank, nahm einen Hammer zur Hand und brüllte Fin über die Musik zu: „Gib mir eine Aufgabe! Wenn ich schon hier bin, kann ich mich auch nützlich machen.“ Schließlich war sie ja wegen Aurelia hier und wollte etwas Sinnvolles tun.

Fin schien kurz überrascht von ihrem Angebot zu sein, zuckte dann aber gleichgültig mit den Schultern. „Okay, gut,“ brummte er, nachdem er die Musik leiser gestellt hatte, „dann nimm die Bretter da drüben und säge sie auf jeweils einen Meter fünfzig Länge zurecht. Wir brauchen insgesamt zwölf Stück. Kriegst du das hin?“ Sein Ton zeugte von seinem Zweifel an Kates handwerklichem Talent.

Auch wenn Kate noch nie eine Säge in der Hand

gehalten hatte, empörte sie sich über seine Aussage: „Natürlich bekomme ich das hin, ein Kinderspiel!“

Genervt stapfte sie zu den Brettern, legte das erste auf zwei Böcken bereit und sah sich dann suchend nach einer Säge um. Sie bemerkte Fins kritischen Blick auf sich und war froh, als sie endlich eine kleine Handsäge mit schmalem Sägeblatt fand. Sie maß die gewünschte Länge mit einem Zollstock ab, markierte die Stelle und setzte die Säge an. Mit Schwung begann sie zu sägen und rutschte sofort von ihrer Markierung ab. Sie schnaubte sauer und fing von Neuem an. Obwohl sie die Säge immer wieder hin und her bewegte, kam sie kaum vorwärts.

„Das ist eine Metallsäge, keine Holzsäge“, erklang Fins spöttische Stimme vom anderen Ende der Werkbank. Er schob ihr eine andere Säge zu und verdrehte dabei die Augen, als wäre sie viel zu dämlich für diese lächerlich einfach Aufgabe. Dann stellte er die Musik wieder auf volle Lautstärke und ignorierte Kate.

Sie war gerade mit dem sechsten Brett fertig – natürlich funktionierte es mit der richtigen Säge viel besser und es ärgerte Kate, dass Fin recht gehabt hatte –, als die Musik plötzlich ganz ausging. Fin fluchte vor sich hin und versuchte, die Box wieder einzuschalten. Deren Akku war offensichtlich leer, denn nichts regte sich. „Na gut, dann eben ohne Musik…“, grummelte er und widmete sich einem Stück Papier, auf dem sich eine Zeichnung von der zu bauenden Konstruktion befand.

In der Stille, die nun den Schuppen erfüllte, war Fins Anwesenheit für Kate kaum noch zu ertragen. Die Wut und die Anspannung verpesteten die Luft. Um wenigstens ein bisschen davon loszuwerden, arbeitete Kate noch schneller. Hochkonzentriert war ihr Blick auf das Brett vor sich gerichtet und sie sägte, als ginge es um ihr Leben. Als sie mit dem letzten Holzstück fertig war, blieb ihr nichts anderes übrig, als Fin nach einer neuen Aufgabe zu fragen.

Sie hob ihren Kopf, um zu sehen, was er gerade tat. Überrascht bemerkte sie, dass sein Blick auf sie geheftet war und dass er jetzt, als sie zu ihm schaute, beinahe ertappt wirkte. Hatte er sie etwa schon länger beobachtet? Warum sollte er das tun? Misstrauisch erwiderte sie seinen Blick und nickte ihm herausfordernd zu: „Was guckst du so? Habe ich etwa schief gesägt? Oder die Bretter falsch aufgestapelt?“ Abweisend kreuzte sie die Arme vor der Brust.

Fin wich ihrem Blick aus und erwiderte beinahe zynisch: „Nein, *du* hast *gar nichts* falsch gemacht.“

Kate verstand natürlich, dass es ihm dabei um etwas ganz anderes als die gesägten Bretter ging. Aber so leicht ließ sie sich nicht aus der Reserve locken. Wenn er jetzt doch reden wollte, konnte er gerne den Anfang machen.

Mit verschränkten Armen und kritischem Blick lehnte sie sich an die Werkbank und sagte nichts. Lediglich ihr Gesichtsausdruck stellte spöttisch die nicht weniger sarkastische Frage, die ihr unter den Nägeln brannte: „Ach was? Das musst du genauer erklären!“

Aufgebracht fuhr Fin sich mit der Hand durch die Haare. Schließlich platzte es frustriert aus ihm heraus: „Ich verstehe dich einfach nicht, Kate! Ich erzähle dir lang und breit vom Tod meines Vaters und wie meine Mutter von ihrer Freundin hängen gelassen wurde – und du kommst nicht einmal auf die Idee, mit einem klitzekleinen Wort zu erwähnen, dass Lauren deine Mutter ist!? Ich habe es letztendlich von meiner Mom erfahren!“

„Ja, du hast recht, ich hätte es dir sagen sollen. Ich entschuldige mich, dass ich es nicht getan habe“, antwortete sie mit fester Stimme. Sie meinte jedes Wort ernst, war aber nach wie vor wütend: „Aber du scheinst zu vergessen, dass *ich* nicht *meine Mutter* bin und dass ich nichts für die Dinge kann, die damals passiert sind! Warum spielt es trotzdem so eine große Rolle für dich, dass Lauren meine Mom ist?"

Kates Worte ließen Fin für einen Augenblick nachdenklich werden, bevor der zornige Zug um seinen Mund wieder da war. „Du weißt nicht, was ich damals durchgemacht habe und wie beschissen es sich angefühlt hat. Ich werde mich sicherlich nicht dafür entschuldigen, welche Schlüsse ich daraus für mich gezogen habe!" Verächtlich setzte er hinzu: „Aber was interessiert es dich überhaupt – du hast dich ja sowieso schon anderweitig orientiert!"

„Was soll das denn heißen?" Ein riesiges Fragezeichen stand Kate ins Gesicht geschrieben.

„Jetzt tu doch nicht so unwissend! Ich habe euch doch beim romantischen Dinner gesehen! Dich und *deinen Ben*!" Fin spuckte die Worte abfällig aus und trat wütend ein paar Schritte auf Kate zu.

Kate brauchte ein paar Sekunden, um die Worte *romantisches Dinner* und *Ben* in irgendeinen logischen Zusammenhang zu bringen, bis ihr das schreckliche Abendessen mit ihrem Ex wieder einfiel. „So ein Schwachsinn! Das war absolut nicht das, was du denkst!" Auch Kate machte ein paar Schritte in Fins Richtung.

„Ach ja?! Dann wird es dafür bestimmt genauso eine tolle Erklärung geben wie für die Sache mit Lauren?" Er machte eine kurze Pause, um dann seine Frage selbst zu beantworten: „Ach, stimmt ja, dafür hast du ja gar keine Erklärung, sondern nur eine lahme Entschuldigung und oben drein einen Vorwurf an mich!" Fin stand mittlerweile so dicht vor Kate, dass sie eine wild pulsierende Ader an seinem Hals erkennen konnte.

„Als ob du irgendeine Erklärung hören wolltest, geschweige denn gelten lassen würdest!", entgegnete Kate nicht minder aufgebracht.

Sie wollte gerade damit anfangen, die Sache mit Ben

richtig zu stellen, als Fin sie unterbrach: „Ich habe schon verstanden, Kate, bemüh dich nicht! Wenn du zu deinem Ex zurückwillst, obwohl er angeblich ein Arschloch ist, dann ist das deine Sache!" Sein Gesichtsausdruck wurde hart und verbittert.

Kate konnte nicht fassen, was hier gerade passierte. Fin behandelte sie absolut ungerecht und ließ sie nicht einmal zu Wort kommen. Außerdem wunderte sie sich, dass er sich so auf diese angebliche Sache mit Ben versteifte. Wenn er wüsste, wie grauenvoll dieses Abendessen wirklich gewesen war, würde er nicht so einen Quatsch von sich geben!

Unwirsch antwortete Kate daher: „Ben und ich haben nichts miteinander und werden auch nie wieder etwas miteinander haben. Das Essen war rein professioneller Natur und ich hätte dir beim Tanztee davon erzählt. Aber da bist du ja nicht aufgetaucht, falls du dich noch daran erinnerst? Auch nicht gerade ein mustergültiges Verhalten, oder?" Sie sah es nicht länger ein, dass Fin so tat, als wäre sie die Böse und er der Gute.

Fin ignorierte ihren Vorwurf komplett und schnaubte nur abfällig: „*Rein professioneller Natur*, dass ich nicht lache!" Ungläubig schüttelte er den Kopf. „Und ich habe dich noch eingeladen und gekocht und mich überhaupt völlig zum Affen gemacht... Wie dämlich kann man nur sein..."

Langsam dämmerte es Kate, dass hinter Fins komischem Verhalten und seinen irrationalen Vorwürfen verletzte Gefühle steckten – sowohl in Hinsicht auf die Sache mit Lauren als auch in Bezug auf Ben. Und statt sich das selbst einzugestehen, griff er Kate an, um sich nicht mit seiner Vergangenheit auseinander setzen zu müssen.

In dem Wissen, dass sie ihm diese Last nicht abnehmen konnte und dass er allein für seine Wahrnehmung der Dinge verantwortlich war, meinte sie eindringlich: „Fin, ich wiederhole es noch einmal: Ich habe keinerlei Interesse an

Ben. Wenn du etwas anderes glaubst, dann liegt das nicht an mir, sondern an dir. Vielleicht solltest du dich selbst mal fragen, warum du so versessen darauf bist, mir etwas mit Ben anzudichten, obwohl ich dir mehrfach versichert habe, dass da nichts ist."

Verständnislos blickte Fin sie an und schien noch wütender zu werden: „Was soll das denn heißen?! So eine gequirlte Kacke! Ich habe doch Augen im Kopf und weiß, was ich gesehen habe!"

„Was hast du denn gesehen, Fin? Zwei Menschen, die gemeinsam in einem Restaurant sitzen? Oh, wie ungewöhnlich! Da würde ich auch sofort vom Schlimmsten ausgehen, das ist nur logisch!" Genervt von so wenig Einsicht auf Fins Seite verdrehte Kate die Augen. Sie hatte sein unreifes Verhalten und dieses Gespräch, das zu nichts führte, langsam satt.

„Er ist immerhin dein Ex-Freund und Aurelias Vater!", echauffierte sich Fin.

„Wir drehen uns im Kreis – merkst du das nicht? Du machst mir Vorwürfe und lässt selbst nichts an dich heran! Auf so einen Kinderkram habe ich keine Lust!"

Entschlossen drehte sich Kate um und lief zur Tür des Schuppens, die glücklicherweise in der Zwischenzeit aufgeschlossen worden war. Schon fast draußen, hielt sie kurz inne, um Fin noch eine Chance zu geben, etwas zu sagen.

Aber bei einem Blick über die Schulter stellte sie fest, dass er sich schon abgewandt hatte.

20

„Wie seid ihr nur auf diese absolut schwachsinnige Idee gekommen, uns im Schuppen einzusperren!?“, polterte Fin drauf los, kaum dass er das Haus seiner Mom betreten hatte. Obwohl der Streit mit Kate nun schon ein paar Tage her war, war seine Wut noch immer da.

Fin erkannte sich selbst nicht wieder. Er hatte sich noch nie so gekränkt gefühlt, wie es bei Kate der Fall war. Vermutlich, weil er noch nie so viel für eine Frau empfunden hatte wie für sie. Kein Wunder, dass es ihm so schwer fiel, mit den ganzen Emotionen umzugehen. Er war es einfach nicht gewohnt, sich so intensiv mit seinen Gefühlen auseinanderzusetzen. Daher rührte wohl auch seine Reaktion, sich einfach nicht mehr bei Kate zu melden. Ein Verhalten, das er mittlerweile selbst als kindisch empfand und das ihm peinlich war. Dafür würde er sich bei Gelegenheit noch entschuldigen müssen.

Fin hatte das Gespräch im Schuppen immer wieder Revue passieren lassen und langsam dämmerte auch ihm, dass er möglicherweise in Bezug auf Ben überreagiert hatte. Aber trotzdem war da noch die Sache mit Lauren. Er verstand einfach nicht, warum Kate ihm nichts gesagt hatte. Sofort kochte seine Wut wieder hoch.

Alison hatte immerhin den Anstand, zerknirscht zu wirken. „Du hast ja recht, das war vielleicht etwas zu viel des Guten."

„Etwas zu viel des Guten?!", wiederholte Fin ungläubig. „Das war total übergriffig!"

„Es tut mir wirklich leid, aber uns ist einfach nichts Besseres eingefallen", meinte Alison und ging durch das Wohnzimmer in die Küche. Damit schien für sie der Fall erledigt zu sein, denn als wäre nichts gewesen, fragte sie: „Willst du auch einen Tee?"

Fin folgte ihr automatisch und antwortete unwirsch: „Nein, danke, ich gehe gleich wieder." Er wollte sich schon wie gewohnt auf seinen Platz am runden Küchentisch setzen, aber dann stellte er fest, dass er dazu viel zu aufgebracht war. „Mom, ich will nicht, dass du oder Lauren oder sonst wer sich noch einmal in meine Angelegenheiten einmischst! Ich bin erwachsen, ich kann das alleine regeln!"

Alison drehte sich zu ihm um und zog skeptisch eine Augenbraue hoch: „Ach ja, *kannst* du?"

„Ja, kann ich!", setzte er vehement nach.

„Und warum sind Kate und du dann immer noch miteinander auf dem Kriegsfuß, wenn ich fragen darf?"

Entnervt warf Fin die Arme in die Luft und entgegnete: „Nein, darfst du nicht!", auch wenn er wusste, dass seine Mom diesen Einwand ignorieren würde und er wie eine beleidigte Leberwurst wirkte.

„Hat es zufällig irgendetwas mit Lauren zu tun?", fragte Alison unbeeindruckt.

Fin verdrehte die Augen und antwortete impulsiv: „Kate hat mir verheimlicht, dass sie ihre Tochter ist! Das ist doch wohl keine gute Basis für eine Beziehung oder was auch immer aus uns hätte werden können!" Beinahe hätte Fin noch hinzugesetzt, dass ihr Ex wieder aufgetaucht war, aber zum Glück konnte er sich im letzten Moment stoppen. Schließlich wollte er nicht mit seiner Mutter seine Beziehungsprobleme erörtern. Die guckte nämlich sowieso schon viel zu interessiert zu ihm herüber.

„Ich kann verstehen, dass du sauer bist, weil sie dir das vorenthalten hat. Aber vielleicht solltest du dich mal fragen, warum es überhaupt so entscheidend für dich ist, dass sie Laurens Tochter ist?“ Auffordernd sah Alison ihn an.

„Jetzt fang du nicht auch noch damit an…“, erwiderte Fin und wich ihrem Blick aus. Geschäftig schaute er auf die Küchenuhr, die an der Wand hing, und stellte fest, dass er spät dran war. Mit einem Kopfnicken in Richtung der Uhr sagte er zu seiner Mom: „Ich muss los, bin noch verabredet. Bis bald.“

Nachdem Fin das Haus verlassen hatte, fühlte er sich plötzlich erschöpft. Es war anstrengend, ständig wütend zu sein. Und es war anstrengend, ständig seine Sehnsucht nach Kate zu unterdrücken.

Ja, er musste es sich eingestehen, er vermisste sie!

Er vermisste es, ihren Sommersprossen beim Tanzen zuzusehen, wenn sie lachte. Er vermisste es, mit ihr zu scherzen und sich Wortgefechte zu liefern.

Und er vermisste es, sie leidenschaftlich in seine Arme zu ziehen und sie zu küssen, bis ihnen beiden die Luft wegblieb.

Warum war es so wichtig, dass Kate Laurens Tochter war?

Kate hatte ihn dasselbe gefragt und er wusste immer noch keine Antwort darauf, obwohl ihm ihre Worte bereits seit Tagen im Kopf herumschwirrten. Warum fing seine Mutter jetzt auch damit an? Ratlos stand er neben seinem Auto, das er an der Straße geparkt hatte, und wartete auf seine Verabredung.

Fin zermarterte sich das Hirn und kam zu keinem

Ergebnis. Wie er es auch drehte und wendete, ihm fiel nichts Sinnvolles ein. Er grübelte immer noch, als zwei Minuten später Chris' Wagen hinter seinem hielt. Schwungvoll stieg der ältere Mann aus und schien bester Laune zu sein, als er Fin begrüßte: „Hallo, mein Lieber, wie geht's? Dann können wir ja direkt loslegen!"

Fins Antwort bestand aus einem kurzen Nicken und einem hochmotivierten „Wenn's denn sein muss…"

Er fragte sich selbst, warum er Chris überhaupt zugesagt hatte, ihm ausgerechnet in Kates und Laurens Garten bei einem Projekt zu helfen.

„Und du bist dir sicher, dass niemand außer uns da ist?", fragte Fin zögerlich und raufte sich die Haare.

„Ja, ja, Kate ist in der Uni und Lauren mit Aurelia bei der Tanzstunde. Mach dir keine Gedanken", antwortete Chris unbekümmert. Er nahm seinen Werkzeugkoffer in die Hand und setzte sich in Richtung des Gartens in Bewegung. Fin folgte ihm widerwillig.

Er war schon seit mehreren Jahren nicht mehr im Garten des Nachbarhauses gewesen und musste nun feststellen, dass er immer noch so schön wie in seiner Erinnerung war. Hinterm Haus erstreckte sich eine große Rasenfläche, die von liebevoll angelegten Blumenrabatten und alten, knorrigen Bäumen gesäumt war und an denselben See grenzte wie das Haus seiner Mutter. Im Garten selbst gab es mehrere durch Hecken und Büsche abgetrennte, nicht einsehbare Ecken. Dort konnte man bei schönem Wetter unbeobachtet draußen liegen oder – wie sie es als Kinder getan hatten – verstecken spielen. Nicht zu vergessen, der Gartenpavillion, der ebenfalls am Seeufer lag und über eine Feuerstelle und einen Grill verfügte.

Chris kam vor der großen Buche, die im hinteren Teil des Gartens wuchs, zum Stehen. Er deutete auf den Baum und meinte zu Fin: „Hier will ich das Baumhaus aufbauen.

Die Materialien liegen bei deiner Mom in der Garage. Ich dachte, wir verschaffen uns heute mal einen Überblick und stellen gemeinsam einen Plan auf."

Fin stutzte, als er daran dachte, dass Kate ihm bei einem ihrer Treffen erzählt hatte, dass sie ein Baumhaus errichten wollte. Hatte Chris ihn jetzt etwa hierher beordert, damit er es für Kate baute? Das kam ihm angesichts ihrer Situation ziemlich ironisch vor.

„Wie kommst du darauf, ein Baumhaus zu bauen? Und warum liegen die Materialien bei meiner Mutter in der Garage?" Fin verstand irgendwie gar nichts mehr.

„Kate kam letztens bei mir ins Geschäft und hat alle möglichen Bretter, Nägel, Schrauben und Werkzeuge gekauft, um für Aurelia ein Baumhaus zu bauen. Aber dann ist sie nicht besonders weit gekommen und deswegen habe ich mich der Sache angenommen. Das ganze Zeug liegt bei euch in der Garage, weil bei Lauren kein Platz mehr war vor lauter Gerümpel. Außerdem trifft sich das gut: So können wir an dem Projekt arbeiten, ohne dass Kate oder Aurelia davon etwas mitbekommen!" Chris strahlte übers ganze Gesicht, als hätte er soeben im Lotto gewonnen.

Ein kleiner Teil von Fin freute sich, dass Kate sich wirklich an das Projekt *Baumhaus* herangewagt hatte. Er hatte bemerkt, dass es ihr viel bedeutete, auch im Hinblick auf ihren Vater. Ein weitaus größerer Teil von ihm war froh, dass Chris das Ruder übernommen hatte, denn schließlich hatte er Kate beim Sägen der Bretter beobachtet. Und das hatte nicht unbedingt nach einer großen handwerklichen Karriere ausgesehen.

Okay, dann würde er also Chris helfen, ein Baumhaus *für Aurelia* zu bauen, damit konnte Fin leben.

Sie hatten gerade die Materialien aus Alisons Garage herübergeschafft und überlegten, wie sie vorgehen sollten, als plötzlich eine Stimme hinter ihnen erklang: „Hallo zusammen! Was habt ihr denn vor?"

Die beiden Männer drehten sich gleichzeitig um und erblickten Lauren – Chris' Freundin, wie Fin vor kurzem erfahren hatte. Daher wunderte es ihn nicht, dass in Chris' Gesicht die Sonne aufging und er seine Liebste anstrahlte. Fin selbst sah vermutlich aus, als würde ein Gewitter aufziehen. Anstandshalber grummelte er ein „Hallo", sah Chris kurz mit einem vorwurfsvollen Blick an (*„Du hast gesagt, es ist niemand hier!"*) und beschäftigte sich dann wieder mit einem Holzbrett.

Chris antwortete Fin mit einem ahnungslosen Achselzucken und begrüßte Lauren mit bester Laune: „Hallo, meine Liebe, wie schön, dass du da bist! Du wirst es nicht glauben, aber ich habe Fin dazu überreden können, mir beim Baumhausbau zu helfen. Für meine Lieblings-Stiefenkelin würde ich einfach alles tun!"

Lauren, die sich nicht von Fins rüpelhaftem Benehmen irritieren ließ, wandte sich an Chris: „Du brauchst dich wirklich nicht noch mehr bei Aurelia einzuschmeicheln, sie himmelt dich doch sowieso schon an! Aber sie wird sich ohne Frage sehr über ein Baumhaus freuen. Und Kate auch! Wenn ich mich recht erinnere, hat sie früher auch immer eins gewollt, aber ihr Vater war leider zu *beschäftigt*, um ihr eins zu bauen."

Fin wurde bei ihren Worten hellhörig, ließ das Holzbrett sinken und blickte zu Lauren, seiner erklärten Erzfeindin. Sie bemerkte seine Reaktion und bedachte ihn mit einem Stirnrunzeln. Was das alles zu bedeuten hatte, wusste Fin auch nicht. Schnell konzentrierte er sich wieder auf das Brett in seinen Händen.

„Wie gut, dass man sich auf *manche Männer* noch verlassen kann, nicht wahr, Fin?" Beinahe übermütig knuffte Chris Fin in die Seite. Ihm fiel nichts Besseres als ein unbestimmtes Brummen als Antwort ein.

Fin ging dieses Süßholzgeraspel gegen den Strich. Harsch ergriff er nun das Wort: „Dann lass uns endlich anfangen, Chris, unterhalten könnt ihr euch später noch!" Er sah Lauren kurz unfreundlich an, kehrte ihr dann den Rücken zu und nahm höchst beschäftigt einige Schrauben aus einer Schachtel.

Chris zuckte mit den Schultern, als begreife er auch nicht, warum Fin sich so eklig verhielt, und meinte dann diplomatisch: „Du hast ja recht, lass uns loslegen! Lauren, vielleicht kannst du uns etwas zu trinken holen? Ich bin am Verdursten!"

Lauren nickte nur und machte sich dann auf den Weg ins Haus. Fin rechnete damit, dass Chris ihn nun fragen würde, warum er sich Lauren gegenüber so unmöglich verhielt, aber erstaunlicherweise grinste der ältere Mann immer noch vor sich hin und begann ein Gespräch über den Garten. Erleichtert atmete Fin auf und bemühte sich um einen netteren Tonfall. Schließlich konnte Chris ja nichts für seine Probleme mit Lauren.

Warum war es so wichtig, dass Kate Laurens Tochter war?

Da war sie plötzlich wieder, die Frage, die ihn seit Tagen umtrieb. Mit einer unwirschen Kopfbewegung schob Fin sie beiseite und lenkte seine Aufmerksamkeit auf das Gespräch mit Chris. Mit ehrlicher Bewunderung stellte er fest: „Du hast dir echt viel Mühe im Garten gegeben, Chris." Fin deutete auf ein Beet mit Sträuchern und einigen Blumenstauden. „Ich wusste gar nicht, dass du so einen grünen Daumen hast!?"

„Habe ich ja auch nicht..." Chris lächelte vielsagend.

Fin stutzte, war aber schon viel zu vertieft in das Thema, als dass er auf Chris' kryptische Aussage hätte eingehen können. „Und wer hat dann die Sträucher so ordentlich zurückgeschnitten? Sieht beinahe aus, als wäre da ein Fachmann am Werk gewesen... Und der Gelbe Sonnenhut wurde stehen gelassen – nur die wenigsten wissen, dass es vollkommen ausreicht, ihn im Frühjahr zurückzuschneiden, so hat man im Winter noch die schönen Blütenkörbchen stehen. Dann sieht das Beet gleich nur noch halb so trist aus und die Insekten freuen sich auch darüber!" Fin trat näher an das Beet heran, um es besser in Augenschein nehmen zu können. Er kniete sich vor die Stauden hin und geriet ins Schwärmen: „Wirklich sehr ordentlich, das hätte ich selbst nicht besser machen können. Und schon alles gemulcht, da können die ersten frostigen Nächte kommen." Gleich wieder besserer Laune, drehte er sich zu Chris um und grinste ihn an. „Jetzt rück mit der Sprache raus: Wer hält die Beete so gut in Schuss? Vielleicht stelle ich denjenigen ein, Theo und ich könnten noch Hilfe gebrauchen!" Gespannt wartete er auf Chris' Antwort. Der grinste nur von einem Ohr zum anderen und wies mit einem Kinnnicken auf etwas – oder jemanden – hinter Fin.

Er drehte sich um und sah Lauren, die mit hochrotem Kopf wie erstarrt da stand. Fin begriff nicht, was Chris ihm sagen wollte. Langsam erhob er sich vom Boden. Wie lange stand Lauren schon da? Hatte sie etwa sein Gespräch mit Chris belauscht?

Es arbeitete in Fins Kopf. Er musste Chris ziemlich verständnislos angeguckt haben, denn der erklärte nun: „Dann kannst du ja sofort mit dem Bewerbungsgespräch beginnen, denn Lauren hat das alles hier zu verantworten. Sie ist diejenige mit dem grünen Daumen!"

Endlich fiel bei Fin der Groschen.

Lauren war diejenige, die ein Händchen für den Garten hatte? Das überraschte ihn. Schließlich war sie seine erklärte Erzfeindin, auf die er seit Jahren wütend war. Er wollte nichts Positives mit Lauren in Verbindung bringen. Aber er kam nicht dagegen an, Anerkennung für ihr Geschick und ihre Mühe zu empfinden, so sehr er auch versuchte, es nicht zu tun. Er hatte nicht gewusst, dass sie sich für die Gärtnerei interessierte und ein Talent dafür besaß. Unwillkürlich brach ein Funken Sympathie ein Loch in seine Mauer aus Abneigung und Zorn.

Verwirrt über diese neuartige Wahrnehmung blickte er zu Lauren. Sie erwiderte seinen Blick und er hatte das Gefühl, dass sie genau verstand, was gerade in seinem Inneren vorging.

Plötzlich kam ein frischer Wind auf und verwirbelte die wenigen letzten Blätter an der Buche, unter der sie standen. Zwei lösten sich vom Baum und segelten gen Boden.

Fin und Lauren ließen sich in ihrem Blickkontakt und dem damit verbundenen stillen Austausch nicht unterbrechen. Sie hielt seinem forschenden Blick stand und schien mit ihren Augen, ihrem Gesichtsausdruck und ihrer ganzen Körpersprache zu sagen: *Ich bin stark, ich halte deine Gefühle aus.* Fin verstand und nickte ganz leicht. Er entspannte sich ein wenig.

Warum war es so wichtig, dass Kate Laurens Tochter war?

Eins der golden gefärbten Blätter landete auf dem Tablett, das Lauren, beladen mit Geschirr und Getränken, in den Händen hielt, und ein zweites landete direkt vor Fins Füßen. Dieses mehr als eindeutige Zeichen rief bei beiden ein winziges Lächeln hervor und als sie es bei dem jeweils anderen bemerkten, passierte etwas zwischen ihnen. Das Lächeln vertiefte sich auf ihren Gesichtern und kündete von Hoffnung.

Von vorsichtiger Hoffnung auf einen Neuanfang.

Es spielte überhaupt keine Rolle, dass Kate Laurens Tochter war!

Deswegen war Fin mit seinen Grübeleien nicht weitergekommen und hatte keine Antwort auf diese Frage gefunden: Weil es schlicht und ergreifend keine vernünftige Erklärung gab, außer der, die er jetzt gefunden hatte.

Hier in Laurens Garten.

Ausgerechnet bei Lauren, die er auf einmal in neuem Licht sah.

Fin war eigentlich nicht der Typ, der an Omen oder göttliche Zeichen oder überhaupt an eine übernatürliche Macht glaubte. Aber wenn dieser Windstoß und die zwei Blätter zu dieser Erkenntnis führten und ihm eine neue Sicht auf die Dinge ermöglichten, dann nahm er diesen Wink des Schicksals gerne an.

Unwillkürlich musste er an den Tod seines Vaters denken, an all den Schmerz, den er damals empfunden hatte. Auch als er Kate davon erzählt hatte, hatte diese Last schwer auf seinen Schultern gelegen.

Immer noch sahen sich Lauren und Fin an. Es war zwar noch lange nicht alles zwischen ihnen vergeben und vergessen, aber sie erklärten sich stillschweigend dazu bereit, sich gegenseitig eine Chance zu geben. Und das war viel mehr, als Fin jemals für möglich gehalten hatte. Und Lauren vermutlich auch.

Auf einmal fühlte sich der Schmerz, den er bei dem Gedanken an die Vergangenheit eben noch verspürt hatte, wesentlich leichter an. Überrascht ließ Fin die Luft aus seinen Lungen entweichen, von der er erst jetzt bemerkte, dass er sie angehalten hatte. Und endlich verstand er auch, was Kate ihm im Schuppen hatte sagen wollen: Er war selbst für seine Gefühle und für die Verarbeitung seiner Erlebnisse verantwortlich. Plötzlich kam es ihm fast dämlich vor, dass seine Erfahrungen von damals beinahe dafür gesorgt hatten, dass er nicht zu seinen Gefühlen für Kate stehen konnte. Seine Eifersucht auf Ben war wohl eine Art irrationaler Schutzmechanismus gewesen, um sich nicht auf etwas einzulassen, dass ihn vielleicht emotional verletzen könnte.

Völlig baff von so vielen einschneidenden Erkenntnissen stand Fin unbeweglich da. Auch Lauren hatte sich nicht gerührt, zu bedeutsam war dieser Moment.

Chris, der gespürt haben musste, dass gerade etwas Besonderes geschehen war, fand als erster seine Sprache wieder: „Es ist doch immer wieder erstaunlich, wie viel wir von der Natur lernen können. Im Herbst werfen die Bäume ihre Blätter ab, lassen alles Alte hinter sich, damit im Frühjahr etwas Neues entstehen kann. Die einzige Konstante ist die ständige Veränderung. Alter Ballast wird losgelassen und ermöglicht eine neue Blüte. Das sollten wir uns alle zum Vorbild nehmen.“ Er machte eine kurze Pause, bevor er augenzwinkernd fortfuhr: „Also, ich hätte nichts gegen einen Kaffee einzuwenden. Das Bewerbungsgespräch läuft uns ja nicht weg.“

Als Auri vor dem Abendessen noch eine Kindersendung im Fernsehen schauen durfte, nutzte Lauren die Gelegenheit, Chris anzurufen. Die Ereignisse am heutigen Nachmittag ließen ihr keine Ruhe.

Chris lachte, als er ihren Anruf entgegennahm: „Ich hatte mich schon gefragt, wann du dich melden würdest, um mich wegen Fin auszuquetschen!“

Lauren grinste, als sie antwortete: „Schön, dass du mich so gut kennst. Dann kann ich ja direkt zum Punkt kommen: Wie zum Teufel hast du es geschafft, dass Fin dir bei uns im Garten hilft?“

„Fin und ich kennen uns schon lange, wir sind miteinander befreundet. Ich habe ihn damals in der Anfangszeit seiner Firma etwas unterstützt und ihm gute Verträge im Großhandel für Pflanzen und Saatgut ausgehandelt. Dafür hatte ich noch einen bei ihm gut und diesen Gefallen habe ich jetzt eingefordert. Er ist wirklich ein netter Kerl, deswegen hat es mich umso mehr überrascht, als du mir vor ein paar Tagen von seiner Wut auf dich und Kate erzählt hattest."

„Und deswegen wolltest du, dass Fin und ich uns neu kennen lernen? Du weißt schon, dass das auch völlig nach hinten hätte losgehen können?"

„Ein gewisses Risiko bestand, aber da ihr beide absolute Gartennerds und Pflanzenfreaks seid, habe ich mir da keine großen Sorgen gemacht!"

Lauren konnte Chris' Grinsen förmlich sehen. Hätte er vor ihr gestanden, hätte sie ihm einen Knuff verpasst.

„Chris Hamlin, du bist echt eine Marke! Ein Glück für dich, dass dein Plan aufgegangen ist. Aber ich werde das Gefühl nicht los, dass das noch nicht alles war..." Ihre Feststellung beinhaltete selbstredend die Frage, was Chris außerdem im Schilde führte.

„Sehr scharfsinnig von dir! Nachdem euer Plan mit Fins und Kates Aussprache im Schuppen der Tanzschule nicht funktioniert hat, habe ich mich gefragt, wie der gute, alte Chris dem jungen Liebesglück auf die Sprünge helfen könnte. Und da habe ich mir gedacht: Wenn Fins Wut auf Lauren Schuld daran ist, dass er nicht zu seinen Gefühlen für Kate stehen kann, dann muss Fin aufhören, auf Lauren wütend zu sein. Und dann können sicherlich auch Kate und Fin zueinander finden."

Lauren hörte, dass er sich diebisch darüber freute, wie er das eingefädelt hatte. Sie war hin- und hergerissen, was sie davon halten sollte: „Einerseits finde ich es wirklich toll, dass du uns allen helfen willst und dir so viel an Kate und Fin liegt. Andererseits weiß ich nicht, ob eine weitere Einmischung eine gute Idee ist. Okay, zugegeben, bei Fin und mir hat es geklappt und erstaunlicherweise herrscht jetzt eine

Art Waffenstillstand zwischen uns, aber meinst du tatsächlich, dass das mit Kate und Fin auch funktionieren wird?“

„Ich habe ja nur einen kleinen Stein ins Rollen gebracht, indem ich meinen Gefallen von Fin eingefordert habe. Ob das jetzt bei ihm eine tiefgreifende Veränderung hervorruft und was Kate letztendlich dazu sagen würde, liegt nicht mehr in meiner Hand. Aber vielleicht hat ihm das, was auch immer da zwischen euch passiert ist, einen Schubs in die richtige Richtung gegeben und er kann die Vergangenheit doch noch hinter sich lassen.“ Chris wirkte nach wie vor hoffnungsvoll.

„Ich hoffe, du wirst recht behalten. Schließlich wissen wir ja auch gar nicht genau, ob sie überhaupt noch Interesse aneinander haben“, entgegnete Lauren zögerlich.

„Was Fin betrifft, würde ich sagen: Eindeutig ja. Denn als ich ihn gefragt habe, ob er mir beim Baumhaus hilft, hat er die Bedingung gestellt, dass er das nur macht, wenn Kate nicht da ist. Und das würde er ja nicht sagen, wenn sie ihm egal wäre. Außerdem hat er höchst beiläufig gefragt, wie es ihr so geht und was sie so macht – sehr verdächtig, wenn du mich fragst!“

Lauren musste ebenso schmunzeln wie Chris. „Na dann besteht ja vielleicht doch noch Hoffnung für die beiden! Ich bin gespannt, was daraus wird. Vielleicht können wir dich bald offiziell Amor nennen!“

21

„Barry, ich habe gehört, du hast einen heißblütigen Spanier kennen und lieben gelernt? Wie läuft es denn so mit dem Zusammenleben?“, fragte Lauren interessiert.

Kate saß mit ihrer Mutter und ihrer Freundin in der Küche und trank Tee. Barry war vorbeigekommen, um die Grangers in ihrem neuen Haus in der Oak Street zu besuchen.

Am liebsten hätte Kate sich an diesem regnerischen Abend in ihrem Bett verkrochen, aber da Barry da war, ging das wohl erst später.

„Bis jetzt gut. Er ist seit zwei Wochen da und wir gehen uns noch nicht auf die Nerven – ganz im Gegenteil!“, schwärmte Barry. „Aber trotzdem bin ich froh, dass er am Wochenende alleine nach Boston fahren wird. Dann kann ich mir in Ruhe meine neue Netflix-Serie ansehen, die ihn sowieso nicht interessiert, und er kann sich diese Kunstgalerie ansehen, die mich nicht interessiert.“ Sie zwinkerte Lauren zu.

„Du meinst doch hoffentlich nicht die Lieberman Gallery, in der ich früher gearbeitet habe? Denn die würde dir auch gefallen!“, entgegnete Lauren.

„Kann sogar wirklich sein, dass er dorthin wollte... Stellen die gerade diesen Künstler aus, der die surrealen Gebirgslandschaften malt?“, wollte Barry wissen.

„Nein, soweit ich weiß, gibt es bei Lieberman's gerade Fotografien eines angesagten belgischen Künstlerduos zu sehen – sehr avantgardistisch und entsprechend verstörend.“ Lauren lachte, schnappte sich ihr Handy und suchte im Internet nach Bildern der besagten Fotografen, um sie Barry zu zeigen.

Kate verfolgte das Gespräch ihrer Freundin und ihrer Mutter nur mit halbem Ohr und hing ihren Gedanken nach. Seit dem Streit mit Fin im Schuppen waren einige Tage vergangen und sie hatte wieder nichts von ihm gehört. Eigentlich sollte sie froh darüber sein, schließlich wollte sie sich nicht weiter unfair von ihm behandeln lassen, aber trotzdem versetzte es ihr einen Stich.

Tief in ihrem Herzen hielt sich die bescheuerte Hoffnung, dass ihre Worte etwas bewirkt haben könnten und dass er sich mit seiner Vergangenheit auseinandersetzen würde. Sie konnte noch nicht endgültig daran glauben, dass es vorbei war – und das, obwohl sein Verhalten und das offensichtliche Misstrauen, das er ihr gegenüber wegen Ben an den Tag legte, sie verletzt hatte. Mittlerweile war Kate einfach nur noch enttäuscht, dass sie sich offensichtlich so in ihm geirrt hatte. Denn sie hatte geglaubt, dass aus ihnen beiden etwas Ernstes hätte werden können.

Ach, das führte doch alles zu nichts! Vermutlich sollte sie endlich damit anfangen, ihn sich aus dem Kopf zu schlagen und nach vorne zu blicken.

Leichter gesagt als getan.

Kate blickte auf und sah Barry und ihre Mom sich etwas auf deren Handy angucken. Die beiden lachten miteinander und wirkten fröhlich. Barry war heute extra nach Maybury gekommen, um ihr neues Zuhause zu begutachten. Kate wusste natürlich, dass das nur der vorgeschobene Grund für ihren Besuch war. Eigentlich wollte Barry Kate sehen, um sie aufzumuntern und von ihrer Trübsal abzulenken.

Ihr war aufgefallen, dass Barry sich den ganzen Nachmittag über extra viel Mühe gegeben hatte, nicht zu viel von Jorge und ihrem Liebesglück zu erzählen, nicht bei jeder seiner Nachrichten (und es waren wirklich einige gewesen) verliebt aufzuseufzen und nicht nach Kates eigenem katastrophalen Liebesleben zu fragen.

Merkte man es ihr etwa so sehr an, dass sie immer noch an Fin dachte? Machte sie wirklich so einen bedauernswerten Eindruck, dass man sie mit Samthandschuhen anfassen musste?

Offensichtlich ja.

Kate drehte gedankenverloren ihre Teetasse in den Händen. Als sie sich dabei ertappte, wie sie sich fragte, was Fin wohl gerade machte, seufzte sie laut auf und schüttelte den Kopf über sich selbst.

Aus dem Kopf schlagen – ja, genau.

Lauren und Barry, von ihrem Gespräch über die europäische Fotokunst abgelenkt, sahen sie fragend an. Als hätte Kates Stöhnen und Kopfschütteln ihnen gegolten, warf Lauren ein: „So langweilig ist unser Gesprächsthema nun auch wieder nicht – oder was beschäftigt dich gerade?“

Bevor Kate etwas erwidern konnte, meinte Barry grinsend: „Wenn mich nicht alles täuscht, denkt sie an Fin, nicht wahr?“

Ihre Freundin blickte sie erwartungsvoll an, ebenso wie ihre Mom.

„Wir hatten doch beschlossen, dass wir nicht länger über Fin reden, nicht wahr? Das mit ihm ist aus und vorbei,“ erklärte Kate. Automatisch dachte sie daran, wie sie ihrer Mom nach der Schuppen-Aktion ordentlich die Meinung gesagt hatte. Lauren hatte eingesehen, dass das eine blöde Idee gewesen war, und sich entschuldigt. Daraufhin hatten sie sich darauf geeinigt, dass Fin ab sofort Geschichte war und nicht weiter thematisiert werden würde. Anscheinend hatte Barry entschieden, sich nicht länger an diese Abmachung zu halten.

„Wen willst du eigentlich davon überzeugen? Uns oder dich?“, hakte ihre Freundin in diesem Moment provokant nach.

„Was soll das denn heißen?“ Irritiert sah Kate von Barry zu Lauren.

„Naja, du läufst seit einer Woche mit einem derart leidenden Blick durch die Gegend, dass die Vermutung nahe liegt, dass Fin immer noch in deinem Kopf herumgeistert…“

Stöhnend verbarg Kate das Gesicht in ihren Händen. „Ist das wirklich so offensichtlich? Mist…“

Lauren legte mitfühlend einen Arm um Kates Schulter. „Was genau beschäftigt dich denn so, Süße?“

Kate überlegte kurz, ob sie dieses Fass wirklich aufmachen wollte, aber genau genommen war es sowieso schon zu spät. Und da das ganze einsame Grübeln der letzten Tage auch nicht geholfen hatte, konnte sie auch genauso gut mit ihrer Mom und ihrer besten Freundin darüber reden: „Ich habe mich bei ihm entschuldigt, dass ich nicht sofort gesagt habe, dass Lauren meine Mutter ist. Aber ich weiß einfach nicht, wie ich ihm hätte klar machen können, dass das, was zwischen Mom und Alison vor Jahren passiert ist, nichts mit uns heute zu tun hat!“ Ratlos blickte Kate ihre Mutter und ihre Freundin an.

Barry meinte sofort: „Da hilft alles Reden nicht, zu dieser Erkenntnis muss er von alleine kommen – oder, Lauren, was meinst du?“

„Ja, äh, das würde ich auch so sagen…“, stimmte Lauren

zu. „Möglicherweise hat er diese Einsicht inzwischen bekommen", fuhr sie kryptisch fort.

„Wie meinst du das?", fragte Kate verständnislos.

„Vor ein paar Tagen haben Fin und ich uns zufällig getroffen und – ohne, dass ich das geplant oder beabsichtigt hätte – haben wir eine Art Waffenstillstand geschlossen. Ich glaube, er macht sich gerade über viele Dinge Gedanken und ist zu dem Schluss gekommen, dass er nicht weiter an seinem alten Groll festhalten will", antwortete Lauren zögerlich. „Und ehe du etwas Falsches denkst: Ich habe dieses Treffen nicht forciert, um hinter deinem Rücken irgendetwas auszurichten oder mich einzumischen. Chris hat Fin mitgebracht, damit er ihm im Garten hilft. Und dann sind wir irgendwie über die Pflanzen und Beete ins Gespräch gekommen. Ich denke, er hat eingesehen, dass ich gar nicht so furchtbar bin wie in seiner Vorstellung."

Vor ein paar Tagen wäre Kate noch wütend aus der Haut gefahren, wenn sie diese Story gehört hätte, aber jetzt konnte sie nur resignierend mit den Schultern zucken. So uneinsichtig wie Fin sich ihr gegenüber verhalten hatte, konnte sie sich nicht vorstellen, dass er seine Einstellung wirklich geändert hatte. „Das klingt zu schön, um wahr zu sein, Mom."

Das Gefühl von Erschöpfung machte sich in Kate breit. Die letzten Wochen waren einfach in jeder Hinsicht zu viel gewesen – zu viel Theater in Yale mit Ben und zu viel Auf und Ab mit Fin.

„Also, ich fände es ja wirklich super, wenn Fin endlich über diese alte Kamelle mit Lauren hinwegkommt! Vielleicht besteht dann ja doch noch Hoffnung für euch zwei...", sinnierte Barry und zwinkerte Kate zu.

„Oh ja, nun steht dem jungen Liebesglück nichts mehr im Wege!", stimmte auch Lauren fröhlich zu.

Kate verdrehte die Augen über den Übermut der beiden,

meinte dann aber versöhnlich: „Ich wünsche es Fin, dass er die Vergangenheit hinter sich lassen kann.“ Sie zögerte, bevor sie weitersprach. „Allerdings wäre ich nicht so zuversichtlich, denn das war nicht das einzige Thema unseres Streits...“ Es graute ihr davor, Fins merkwürdigen Eifersuchtsanfall wegen Ben anzusprechen. Sie hatte davon bisher weder Barry noch Lauren erzählt, da ihre Mom immer noch nichts von Bens Rückkehr nach Yale wusste.

„Was war denn noch? Komm schon, Kate, spuck’s aus! Müssen wir dir wirklich jedes Wort einzeln aus der Nase ziehen?“, empörte sich Barry.

Ergeben fuhr Kate fort: „Fin hatte mich am Abend vor dem Tanztee in Hartford in einem Restaurant gesehen. Ich war dort mit Ben essen. Und seitdem denkt Fin, ich wollte wieder etwas mit ihm anfangen.“

„Ben? Dein Ex-Freund Ben?“, fragte Lauren ungläubig. „Was macht der denn hier? Seit wann ist er wieder da? Warum hast du nichts gesagt?“ Lauren sah aus, als fiele sie aus allen Wolken.

„Ich wollte nicht, dass du dir Sorgen um mich machst, Mom“, war Kates beinahe kleinlaute Antwort. „Er ist seit ein paar Wochen wieder da und leitet ein paar meiner Kurse...“

„Was? Seit ein paar Wochen? So lange verheimlichst du mir das schon?! Jetzt mache ich mir erst recht Sorgen! Was dieser selbstgefällige, eingebildete Typ dir angetan hat, werde ich ihm nie vergessen!“ Laurens Stimme wurde laut vor Zorn.

„Mom, beruhige dich bitte... Ich bin auch nicht begeistert, dass er wieder da ist, aber ich kann es auch nicht ändern. Wir kommen schon irgendwie miteinander zurecht...“

„Das würde ich jetzt nicht so sagen“, wandte Barry wenig hilfreich ein.

„Kate, was soll das heißen? Nicht nur, dass er dich

damals hochschwanger sitzen lassen hat, er hat dir auch jede Freude an Yale und deiner wissenschaftlichen Arbeit genommen! Er hat dir das Gefühl gegeben, klein, dumm und hilflos zu sein – wie konnte er nur!“ Laurens Kopf war ganz rot angelaufen. Eindringlich sah sie ihre Tochter an: „Ich möchte nicht, dass du Kontakt mit diesem widerwärtigen Menschen hast. Was geht da in Yale vor sich?“

„Genau deswegen habe ich nichts gesagt, weil ich wusste, dass es dich nur aufregen würde. Bitte glaube mir, ich komme schon mit ihm klar und...“ Bevor Kate den Satz beenden konnte, unterbrach Barry sie mit einem wiederholten, diesmal nachdrücklicheren „Das würde ich jetzt nicht so sagen!“.

Lauren blickte verwirrt zwischen den beiden hin und her, bis sie sich an Barry wandte: „Mir scheint, meine Tochter rückt nicht mit den wichtigen Informationen raus. Barry, sag du mir bitte wenigstens, was da los ist!“

Barry bat ihre Freundin mit einem Blick um Erlaubnis, Lauren einzuweihen. Kate warf resignierend die Hände in die Luft und stimmte mit einem Seufzen zu. Sie konnte sowieso nicht mehr verhindern, dass Lauren alles erfuhr.

Als ihre Mom von Bens Plänen bezüglich der Veröffentlichung hörte, war sie noch aufgebrachter als zuvor.

„Dieser miese, kleine Widerling beleidigt dich in einer Tour, Kate! Siehst du das denn nicht?“, regte Lauren sich auf. Vor Empörung sprang sie auf und knüllte wütend ein Geschirrhandtuch zusammen, das über ihrer Stuhllehne gehangen hatte. „Wir müssen irgendetwas unternehmen! Kate, hast du inzwischen Bens Entwurf gelesen?“

Zaghaft schüttelte sie den Kopf.

„Dann holst du jetzt sofort deinen Laptop und siehst ihn dir an. Ich habe ein ganz schlechtes Gefühl bei dieser Sache!“ Mit einem Blick auf Kate verdeutlichte sie, dass sie keinen Widerspruch duldete.

Kate erhob sich von ihrem Stuhl, ging in ihr Zimmer und holte den Laptop von ihrem Schreibtisch. Außerdem nahm sie eine gebundene Ausgabe ihrer Masterarbeit, die sie damals als Erinnerung hatte anfertigen lassen, aus dem Regal. Mit diesen Dingen bewaffnet kehrte sie in die Küche zurück.

Sie musste zugeben, dass ihre Mom rechte hatte: Kate hatte ebenfalls ein schlechtes Gefühl bei der Sache. Auf einmal ärgerte sie sich, dass sie sich nicht schon lange mit Bens Schriftstück beschäftigt hatte.

Entschlossen setzte Kate sich an den Küchentisch und Lauren und Barry bauten sich hinter ihr auf. Kaum war der Computer hochgefahren und das Dokument geöffnet, das Ben ihr per Mail gesendet hatte, schnappte sich Barry die Masterarbeit und las murmelnd die ersten Sätze daraus vor. Sie sah abwechselnd zwischen dem Bildschirm und dem Buch in ihrer Hand hin und her und ihr Blick wurde immer ungläubiger und empörter. Genauso sah Lauren aus, die Barry über die Schulter guckte.

Kate brauchte ihre Masterarbeit nicht zum Vergleich, denn sie kannte sie in- und auswendig. Besonders, weil ihre Doktorarbeit auf ihren Erkenntnissen daraus aufbaute und gewissermaßen eine Fortführung dieser war. Sie überflog die Seiten auf dem Laptop, stellte auf einen Blick fest, dass Ben den Teil zur bisherigen Forschungslage um einen Absatz gekürzt und ein, zwei Publikationen, die in der Zwischenzeit erschienen waren, hinzugefügt hatte. Dann folgte der Hauptteil, in dem Kate ihren neuen Ansatz zur Interpretation der Quellen erklärte, mit zahlreichen Belegen unterfütterte und Pro- und Kontra-Argumente diskutierte.

Ihr blieb die Luft weg, als ihr klar wurde, dass Ben nicht ein Wort an ihren Aussagen geändert hatte. Immer schneller scrollte sie durch sein Dokument – Barry beschwerte sich, dass sie nicht hinterherkam, aber Kate war nicht mehr zu stoppen.

Eine blinde Wut breitete sich in ihrem Körper aus und die Worte vor Kates Augen begannen zu verschwimmen. Von wegen nett und freundlich! Wie konnte dieser widerliche Mistkerl so etwas tun?! Er hatte ihre Arbeit bis auf winzige Kleinigkeiten 1:1 übernommen und wollte jetzt so tun, als sei Kates Forschung seine eigene gewesen?! Ein plötzlicher Brechreiz überkam sie und es rauschte in ihren Ohren.

Wenn er wirklich damit durchkäme, wäre Kates ganze Mühe um die Doktorarbeit hinfällig. Denn dann würden alle behaupten, sie habe von ihm abgeschrieben und nicht andersherum.

Entsetzt starrte sie auf den Bildschirm ihres Laptops und fühlte sich, als würde sie jeden Moment ohnmächtig werden. Wieder einmal zog Ben ihr mit voller Absicht und ohne Rücksicht auf Verluste den Boden unter den Füßen weg und sie war völlig machtlos. Das schlimmste daran war, dass Bens Verhalten durchaus keine Ausnahme war. Erst letztens hatte Kate von einem ganz ähnlichen Fall gehört.

„Das… das ist… einfach ungeheuerlich!“, presste Lauren schockiert hervor. Wie ihre Tochter war sie ebenfalls erstarrt und blickte fassungslos auf den Bildschirm.

„Dieses fiese Arschloch! Wie kann er nur so überheblich und von sich selbst überzeugt sein, dass er denkt, dass er damit durchkommt?! Dem werden wir das Handwerk legen!“ Barry setzte einen unerbittlichen Gesichtsausdruck auf und wirkte wie eine kriegerische Amazone.

„Wie sollen wir das denn schaffen?“, fragte Kate erschöpft. Sie war diese Machtspiele unendlich leid und fragte sich, ob die Wissenschaftswelt, in der so etwas nicht ungewöhnlich war, wirklich das richtige für sie war.

Barry packte Kate entschlossen an den Schultern und schüttelte sie. „Kate, guck mich an!“

Langsam drehte sich Kate zu ihrer Freundin um.

„Du bist eine kluge, kompetente, junge Wissenschaftlerin – du lässt dir sowas nicht bieten, das ist ja wohl klar! Denk doch mal scharf nach!“ Der Kampfgeist blitzte in Barrys Augen auf. Sie schien schon einen Plan zu haben, was Kate automatisch dazu brachte, sich zu fragen, was Barry im Sinn hatte.

Wie könnte Kate beweisen, dass Ben alles von ihr abgekupfert hatte und nicht andersherum? Und wer hätte die nötige Autorität, Ben Einhalt zu gebieten?

Auf einmal fiel es ihr wie Schuppen von den Augen.

„Die Masterarbeit – sie wird im Prüfungsamt offiziell aufbewahrt! Und Professor Donovan hat auch noch ein Exemplar! Ich muss endlich mit ihm sprechen!“ Kate sprang voller neu erweckter Energie von ihrem Stuhl auf und riss ihre Freundin und ihre Mutter in eine überschwängliche Umarmung. „Mom, es tut mir so leid, dass ich dir nicht viel eher von Ben erzählt habe. Kannst du mir verzeihen?“

„Ich bin immer noch schockiert, dass du dachtest, du könntest mich nicht einweihen. Wir halten doch sonst immer zusammen!“, erwiderte Lauren nachdenklich. „Ich verzeihe dir nur unter der Bedingung, dass wir ab sofort keine Geheimnisse mehr voreinander haben werden – versprichst du das?“ Lauren sah ihre Tochter eindringlich an.

„Ich verspreche es hoch und heilig!“, meinte Kate feierlich. Lauren zwinkerte ihrer Tochter zu.

„Wie konnte ich nur so naiv sein und auch nur eine Sekunde lang glauben, Ben habe sich geändert? Er ist immer noch genauso rücksichtslos und egoistisch wie damals!“ Zerknirscht wandte Kate sich Barry zu. „Entschuldige, dass ich deine Bedenken nicht sofort ernst genommen habe.“

Barry grinste und akzeptierte Kates Entschuldigung auf ihre eigene Art und Weise: „Ich will ja nicht behaupten, dass ich dir das schon die ganze Zeit gesagt habe, aber fassen wir es mal so zusammen: Ich hatte dich dahingehend informiert!“

22

Gut gelaunt sang Kate bei *Shut up and dance* mit, das im Radio lief, als sie in New Haven auf die Interstate 91 Richtung Maybury bog. Es war Sonntagnachmittag und sie hatte gerade Barry Zuhause abgesetzt, mit der sie einen Kurztrip nach New York gemacht hatte. Schmunzelnd musste sie daran denken, wie energiegeladen sie sich fühlte, seit sie Ben nicht nur innerlich, sondern auch rein praktisch den Kampf angesagt hatte.

Direkt nach dem Gespräch mit Barry und Lauren war sie am Freitagmorgen bei Professor Donovan gewesen, der zunächst ungläubig, dann immer schockierter ihren Ausführungen über Bens Pläne zugehört hatte. Letztendlich hatte Donovan begriffen, was auch Kate kaum glauben konnte: Ben wollte Kates Masterarbeit publizieren, damit ihre Doktorarbeit hinfällig werden lassen und sie mit dem Angebot, als Co-Autorin aufzutreten, mundtot machen.

Kate konnte immer noch nicht fassen, dass Ben in seiner maßlosen Arroganz glaubte, damit durchzukommen. Sein freundliches Gehabe war von Anfang an nur Show gewesen, um sie gefügig zu machen. Professor Donovan hatte versprochen, unverzüglich mit Dekan Fitch zu sprechen und sich zu melden, wenn klar war, was nun geschehen würde.

Kate hatte sich gefühlt, als wäre sie um zehn Zentimeter gewachsen, als sie das Büro ihres Doktorvaters verlassen hatte. Als sie auf dem Parkplatz bei ihrem Auto angekommen war, hatte plötzlich Barry vor ihr gestanden und Kate eine Reisetasche in die Arme gedrückt.

„Wir machen ein Mädelswochenende in New York – du fährst!“, hatte Barry gejubelt und war schon eingestiegen, bevor Kate überhaupt richtig begriffen hatte, was gerade passiert war.

Wie sich herausgestellt hatte, hatte Barry diese kleine Überraschung für Kate geplant und schon alles mit Lauren und Aurelia organisiert. Sie hatten zwei wunderbare Tage in New York City verbracht. Wie bei jedem ihrer bisherigen Trips in den Big Apple waren sie natürlich im Metropolitan Museum gewesen, um sich die antiken Kunstwerke anzusehen, die dort ausgestellt wurden. Außerdem hatten sie sich im Wellnessbereich ihres Hotels eine schöne Massage und an der Bar ein paar Cocktails gegönnt.

Kate grinste, als sie daran dachte, wie Barry in ziemlich angetrunkenem Zustand vom grandiosen Sex mit Jorge berichtet hatte. Kate war nicht prüde und hatte sich nicht weiter an den Ausführungen ihrer Freundin gestört, zumal sie ebenfalls einige Cosmopolitans intus gehabt hatte. Allerdings hatte das ältere Ehepaar, das mit ihnen im Fahrstuhl gestanden hatte, mehr als irritiert gewirkt, als Barry nicht mehr aufgehört hatte, von den körperlichen Vorzügen ihres Freundes zu schwärmen…

Kate floss entspannt mit dem gemächlichen New Havener Verkehr mit, als plötzlich ihr Handy klingelte. Sie suchte mit einer Hand in ihrer Handtasche auf dem Beifahrersitz nach dem Telefon. Kate nahm ab, ohne darauf zu achten, wer anrief, und stellte das Gespräch auf Lautsprecher.

„Hallo?“, rief sie in Richtung des Handys, in der Hoffnung, dass der Anrufer sie verstehen könnte. Sie brauchte dringend eine Freisprechanlage!

„Guten Tag, Kate, hier spricht Professor Donovan. Entschuldigen Sie bitte, dass ich Sie an einem Sonntagnachmittag störe, aber es ist wirklich dringend. Besteht die Möglichkeit, dass Sie noch heute nach Yale kommen, um die Angelegenheit mit Dr. Richards zu besprechen? Dekan Fitch und Dr. Richards werden ebenfalls anwesend sein. Es wird nicht lange dauern.“

Scharf sog Kate die Luft ein und ihr Herzschlag beschleunigte sich. Ihre unbekümmerte Stimmung verflog sofort. Es war eine Sache gewesen, Professor Donovan von Bens Vorhaben zu berichten, aber eine ganz andere, Ben und Dekan Fitch persönlich gegenüberzutreten und ihren Standpunkt zu verteidigen. Es wurde also ernst!

Kate räusperte sich und atmete tief ein und aus, um ihren Puls, der gerade in die Höhe geschossen war, zu beruhigen. Auch wenn das bevorstehende Gespräch sie in Aufregung versetzte, weckte es auch ihren Kampfgeist. Sie hatte beschlossen, für sich selbst einzustehen, und diese Verantwortung zu übernehmen, gab Kate ein kraftvolles Gefühl.

Sie straffte die Schultern und warf noch einen kurzen Blick auf den Verkehr, bevor sie ihrem Professor mit fester Stimme antwortete: „Zufällig bin ich gerade in New Haven und kann in zwanzig Minuten bei Ihnen sein. Oder an welche Uhrzeit haben Sie gedacht?“ Mit einem Blick auf ihre Uhr vergewisserte sie sich, dass Lauren und Aurelia sowieso noch nicht mit ihr rechneten.

„Das trifft sich hervorragend. Wir warten in Dekan Fitchs Büro auf Sie. Bis gleich, Kate!“, sagte Professor Donovan und legte auf.

. . .

Mit einem mulmigen Gefühl im Magen klopfte Kate an Dekan Fitchs Bürotür. Nach einem gedämpften „Herein" betrat sie den Raum. Professor Donovan und Ben saßen bereits auf den Besucherstühlen vor dem Schreibtisch des Dekans, der dahinter auf einem wuchtigen Drehstuhl thronte und unheilvoll dreinblickte.

Die Luft war zum Schneiden dick, so viel Anspannung lag darin. Sie konnte Ben ansehen, wie nervös er war, da er wie immer seine Hände knetete. Er versuchte einen unbescholtenen Eindruck zu machen, den Kate ihm nicht abnahm. Auch Professor Donovan sah kritisch zu ihm und schien sein Schauspiel zu durchschauen.

„Kate, vielen Dank, dass Sie so kurzfristig die Zeit gefunden haben, diesem Treffen beizuwohnen", ergriff Dekan Fitch das Wort. Würdevoll deutete er auf einen weiteren Stuhl, auf dem Kate mit einem kurzen „Sehr gerne" Platz nahm. Der Dekan fuhr fort: „Kommen wir direkt zum Grund unserer heutigen Zusammenkunft: Professor Donovan hat mir von Ihrem Vorhaben, Benjamin, berichtet, worüber ich mehr als erstaunt bin. Da ich mir selbst ein Bild von der Lage machen möchte, habe ich Sie beide hergebeten, damit Sie mir die Hintergründe schildern."

Der Dekan hatte kaum zu Ende gesprochen, als Ben sein schmierigstes Lächeln aufsetzte und im Brustton der Überzeugung meinte: „Ich bin in Kates Masterarbeit auf einige interessante Ansätze gestoßen und habe diese weiterentwickelt und auf eine breitere Quellenbasis gestellt. Es sind ein paar spannende Erkenntnisse daraus hervorgegangen, die natürlich mein Verdienst sind, aber dennoch wollte ich Kates Vorarbeit nicht unerwähnt lassen. Daher mein Einfall, sie bei der

Publikation großzügigerweise als Co-Autorin zu nennen."

Kate konnte kaum glauben, was für einen Schwachsinn Ben von sich gab. Sofort schoss ihr die Wut in den Bauch und sie schnaubte verächtlich. Sarkastisch murmelte sie leise: „*Dr. Benjamin Richards*, der große Gönner."

Dekan Fitch warf ihr einen fragenden Blick zu. Er schien ihre Worte zwar nicht richtig verstanden zu haben, aber ihr Tonfall allein sprach Bände. „Kate, mir scheint, Sie haben Ihre eigene Sichtweise auf die Sachlage – bitte schildern Sie uns diese." Mit einem warnenden Ausdruck in den Augen setzte er hinzu: „Ich muss wohl nicht extra erwähnen, dass wir hier ein sachliches Gespräch führen. Ich dulde keine Kommentare oder Anschuldigungen auf persönlicher Ebene."

Kate atmete einmal tief durch, während Professor Donovan sie ermutigend ansah. „Das verstehe ich, Dekan Fitch", stimmte Kate seiner Aufforderung zu. „Benjamin hat mir von seinem Publikationsvorhaben erzählt und mir seinen Entwurf zur Durchsicht gegeben. Dabei musste ich erstaunlicherweise feststellen, dass es sich bei seinem Manuskript bis auf wenige kleine Ausnahmen um eine direkte Kopie meiner Masterarbeit handelt. Der Aufbau, die Kapiteleinteilung, die Formatierung, ja sogar der Wortlaut – beinahe alles stimmt exakt überein." Kates Blick wanderte zu Ben. Mit dem naivsten Gesichtsausdruck, den sie unter diesen Umständen zustande brachte, richtete sie die folgenden Worte direkt an ihn: „Ich hatte mich darauf gefreut, von deinen neuen Erkenntnissen zu lesen, die du mir so enthusiastisch angekündigt hattest, aber bedauerlicherweise konnte ich keine finden."

Jedem im Raum außer Dekan Fitch war klar, dass Kates Worte vor Ironie troffen. Da der Dekan zu Kate sah, bemerkte er nicht, dass Ben die Augenbrauen zusammenzog und sie böse anblitzte. Kate ließ sich davon nicht aus der Ruhe bringen. Sie richtete ihre Aufmerksamkeit auf Professor Donovan, in dessen Gesicht Kate ein kleines, belustigtes Zucken seiner Mundwinkel erkannt hatte.

Ihr Doktorvater überspielte es schnell mit einem Hüsteln und ergriff dann selbst das Wort: „Ich habe mir Dr. Richards' Entwurf ebenfalls angesehen und ihn mit dem beim Prüfungsamt hinterlegten Exemplar von Kates Masterarbeit abgeglichen. Leider komme ich genau zu demselben Ergebnis wie Kate. Daher muss ich davon ausgehen, dass Dr. Richards beabsichtigt, Kates geistiges Eigentum, ihre Arbeit der letzten Jahre, bewusst als seine eigene auszugeben – ein dreistes und völlig inakzeptables Vorgehen. Oder liegt hier ein Missverständnis vor, dass ich übersehe?" Professor Donovan richtete einen fragenden Blick an Ben, dem alle Farbe aus dem Gesicht wich.

Hastig entgegnete er: „Oh, ähm... Da muss in der Tat ein Missverständnis vorliegen..." Er schien angestrengt nachzudenken. „Sicherlich habe ich aus Versehen die unbearbeitete Datei verschickt... Ich kann Ihnen zum Beweis den richtigen Entwurf zeigen."

Ben wirkte, als wiege er sich wieder in Sicherheit, da ihm diese grandiose Ausrede eingefallen war. Arrogant grinsend blickte er in die Runde, erntete aber nur skeptische Blicke. Dennoch besaß er die Frechheit, aufzustehen und sich zum Gehen zu wenden. „Ich denke, es ist nun alles geklärt. Ich werde Ihnen in ein paar Tagen mein Manuskript zukommen lassen. Mein Computer ist gerade in der Reparatur..." Verständnisheischend sah er sich um.

Kate war aufgesprungen, da sie ihn auf keinen Fall mit dieser lahmen Story davonkommen lassen würde. Dieses selbstherrliche Arschgesicht versuchte, sich Zeit zu verschaffen, um ihren Text doch noch zu überarbeiten!

Mit unterdrückter Wut presste sie zwischen den Zähnen hervor: „Das ist doch erstunken und –"

Weiter kam sie nicht, da Professor Donovan sie mit einem scharfen „Kate, Contenance!" unterbrach.

Sie wollte gerade in sachlicherem Tonfall ihren Unmut über Bens Lügengeschichte zum Ausdruck bringen, als Dekan Fitch sich räusperte. Er hatte sich ebenfalls von seinem Stuhl erhoben und stand unerschütterlich hinter seinem Schreibtisch. Kate war vorher nie aufgefallen, wie groß er war. Er verströmte eine natürliche Autorität, die alle im Nu zum Schweigen brachte.

Mit ernster Stimme, die keinen Widerspruch zuließ, sprach Dekan Fitch: „Benjamin, Sie gehen nicht, sondern setzen sich auf der Stelle wieder hin. Die Aussagen von Kate und meinem geschätzten Kollegen Professor Donovan sprechen eindeutig gegen Sie. Wir werden *nicht* noch ein paar Tage warten, bis Ihr Computer repariert ist! Sie können uns direkt von Ihren neuen Erkenntnissen berichten, die werden Sie ja sicherlich im Kopf haben!"

Ben war bei den Worten des Dekans kurz zusammengezuckt, hatte sich aber schnell wieder gefangen. Er straffte die Schultern und vermutlich bemerkte nur Kate, dass ihm der Arsch auf Grundeis ging. Langsam ging Ben zu seinem Stuhl zurück und setzte sich umständlich hin. Er wollte offensichtlich Zeit schinden, um sich weitere Ausreden ausdenken zu können. Da Kate wusste, dass es überhaupt keine neuen Erkenntnisse gab, die er zum Besten geben konnte, beobachtete sie sein Verhalten mit Genugtuung. Das geschah ihm Recht!

„Ja, also…", begann Ben bedächtig. Ihm war deutlich anzusehen, dass er fieberhaft versuchte, seine völlige Ahnungslosigkeit zu überspielen. „Ich habe mich mit den Quellen der antiken Autoren beschäftigt, zum Beispiel mit Ciceros Schrift über die Germanen…"

Irritiert runzelte Kate die Stirn und bemerkte, dass Donovan und Fitch es ihr gleichtaten. Professor Donovan war es schließlich, der Ben unterbrach und nachfragte: „Sie meinen sicherlich Tacitus? Cicero hat nicht über die Germanen geschrieben.“

„Jaja, natürlich“, beeilte Ben sich, ihm zuzustimmen. „Bitte entschuldigen Sie, ich komme mit meinem anderen Forschungsprojekt durcheinander... Also, wie gesagt, ich habe mich mit den antiken Texten beschäftigt und mit den Münzfunden in der betreffenden Region...“

Sowohl Professor Donovan und Dekan Fitch wirkten mehr als ungeduldig. Letzterer forderte Ben unwirsch auf, endlich zum Punkt zu kommen.

Wenn Ben früher in eine missliche Lage gekommen war, in der er nicht gewusst hatte, was er sagen sollte, hatte er immer mit Fachwörtern und irrelevanten Details um sich geworfen, um seine Zuhörer zu verwirren und von seiner Unwissenheit abzulenken. Kate erinnerte sich genau an die eine oder andere Situation zurück.

Erstaunlicherweise hatte diese Masche immer gut funktioniert. Natürlich war das bei Professor Donovan und Dekan Fitch, die beide mit messerscharfem Verstand und noch mehr Fachwissen als Ben und Kate zusammen gesegnet waren, nicht der Fall. Sie wirkten völlig unbeeindruckt, beinahe schon gelangweilt, von Bens Bemühungen. Ihm waren mittlerweile vor lauter Stress einige Schweißperlen auf die Stirn getreten. Kate hätte Mitleid mit ihm gehabt, wenn er noch ihr Freund gewesen wäre, aber jetzt freute sie sich diebisch, dass er für seine Taten büßen würde. Schließlich schnitt Dekan Fitch Ben mit einer forschen Handbewegung das Wort ab.

Schweigen erfüllte den Raum. Kate konnte sich ihr Grinsen nicht mehr verkneifen. Ben war kreidebleich geworden, auch wenn er sich stark darum bemühte, die Fassung zu wahren.

„Das reicht!", sagte Dekan Fitch streng. „Benjamin, ich habe nicht den Eindruck, dass wir noch irgendetwas Sinnvolles von Ihnen zu hören bekommen. Sie schicken mir innerhalb der nächsten Stunde das umfassend überarbeitete Manuskript, falls es das überhaupt gibt. Ansonsten sind Sie mit sofortiger Wirkung von all Ihren Aufgaben entbunden. Ich lege Ihnen dringend nahe, sich woanders nach einer Stelle umzusehen. An meinem Institut haben Sie nichts mehr zu suchen!"

Der Dekan wandte den Blick von Ben ab und signalisierte ihm damit, dass er für ihn nicht weiter existierte. An Kate gerichtet meinte er: „Es tut mir leid, dass Sie in diese fürchterliche Situation geraten sind. Wie Sie sehen, dulde ich so ein Verhalten in keinster Weise. Ich bin gespannt, bald Ihre Doktorarbeit zu lesen!" Aufmunternd lächelte Fitch Kate zu, die sich seit seiner Ansage an Ben fühlte, als schwebe sie vor Glück und Erleichterung zehn Zentimeter über dem Boden. Dankbar erwiderte Kate sein Lächeln.

„Da diese Angelegenheit nun geklärt ist, schlage ich vor, dass wir alle nach Hause gehen und den restlichen Sonntag genießen." Dekan Fitch nahm seine Aktentasche vom Schreibtisch und ging zur Tür. Kate und Professor Donovan folgten ihm beschwingt, Ben schlich bleichgesichtig hinter ihnen her. Im Flur verabschiedete sich Fitch von ihnen, während Professor Donovan sich der Tür seines Büros, das direkt neben dem des Dekans lag, zuwandte.

„Kate, bitte kommen Sie doch gleich noch einmal kurz zu mir herein", bat ihr Doktorvater sie. Dann ließ er sie und Ben allein auf dem Flur zurück.

. . .

„Das wird ein Nachspiel haben!", zischte Ben, kaum dass Donovan die Tür geschlossen hatte. Es erstaunte Kate nicht, dass er immer noch nicht verstanden hatte, dass er auf verlorenem Posten kämpfte. Seine maßlose Selbstherrlichkeit ließ ihn wohl glauben, dass er sich noch aus der Angelegenheit herauswinden könnte.

Kate schnaubte abfällig. „Nein, das wird es nicht, *Benjamin*. Das war's für dich, du kannst deine Sachen packen und verschwinden! Du wirst mir nicht länger in mein Leben hineinpfuschen!" Endlich konnte Kate ihre angestaute Wut rauslassen. „Und da wir gerade so nett miteinander sprechen: Du bist ein mieses, arrogantes Schwein! Du lässt nicht nur deine junge, hochschwangere Freundin sitzen, sondern klaust auch noch ihre Arbeit und denkst, dass du damit davonkommst! Wie armselig ist das denn bitte!?"

Auch in Bens Augen blitzte Zorn auf, als Kate ihm diese Worte an den Kopf knallte. Bitterböse antwortete er: „Ich hätte mich niemals mit dir kleinem Flittchen einlassen sollen! Du warst zu dämlich, die Pille zu nehmen, also gib mir nicht die Schuld an dem, was passiert ist!"

Fassungslos schüttelte Kate den Kopf. „Wie kannst du es nur wagen, so etwas zu sagen!? Mal abgesehen davon, dass das hinten und vorne nicht stimmt!" Beinahe hätte sie ihm eine Ohrfeige verpasst. Denn wieder einmal verdrehte Ben die Tatsachen: Sie hatte nie die Pille genommen, sondern es hatte eine Kondompanne gegeben.

Genau daran wollte sie Ben gerade erinnern, als er mit polternder Stimme einwarf: „Und ob das stimmt! Und jetzt liegst du mir auch noch auf der Tasche mit diesem blöden Blag! Das habe ich also davon, dass ich dich damals unter meine Fittiche genommen habe! Ohne mich warst du doch ein absolutes Nichts, ein Niemand!"

„Du hältst sofort den Mund, Ben, sonst vergesse ich

mich!“ Kate warf aufgebracht die Hände in die Luft. Sie konnte nicht glauben, dass sie sich wirklich gerade mit Ben auf diesem Niveau stritt. Aber wenn sie schon dabei war, konnte sie ruhig alles rauslassen, was sie unter anderen Umständen niemals gesagt hätte: „*Du* warst derjenige, der vor unserer Beziehung noch Jungfrau war! *Du* warst derjenige, der ohne mich niemals Freunde in Yale gefunden hätte! *Du* warst derjenige, der kein Kapitel seiner Doktorarbeit ohne meine Anmerkungen und Korrekturen fertigbekommen hätte! Und *du bist* derjenige, der die Ideen und Erkenntnisse anderer klaut, weil ihm selbst nichts einfällt!“

Wenn Blicke töten könnten, würde gerade ein blutiges Gemetzel im Flur des altehrwürdigen Yale-Gebäudes stattfinden. Aber Kate ließ sich von Bens mordlustigem Gesichtsausdruck nicht den Wind aus den Segeln nehmen: „Wie konnte ich mich nur so von dir täuschen lassen!? Und ich habe den Fehler tatsächlich bei mir gesucht – dabei bist du der Fehler! Deine traurige, bedauernswerte Existenz ist das Problem, das ich nun zum Glück los bin!“

Triumphierend grinste Kate, während Ben wie ein aufgescheuchter, blutrünstiger Tiger, der in einem engen Käfig eingesperrt war, hin und her lief. Dann blieb er dicht vor Kate stehen und fuchtelte mit seinem Zeigefinger vor ihr herum. „Lächerlich! Alles, was du sagst, ist absolut lächerlich! Aber sei dir sicher, Kate, du wirst noch von mir hören!“ Ein irrer Ausdruck war in seine Augen getreten, als er an eine imaginäre Menge gewandt fortfuhr: „Ihr alle werdet noch von mir hören! *Dr. Benjamin Richards* lässt sich nicht so einfach rauswerfen! Euch werde ich es zeigen!“ Er funkelte Kate wütend an, die sein Gehabe allerdings nicht mehr ernst nehmen konnte.

Als spräche sie mit einem kleinen Kind, erklärte sie ihm betont langsam: „Ben, du wirst niemandem mehr irgendetwas zeigen. Niemand interessiert sich mehr für das, was du tust. Du hast gerade höchstpersönlich deine Karriere zerstört. Du weißt doch selbst ganz genau, wie schnell sich so ein Skandal herumsprechen wird. Und niemand wird sich gegen Fitch und Donovan stellen, um dich trauriges Würstchen zu unterstützen." Es fehlte nicht viel und Kate hätte Ben beschwichtigend eine Hand auf die Schulter gelegt.

„Das werden wir ja sehen! Warte nur ab!", war Bens äußerst kreative und schlagfertige Antwort. Der Tiger hatte sich einen Betäubungspfeil eingefangen und schwankte sichtlich, während das Narkotikum zu wirken begann.

„Jaja, genau...", bestätigte Kate in aller Seelenruhe, während sie betont desinteressiert ihre Fingernägel betrachtete. „Bedauerlicherweise habe ich keine Zeit und auch keine Lust, mit dir gemeinsam darauf zu warten. Aber das wirst du ja sicherlich verstehen, nicht wahr?"

Mit einem zuckersüßen Lächeln machte Kate auf dem Absatz kehrt und ging zu Professor Donovans Büro hinüber. Sie ignorierte die Beleidigungen, die Ben ihr hinterherrief, und genoss stattdessen das befreiende Glücksgefühl, das sich in ihrer Brust breit machte.

„Ah, Kate, da sind Sie ja", begrüßte ihr Doktorvater sie, als Kate nach dem Anklopfen seinen Raum betrat. Er stand von seinem Schreibtischstuhl auf und trat ihr entgegen. Plötzlich fiel Kate auf, wie laut sie gerade im Flur mit Ben gestritten hatte. Donovan hatte vermutlich alles gehört. Vor Scham färbten sich Kates Wangen rosa, obwohl sie nach wie vor jedes ihrer Worte für gerechtfertigt hielt.

„Professor Donovan, es tut mir leid, dass sie diesen entwürdigenden Streit mitanhören mussten." Kate machte ein zerknirschtes Gesicht, konnte aber ihr zufriedenes Grinsen nicht völlig unterdrücken.

Donovan erwiderte ihren Blick wie immer leicht schielend. Manchmal wirkte er dadurch übermäßig kritisch, manchmal wie ein zerstreuter Professor, aber jetzt verlieh ihm das Schielen einen schelmischen, jungenhaften Zug. Sein Mund verzog sich zu einem Lächeln, als er entgegnete: „Das muss Ihnen nicht unangenehm sein, Kate, ich bin ein Fan ehrlicher Worte. Wenn Sie mir gestatten, meine persönliche Meinung zu äußern, dann finde ich, dass es Dr. Richards nur recht ergangen ist." Zur Bekräftigung seiner Worte ballte der Professor seine Hand zur Faust und sah Kate beinahe stolz an.

Kate wurde ganz warm ums Herz und lächelnd erwiderte sie seinen Blick. „Ich danke Ihnen von ganzem Herzen für Ihr Vertrauen, Professor Donovan! Und dafür, dass Sie sich für mich eingesetzt haben."

Donovan hüstelte und wirkte nun etwas verlegen. „Das war doch selbstverständlich, Kate. Genau genommen muss ich mich bei Ihnen für Ihr Vertrauen bedanken und mich für mein Verhalten entschuldigen, was ich hiermit gerne tun möchte."

Kate runzelte die Stirn. „Was genau meinen Sie, Professor? Ich fürchte, ich kann Ihnen nicht folgen."

„Als Dr. Richards eingestellt wurde, habe ich Ihnen einen furchtbaren Ratschlag gegeben, der mir selbst außerordentlich widerstrebt hat. Dafür möchte ich in aller Form um Verzeihung bitten. Ich lerne aus dieser Angelegenheit, dass man seinem Bauchgefühl mehr Bedeutung beimessen sollte, als man es oft tut." Professor Donovan klang nachdenklich.

„Danke für Ihre Entschuldigung, Professor, aber sie wäre nicht nötig gewesen. Ich weiß, dass Sie mir diesen Rat mit den besten Absichten gegeben haben und nur auf mein Wohl bedacht waren." Voller Wärme stellte Kate fest, dass es in der Wissenschaftswelt zum Glück nicht nur schwarze Schafe wie Ben gab.

„Und das bin ich nach wie vor, Kate. Ich freue mich, Sie auf Ihrem weiteren Weg begleiten zu dürfen – ab sofort ohne Querulanten wie Richards!"

„Das sind wirklich die besten Nachrichten des Tages!", jubelte Kate. Das Gefühl von Wärme wurde immer stärker. Besser konnte es gar nicht laufen!

Als Kate in die Auffahrt ihres Hauses in Maybury einbog, fiel ihr Blick auf Alisons Haus und unwillkürlich musste sie an Fin denken. Kurzerhand beschloss sie, ihn nachher anzurufen und mit ihm zu sprechen. Sie würde ihm alles erklären und dann musste er einfach zur Vernunft kommen. Und vielleicht bestand dann ja doch noch die Möglichkeit, dass sie beide...

Kate betrat das Haus und wunderte sich über die merkwürdige Stille, die dort herrschte. Sie hatte damit gerechnet, Lauren und Auri spielen zu hören.

„Mom? Auri? Seid ihr da?", rief sie daher in den Wohnraum hinein.

Kurz darauf erklang die Stimme ihrer Tochter, die ihr aus der Küche entgegen gelaufen kam: „Hallo, Mommy! Du bist wieder da!" Übermütig warf sich Auri in Kates Arme und ließ sich von ihrer Mom einmal im Kreis herumwirbeln.

Kate drückte ihre Kleine ganz fest an sich. „Ich habe dich so vermisst, meine Süße! Hattet ihr ein schönes Wochenende?"

„Ich habe dich auch vermisst, Mommy! Granny und ich haben Kekse gebacken und ich habe den Teig gegessen!"

Kate grinste und stellte Auri wieder auf den Boden.

„Dann hat Granny wohl einen besonders guten Tag, wenn sie dich sogar vom Teig probieren lässt!“

Auri grinste ebenfalls und sagte altklug: „Sie ist ja auch verliebt.“ Sie zuckte vielsagend mit den Schultern und nahm dann zu Kates Überraschung ihre Jacke von der Garderobe. „Mom, anziehen, bitte!“

„Was willst du denn jetzt mit der Jacke, mein Schatz? Und wo ist eigentlich Granny?“, fragte Kate erstaunt.

„Es gibt eine Überraschung“, antwortete Auri lediglich und hielt ihrer Mutter weiterhin auffordernd die Jacke entgegen. Perplex begann Kate, ihr das Kleidungsstück anzuziehen. Danach schlüpfte Auri in ihre Gummistiefel und setzte sich eine Mütze auf den Kopf. Entschlossen nahm sie ihre Mom an die Hand und schleifte sie hinter sich her zur Haustür.

„Auri, wo willst du denn hin? Und von was für einer Überraschung redest du?“ Aurelia zog Kate bereits die Treppenstufen der Veranda hinunter und machte sich auf den Weg in den rückwärtig gelegenen Garten. Als sie um die Hausecke bogen und Kate die alte Buche sah, fielen ihr beinahe die Augen aus dem Kopf. Überrascht blieb sie stehen und starrte ungläubig auf ein prächtiges Baumhaus, das am Freitag noch nicht da gewesen war. Es sah wunderschön aus, war hellblau gestrichen und hatte richtige Fenster, sogar mit Gardinen, wie sie erkennen konnte. Ein absoluter Traum von einem Baumhaus. Aus einem ihr unerklärlichen Grund kam es ihr bekannt vor.

„Wun-der-schön, oder?“, fragte Auri und sah Kate erwartungsvoll an.

„Es sieht wahnsinnig toll aus! Hat Chris das etwa für dich gebaut?“, wollte Kate wissen, nachdem sie ihre Sprache wiedergefunden hatte.

„Chris hat auch geholfen. Und Granny und Alison. Aber es ist gar nicht für mich. Es ist für dich. Von Fin“, erwiderte ihre Tochter und strahlte sie an. Eine Sekunde später ließ Auri die Hand ihrer Mutter los und hüpfte fröhlich singend zum Baumhaus davon. Kate sah, wie ihre kleine Tochter die Stufen der Leiter gerade so weit erklomm, dass sie den Kopf ins Innere stecken konnte. Dann rief Auri: „Der Adler nähert sich dem Horst! Der Adler nähert sich dem Horst!"

Verwundert runzelte Kate die Stirn. Woher kannte sie als Dreieinhalbjährige denn das Wort *Horst*? Und was für einen Adler meinte sie? Und was zum Geier (wo wir schon bei Vögeln sind) sollte es bedeuten, dass das Baumhaus für sie, Kate, sein sollte?!

Von Fin.

Von Fin?!

Die ganze Situation überforderte Kate völlig – besonders, als ihre Tochter kommentarlos an ihr vorbeilief und durch die Hintertür ins Haus verschwand. Verwirrt sah sie Aurelia nach und wollte ihr gerade hinterhergehen, als eine Stimme vom Baumhaus her erklang: „Hallo, Kate!"

Sie erstarrte in der Bewegung und drehte sich um. Kate erblickte Fin, der den Kopf aus dem Baumhaus streckte. Er lächelte sie an und wirkte dabei hoffnungsvoll und ein kleines bisschen schüchtern. So hatte Kate ihn noch nie gesehen und ihr fuhr ein angenehmer Schauer über den Körper. Sie musste ebenfalls lächeln.

„Hallo, Fin! Mit dir habe ich nun wirklich nicht gerechnet… und mit diesem Baumhaus auch nicht!"

Er grinste und das altbekannte freche Blitzen glomm in seinen Augen auf: „Immer für eine Überraschung gut, weißt du doch! Komm doch rüber und sieh es dir an! Lauren ist drinnen bei Aurelia."

Damit hatte Kate keinen Grund mehr, nicht zum Baumhaus und zu Fin zu gehen.

Genau genommen hatte sie auch keinen gesucht.

Beschwingt kletterte sie die Leiter hinauf und sah in das

Innere hinein. Als Erwachsener konnte man darin nicht stehen, daher saß Fin in einer Ecke auf einem dicken Sitzkissen. Es gab sogar drei kleine Stühle und einen Tisch, einen Teppich und weitere bequeme Sitzkissen. Wie Kate schon von außen gesehen hatte, hatten die zwei Fenster Gardinen aus einem bunt geblümten Stoff. An der Decke waren mehrere Lichterketten befestigt, die eine gemütliche, warme Atmosphäre schufen. An den Wänden hingen einige von Aurelias Bildern. Kate entdeckte sogar eines, das sie als Kind selbst gemalt hatte. Es war das Bild, auf dem sie ihr Wunsch-Baumhaus gezeichnet hatte. Ihr verschlug es den Atem, als ihr bewusst wurde, dass das fertige Baumhaus genauso aussah.

Mit großen Augen wandte sie sich Fin zu, der sie in Ruhe gucken lassen hatte. Sie setzte sich ihm gegenüber auf eines der Sitzkissen und sah ihn fragend an: „Wie hast du…? Warum…? Was machst du hier?“

Fin lachte und fuhr sich nervös mit der Hand durchs Haar. „Ich wollte mich endlich bei dir entschuldigen. Und zwar richtig. Und fragen, ob ich eine zweite Chance bekomme. Und damit du siehst, dass es mir ernst ist, habe ich dieses Baumhaus gebaut. Also, ursprünglich wollte Chris es für Aurelia aufbauen, aber dann habe ich das Projekt übernommen.“ Wieder war da etwas Schüchternes, vielleicht sogar Unsicheres in seiner Mimik. Der sonst so typische Schalk in seinem Nacken schien verschwunden zu sein.

„Das Baumhaus ist der absolute Wahnsinn! Ich hätte es mir nicht schöner vorstellen können“, entgegnete Kate und sah sich noch einmal staunend um. Als sich ihre Blicke wieder trafen, strahlte Kate Fin an. „Kann es sein, dass das New-York-Wochenende auch deine Idee war, damit ich nichts von dieser Überraschung erfahre?“

Er erwiderte ihr Lächeln und deutete mit einem kurzen

Hochziehen der Augenbrauen und einem Zucken seiner Mundwinkel an, dass das durchaus im Bereich des Möglichen lag, die Wahrheit aber für immer unter Verschluss bleiben würde.

Dann wurde Fins Gesichtsausdruck wieder ernster und beinahe feierlich sagte er: „Du hast es verdient, dieses besondere Baumhaus. Für mich verkörpert es Fröhlichkeit und Freiheit, Abenteuerlust und Übermut, Gemütlichkeit und Geborgenheit. Außerdem hat es etwas Freches und Wildes. Und all das bist auch du in meinen Augen, eben ein ganz besonderer Mensch." Er atmete einmal tief ein und aus. „Und du hast es verdient, einen Mann zu bekommen, auf den du dich verlassen und dem du vertrauen kannst. Einen Mann, der verstanden hat, dass er die Vergangenheit hinter sich lassen muss und dass er für seine Gefühle selbst verantwortlich ist. Ich will dir hiermit zeigen, dass ich dieser Mann für dich sein möchte, Kate. Ich hoffe, du kannst mir verzeihen?" Während er sprach, war er zu ihr herangerutscht und hatte ihre Hand genommen. Eindringlich sah er Kate an und sie merkte, dass er jedes Wort ernst meinte. Ihr Herz tanzte und jubilierte.

Trotzdem wollte sie wissen, wie es zu Fins Sinneswandel gekommen war. „Wow, du machst mich wirklich sprachlos. Ich fühle mich sehr geschmeichelt! Was ist passiert, seit wir uns das letzte Mal gesehen haben?", fragte Kate daher neugierig.

Fin setzte sich auf seinem Polster zurecht und antwortete: „Etwas Verrücktes ist geschehen, das ich nie für möglich gehalten hatte: Lauren und ich haben uns versöhnt, wie du sicherlich schon weißt. Das hat einiges bei mir in Gang gesetzt und ich habe gemerkt, dass ich mich dir gegenüber wie ein absoluter Volltrottel verhalten habe. Ich war zu Unrecht eifersüchtig auf Ben, es gab keinen Anlass dafür. Seit dem Tod meines Vaters und Laurens

Verschwinden hatte ich geglaubt, dass ich ohne enge Beziehungen und tiefe Gefühle besser dran bin. Aber ich hatte einfach nur Angst, verletzt zu werden und habe dich deswegen von mir gestoßen. Eine ziemlich erbärmliche Leistung. Es tut mir leid!“ Mit gequältem Gesichtsausdruck sah er Kate an.

„Danke für deine Ehrlichkeit, das weiß ich sehr zu schätzen. Ein gutes Gefühl, die Dinge loszulassen, die einem das Herz schwer machen, oder?“ Das Glücksgefühl in Kates Brust schwoll an, als sie bemerkte, wie Fin bei ihren Worten immer hoffnungsvoller aussah.

„Aber sowas von!“, bestätigte er.

Einen kurzen Moment sahen sie sich lächelnd an. Bis Fin es nicht mehr aushalten konnte: „Verzeihst du mir denn jetzt oder nicht?“ Der Schalk lugte hinter seiner Schulter hervor.

Kate grinste. „Du hast mir mein Traum-Baumhaus gebaut, also vermutlich schon, denke ich.“

„Das ist die überschwängliche Begeisterung, die ich mir erhofft hatte!“, lachte Fin und lehnte sich zu Kate vor, mit dem Schalk wieder an Ort und Stelle. Fin umfasste ihr Gesicht und kam ihr ganz nah. „Du hast mir so gefehlt in den letzten Wochen! Ich war wirklich ein Idiot!“

Kate nickte zustimmend. „Wie gut, dass wir noch mal die Kurve gekriegt haben! Und jetzt küss mich endlich! Warum muss ich dir das eigentlich ständig sagen?“ Sie versuchte einen empörten Gesichtsausdruck hinzubekommen, scheiterte aber grandios an dem berauschenden Glücksgefühl, das mittlerweile ihren ganzen Körper durchströmte.

„Ich verspreche dir, dass du das nie wieder tun musst!“, erwiderte Fin lachend und küsste sie. Endlich.

EPILOG

Die Dancegiving-Show war ein voller Erfolg und die Zuschauer forderten mit ihren Standing Ovations laut eine Zugabe. Der Tanzsaal von *Dancing Queens (& Kings)* bebte vor Applaus und Abby atmete auf. Sie stand mit ihrem obligatorischen Klemmbrett, das in den letzten Wochen an ihrem Arm festgewachsen zu sein schien, hinter der Bühne und verspürte pure Erleichterung. Ein zufriedenes Lächeln schlich sich auf ihr Gesicht und innerlich klopfte sie sich selbst auf die Schulter.

Die wochenlangen Vorbereitungen mit den zahllosen Proben aller Darsteller sowie dem aufwändigen Basteln der Requisiten und Kostüme hatte sich ausgezahlt. Sie freute sich für alle Tänzer und Tänzerinnen und natürlich für Alison, dass alles reibungslos geklappt hatte. Besonders weil Abby wusste, dass Thanksgiving jedes Jahr Alisons persönlicher Höhepunkt der Feste und Feierlichkeiten war.

Das Klemmbrett, ohne das Abby sich beinahe nackt fühlte, verriet, was ihre Aufgabe in dem Trubel gewesen war: Den Überblick zu behalten und für Ordnung im Chaos zu sorgen. Eine Aufgabe, die Alison gerne an das Organisationstalent Abby abgetreten und die ihr viel Freude bereitet hatte. Hätte sie nicht im September ihr Studium in Yale angefangen, würde sie vermutlich als Eventmanagerin arbeiten.

Abby genoss die Euphorie, die die Begeisterung des Publikums in ihr hervorrief. Sie strahlte die als Karotten, Kürbisse und Maiskolben verkleideten Mädchen an, die an ihr vorbei zu einer Zugabe auf die Bühne huschten. Sie blickte ihnen voller Stolz hinterher, als Alison zu ihr trat und sie überschwänglich in die Arme schloss.

„Abby, tausend Dank für alles, was du für Dancegiving getan hast! Es ist einfach unglaublich geworden und ich weiß, dass das ohne dich nie möglich gewesen wäre! Du hast dich selbst übertroffen!" Alison wirkte genauso euphorisch wie Abby und begann in ihrer Umarmung zu hüpfen, was die jüngere Frau dazu zwang, es der älteren gleichzutun. Lachend lagen sie sich in den Armen und außer Freude durchflutete Dankbarkeit Abby.

Plötzlich bemerkte sie einen kleinen Maiskolben, der ihre Beine umschlang und strahlend zu ihr hochblickte. Sie erkannte Aurelia und tätschelte ihren Pappmascheekopf.

„Es hat so viel Spaß gemacht! Wann ist die nächste Show?", fragte Auri übermütig. Abby grinste und empfand die Freude des kleinen Mädchens als das größte Kompliment.

„Das freut mich, Süße. Bald ist Weihnachten, da werden wir bestimmt auch noch etwas aufführen", zwinkerte sie ihr zu.

Der Zuschauerraum leerte sich nach und nach. Begeisterte Eltern sammelten ihre Kinder ein und überschlugen sich mit Lob für die tolle Aufführung. Abby schüttelte Hände und ließ sich beglückwünschen, während sie versuchte, das Aufräum- und Aufbruchschaos im Blick zu behalten.

Schnell erinnerte sie den kleinen Eric, der als tanzender Pilgervater aufgetreten war und gerade gehen wollte, daran, seine Perücke und seinen Hut nicht zu vergessen. Sie drückte ihm beides in den Arm und wünschte ihm ein schönes Thanksgiving.

Als sie sich wieder im Raum umsah, entdeckte sie Alison, die in ein Gespräch mit Colin vertieft war. Der gut aussehende Tänzer arbeitete ebenfalls bei *Dancing Queens (& Kings)* und bot vor allem Paartanzkurse für Erwachsene an. Er strahlte Alison an und hätte Abby es nicht besser gewusst, hätte sie behauptet, dass Colin ein bisschen auf seine Chefin stand.

Neben ihnen erkannte sie Kate und Fin, die Aurelia beim Umziehen und Einpacken halfen. Sie wirkten sehr vertraut und liebevoll miteinander und konnten kaum die Blicke voneinander lassen. Abby grinste schief und freute sich, dass die beiden anscheinend doch noch zueinander gefunden hatten. Sie hatte vor ein paar Wochen beim Requisitenbau von Alisons und Laurens Plan gehört und dann den riesigen, nicht zu überhörenden Streit zwischen Fin und Kate mitbekommen. Wie schön, dass es offensichtlich doch noch gut ausgegangen war.

Aber das schien nicht die einzige glückliche Fügung des Schicksals in den letzten Monaten gewesen zu sein. Abby hatte auch bemerkt, wie Alison und Lauren wieder zueinander gefunden hatten und wie Lauren und Chris Hamlin ein Paar geworden waren.

Leider herrschte in ihrem eigenen Liebesleben seit geraumer Zeit Ebbe. Angesichts all dieser Happy Ends seufzte die Romantikerin in ihr sehnsüchtig auf.

Lauren und Chris waren ebenfalls zu Kate, Fin und Aurelia getreten. Sie unterhielten sich fröhlich, als auf einmal Chris' Handy klingelte. Erfreut nahm er ab und begrüßte den Anrufer: „Hallo, Matt, mein Sohn, wie schön, dass du dich meldest! Wir sind gerade bei Dancegiving! Warte kurz, ich schalte die Kamera ein, dann zeige ich dir alles!“

Abby stockte unwillkürlich der Atem. Sie stand nur wenige Schritte von den anderen entfernt und konnte jedes Wort verstehen. Und jetzt, da Chris auf Videoanruf umgestellt hatte, konnte sie auch alles sehen. Und das war prompt Matts sympathisches Lächeln, bei dem seine Augen verschmitzt aufleuchteten.

Er lebte schon gut zwei Jahre nicht mehr bei seinem Vater in Maybury und ebenso lange musste es her sein, dass Abby ihn zuletzt getroffen hatte. Trotzdem hatte sein Anblick eine gewisse Wirkung auf sie. Ihre Augen weiteten sich und ihr Herz setzte einen Schlag aus. Abby wusste, dass sie nicht länger zuhören und zuschauen sollte, aber sie konnte den Blick nicht abwenden.

Warum sah Matt nur so unverschämt gut aus? Noch viel besser als in ihrer Erinnerung, was schon eine Frechheit an sich war.

Abby versuchte, zu einem normalen Atemrhythmus zurückzukehren. Innerlich ermahnte sie sich, locker zu bleiben und einfach mit dem Aufräumen weiterzumachen, als wäre nichts gewesen. Schließlich verband sie und Matt nicht einmal viel, außer dass Abby in der High School als Cheerleader sein Footballteam angefeuert hatte.

Und diese eine andere Sache, an die zu denken sie sich schon lange verboten hatte.

NACHWORT

Ich hoffe, dass dir diese Geschichte aus dem liebenswerten Maybury gefallen hat! Schon bald kannst du mehr über das kleine Städtchen und seine charmanten Einwohner lesen: Bereits am 18. April 2024 wird der zweite Band der Reihe erscheinen. Er kann bereits auf Amazon vorbestellt werden.

Wenn du immer auf dem neuesten Stand bleiben, als Erste*r von Neuerscheinungen, Aktionen und Gewinnspielen erfahren und kostenlose Bonuskapitel erhalten möchtest, trage dich gern in meinen Newsletter ein (hier geht's zum Newsletter). Außerdem freue ich mich, wenn wir uns auf Social Media sehen. Du findest mich auf Instagram und Facebook.

Schreib mir gerne, wie dir das Buch gefallen hat und ob du es anderen weiterempfehlen würdest - jede Rezension bedeutet mir viel!

Vielen Dank!

Deine Sienna Greendale

Printed by Amazon Italia Logistica S.r.l.
Torrazza Piemonte (TO), Italy

56450616R00165